U0875034

The Wednesday Wars

星期三的战争

[美] 加里·施密特 著 高雪莲 译

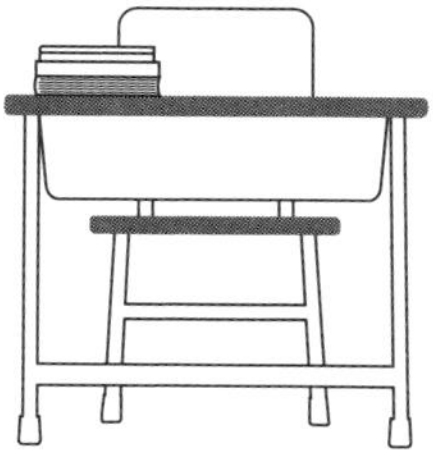

新 星 出 版 社 NEW STAR PRESS

新经典文化股份有限公司
www.readinglife.com
出　品

献给萨莉·布尔塞伊斯和卡米尔·德·布尔，

以及维尼角所有温柔的心灵，

是他们凭借关怀、智慧和爱，把孩子和书带到了一起

目录

卡米洛初中七年级，有一个孩子让贝克夫人恨得咬牙切齿。

那就是我。

可我跟你说，那与我的所作所为根本无关。

如果她恨的是道格·斯维塔克，倒还说得通。

道格·斯维塔克曾经编过让老师恨你的四百一十种方法。第一条是“在她的讲桌抽屉里喷上除臭喷雾”，接下来的越来越可怕。非常可怕。我想大概在第一百六十七条吧，已经开始违法了。你不会想知道第四百条是什么，更别提第四百一十条了。这么说吧，干了那些事的孩子，就等于把自己送往纽约偏僻的少年管教所，那里如此偏远，你会再也见不到他们。

去年，道格·斯维塔克对西曼夫人试行了第六条，关键词如下：箭牌口香糖，教师饮水机（就在教师休息室外），还有西曼夫人用的波利尼西亚浓缩果汁染发剂。他成功了，芒果色的染发剂喷到西曼夫人的脸上，整整一天痕迹都在，接着是第二天，第三天——直到，我猜，那些染色的皮肤细胞消失。

道格·斯维塔克被怀疑了整整两个星期。他走之前说，明年要试一下第一百六十六条，看看他们得花多少时间才能查出来。

在他回来的前一天，校长在早间广播里宣布，西曼夫人已接受调令，"调到行政管理办公室"。我们本应该去给她道喜的，可没办法，因为她几乎不踏出办公室半步。甚至课间休息，轮到她不得不去操场看护学生的时候，她也会和我们保持距离。稍微离近点，她就会马上戴上一顶塑料雨帽。

面对一个用雨帽遮住满脑袋波利尼西亚浓缩果汁色头发的人，要说恭喜可不容易。

明白了吧？这就是那种叫老师恨你的方法。

可问题是，我从来没干过这样的事。从来没有。我甚至一直都和道格·斯维塔克保持很远的距离，这样当他决定实施第一百六十六条时，别人就没有理由来责怪我。

可这无关紧要。贝克夫人就是恨我。她痛恨我胜过西曼夫人痛恨道格·斯维塔克。

那是个星期一，七年级开学的第一天，她开始点名——从中不仅可以知道班上有哪些人，还能得知每个人住在哪里。如果你的姓以"贝格""佐格"或者"斯汀"结尾，那你就住在北边，而以"埃利""伊尼"或者"奥"结尾的话，就是住在南边。中间分界线是李氏大道，走出卡米洛初中沿着李氏大道，穿过主大街路口，路过麦可灵大药房、戈德曼蛋糕坊和五元十元杂货店，再过一个路口，经过公共图书馆和另一个路口后，就到我家了——正好在镇中心，这是我爸发现的。既不偏北，也不偏南，正好在中间。“真是座完美的房子。”他说。

但且不论是否完美，住在镇中心可不是件易事。星期六早上，北边的人都要去伯特利教堂；下午，南边的人都聚集在圣埃德伯特教堂——这个教堂已经相当现代，不像过去那样，一大早就把教区居民叫醒。接着是星期天早上，我们一家人要赶个大早去圣安德鲁长老会[1]教堂，听麦克莱伦牧师布道，他老得都可以认识摩西了。总之，整个周末，就只剩星期天下午才能组起一支棒球队。

这也还算不上什么。更难熬的是星期三下午，一到一点四十五分，我的一半同学就要去伯特利教堂的希伯来人学校；一点五十五分，另一半同学又要去圣埃德伯特教堂做教义问答。这样就只剩下了长老会教徒——以前还有三个人。可去年夏天，本·卡明因为老爸要去格罗顿工作搬到了康涅狄格州；伊安·麦克阿李斯特也因为老爸不再担任圣安德鲁教堂的牧师而搬去了勃朗克西。（因此我们不得不接受麦克莱伦牧师，他大概会管以赛亚叫好哥们儿吧。）

于是现在，做一个长老会教徒，简直是种灾难——每到星期三下午，只剩下一个学生了。

就是我。

---

① 基督教的一个派别。前文中的圣埃德伯特教堂是天主教教堂，伯特利教堂是犹太教堂。

我想贝克夫人点到我的名字时，一定心存疑虑。她的声音变得有点沙哑，好像我的名字中藏着什么密码。

“霍林·胡佛。”她念道。

“到。”我举起手。

“胡佛。”

“是的。”

贝克夫人坐到了讲桌边上。这是种不祥的暗示，因为学校里有规定，老师不可以坐在讲桌边。

“胡佛，”她平静地说，然后思考片刻，“你们家去伯特利教堂吗？”

我摇摇头。

“那圣埃德伯特教堂呢？”她似乎抱着一线希望。

我又摇了摇头。

“这么说，星期三下午你既不去希伯来人学校，也不参加教义问答？”

我点点头。

“那你就要和我待在一起。”

“我猜。”我说。

贝克夫人狠狠地瞪着我，好像翻了个白眼。“‘猜’在这里用作不及物动词是错误的，你不应该断句，而应该说完整，比如‘我猜星期三下午会很忙’。”

就在那一刻，我明白了她恨我。那种表情在她脸上蔓延开来，就像太阳在瞬间消失，要等到明年六月才会再次升起一样。

很可能我的表情也好不到哪儿去，因为我有种快要呕吐的感觉——冒着冷汗，肚子里翻江倒海，我希望——真的希望——开学第一天老妈做的不是火腿、奶酪和西蓝花鸡蛋饼，而是我更想要的麦片，那样就可以更轻松地吐出来，而且不是黄色的，至少不会那么恶心。

即使贝克夫人有同样的感觉，她也不会表现出来。她低下头，继续念着名单。“黄麦琪。”看见黄麦琪举起了手，她点了点头。再次低头时，她先瞟了我一眼，而且真的翻了个白眼。她继续念名单，“丹尼·哈普佛。”边念边抬头寻找丹尼举起的手，再看我一眼。“梅丽尔·李·卡瓦尔斯基。”她寻找梅丽尔·李的手，接着又看我。每次抬头寻找别人时，她都会瞟我一眼。之所以一直盯着我，是因为她恨我入骨。

那天下午，我慢慢走回我家那所完美的房子。不用抬头看我都能找到家，因为从人行道开始就与别处截然不同了。忽然之间，所有的地砖都变得洁白无瑕、完美无缺，连一条裂缝都没有，真的一条也没有。地砖铺成的甬道两旁种满了盛开着粉色和白色花朵的杜鹃，整整齐齐地向前延伸。终点正是那完美房子的门廊，登上三级台阶——和街上的其他房子一样——眼前便是这座殖民地风格的两层建筑，每一面各两扇窗户，二楼有两个天窗。这座房子比街上的其他房子更加干净，因为我老爸每两年都要刷一次墙，刷到雪白，仿铝制黑色百叶窗和铝制纱门，永远反射着柔和的光芒，绝不会在你打开时吱吱作响。

回到家，我把书本都扔到楼梯上，然后喊着：“妈。”

我想弄点吃的。一块奶油夹心蛋糕还不错。再来一杯巧克力奶，巧克力要比奶多。然后再来一块夹心蛋糕。吃下这么多甜食之后，我觉得该想个办法，看看怎么和贝克夫人一起度过九个月。除此之外，我也没什么好挂念的了。

“妈。”我又喊了一声。

我穿过完美的客厅，这里没人坐过，因为所有的坐垫都用干净的硬塑料布盖起来了。一进来就会觉得一切都是商店里的陈列品，真是太完美了。地毯好像从未被踩过——事实也基本如此，窗户边的小三角钢琴也好像从没有人弹过——确实没有，因为我们谁也不会弹。若是有人进来，敲一敲琴键，闻一闻假热带花，或者站在亮堂堂的镜子前整一整领带，肯定会对这由胡佛设计协会的设计师倾力打造的完美生活印象深刻。

老妈在厨房里，一边往窗户外扇风，一边忙着把香烟灭掉。她抽烟不能让我知道，因为担心我会说出去，尽管其实我并不打算告诉老爸。

这时我有了一个主意，虽然还没吃奶油夹心蛋糕。

在和贝克夫人的战争中，我必须得有个盟友。

“开学第一天怎么样？”妈妈问。

“妈，”我说，“贝克夫人对我恨之入骨。”

“不会的。”她关上了窗户。

“是真的。”

“贝克夫人都不了解你。”

“妈，并不是先了解，才能恨的。有些人不需要坐下来长聊之后，再决定要不要恨一个人。恨就是恨。贝克夫人就是这样的。”

“贝克夫人是个好人，肯定不会恨你。”

大人们为什么都这么说话呢？他们生下第一个孩子时，身上的某种基因就启动了，紧接着，这种话就会源源不断地从嘴里冒出来。他们好像根本没发现你说的是母语，也不觉得应该去理解你说的事情，而是像提线木偶，或者坏掉的唱片，总是滔滔不绝地重复着那几句话。

我猜他们真的无法控制自己。

晚饭过后，我到书房去寻找新盟友。

“爸，贝克夫人恨我入骨。”

“你没看到电视上正在播沃尔特·克朗凯特[①]的节目吗？”他说。

于是我们一起看沃尔特·克朗凯特播报的节目，直到CBS台的广告播起来。

“爸，贝克夫人恨我入骨。”

“你做什么了？”

“什么也没做。她就是恨我。”

“没有人会无缘无故恨你入骨的。你到底做什么了？”

“什么也没做。”

“她是叫贝蒂·贝克吗？”

“大概吧。”

“就是贝克家族的那个贝蒂·贝克？”

看到了吧，这就是我所说的基因。他们完全不明白你讲话的重点在哪儿。

---

①美国著名记者，曾任CBS电视台晚间新闻主播。

"可能是吧。"我说。

"就是经营贝克运动商城的贝克家族？"

"爸，她恨我入骨。"

"贝克运动商城正要挑选设计公司来设计他们的新大厦，胡佛设计协会也在最终候选的三家名单之列。"

"爸……"

"霍林，你到底做了什么可能会让贝克夫人恨你入骨？这会让贝克家族的其他成员讨厌胡佛这个姓氏，然后贝克运动商城就会选择其他设计公司，这样胡佛设计协会的生意就泡汤了，我们就会破产，全国若干家信贷机构就会派人过来，站在咱家门廊里，抱着一大堆写满法律术语的文件——全都是坏消息——于是胡佛设计协会就不存在了，我退休后你也别想继承我的事业了。"

虽然现在我胃里的火腿、奶酪和西蓝花鸡蛋饼已经所剩无几，可我又开始想吐了。

"没那么夸张吧。"我说。

"你试试看。"他说。

这根本就不是我想要的盟友。

只剩姐姐了。要拉姐姐入伙，就像要求新斯科舍省[①]和你结盟去打仗一样。

可我还是敲了敲她的门。她房间里正大声放着门基乐队的音乐。

她打开门站在那儿，双手叉腰。唇膏的颜色就像崭新的

① 加拿大东部的省份，狭小，人口稀少。

消防车一样。

“贝克夫人恨我入骨。”我说。

“我也是。”她说。

“我需要你的帮助。”

“去找妈妈吧。”

“她说贝克夫人没有恨我。”

“那去找爸爸。”

一阵沉默——如果这算沉默的话，因为门基乐队的音乐还在震耳欲聋。

“噢，”她说，“会影响他做生意，对不对？所以他不打算帮这个要继承胡佛设计协会的儿子。”

“我该怎么办？”

“我要是你，就直奔加利福尼亚去。”她说。

“你可以再试一次。”

她靠在门上。“贝克夫人恨你，对吗？”

我点点头。

“那么，霍林，你可以试着干点什么，让她真的恨你入骨。”

然后她关上了门。

那天晚上，我又看了一遍《金银岛》，不是吹牛，这本书我已经看了四遍，《绑架》和《黑箭》我也各看了两遍。我甚至磕磕绊绊地看了一部分《艾凡赫》，直到发现《野性的呼唤》要好看很多。

我直接翻到吉姆·霍金斯抢夺伊斯帕尼奥拉号的那一段，他爬到桅杆顶端，伊斯莱尔·汉兹朝他爬过来，嘴里衔着一把短剑。而吉姆却不把他放在眼里，他有两把手枪，对付一把短剑绰绰有余，伊斯莱尔·汉兹很快就屈服了。“看来我不得不放弃了，尽管这难以让人接受。”汉兹说。我想那时他一定对吉姆恨之入骨。吉姆笑了，知道自己战胜了对手。这是一场胆识之争。

但是后来，伊斯莱尔·汉兹扔出了短剑，却戏剧性地救了吉姆一命。

我可不想只指望好运气。

星期二一整天，贝克夫人一直盯着我，就像要把我置于死地一般——正如伊斯莱尔·汉兹对吉姆·霍金斯做的那样。

早上一到学校就开始了。我从更衣室出来，朝课桌走过去时，正好撞到她盯着我的目光。

顺便一提，你可能会奇怪七年级的教室居然还有更衣室，让我告诉你吧，这并非因为我们年龄不够大，不能用走廊里的柜子，而是由于卡米洛初中以前是所小学，后来旁边新盖了小学校舍，以厨房走廊相连，小学旧址就变成了中学。于是，七年级所在的三楼教室里，全都有更衣室供我们放东西——虽然现在已经是一九六七年，城里其他七年级学生都使用储物柜。

我从更衣室出来，正好撞见贝克夫人盯着我的目光。她身体前倾，好像在讲桌里找东西。鬼鬼祟祟。

就要坐下时，我忽然意识到：我的桌子一定已经被她设了饵雷——就像弗林特船长[①]干的那样。这一刻我预见了未

---

①《金银岛》中海盗船的船长。

来——麦克莱伦牧师有时会提到这种事，即将遭遇灾难时，上帝会给你一些提示，如果听从就能存活下来，否则，你就完了。

我看了看桌子，并没有发现什么地雷引线，可能没有炸弹吧。我又检查了一下螺丝，都还在，这样坐下时也不会摔倒了。

说不定桌子里面有东西。一种可怕的东西。特别恶心的东西。八年级生物实验课上学期留下来的东西。

我再次看了贝克夫人一眼。她的视线已经移开，唇角似笑非笑。真的。非常邪恶。

于是我请梅丽尔·李·卡瓦尔斯基来帮我掀开桌面——三年级她第一次见到我，就爱上了我——这是她说的。

“为什么？”她问。有时真爱也会疑心重重。

“没有为什么。”

“‘没有为什么’不是正当理由。”

“可能是一个惊喜。”

“给谁的惊喜？”

“给你的。”

“给我？”

“是的。”

她掀起桌面，翻了翻英语、数学和地理课本下面。

“什么也没有啊。”她说。

我往里看了看。“我大概弄错了。”

“是我弄错了。”梅丽尔·李说着，“砰”的一声盖上了桌面。“噢，”她说，“对不起，本来要等你把手指放进来的。”

在七年级，爱和恨离得并不远，我可以负责任地告诉你。

到了午饭时间，我不敢出去休息，害怕贝克夫人叫一个八年级学生来对付我。比如道格·斯维塔克的哥哥，他已经开始剃胡子了，并且进过两个州的三个警察局，还在监狱里待过一夜。没人知道为什么，但我想可能是第三百九十几条的缘故，或者就是第四百一十条！道格·斯维塔克说，如果不是他老爸收买法官，他哥哥已经被判死刑了。

我们对他的话深信不疑。

“你怎么不出去午休呢？”贝克夫人问我，“大家都出去了。”

我拿起英语课本。“我想再看会儿书。”

“出去玩会儿。”她露出邪恶的目光。

“这儿挺舒服的。”

“胡佛先生。”她站起来，双手交叉抱在胸前。这时，我意识到教室里没有其他人，没有任何证人，也没有桅杆可以爬上去逃走。

于是，我出去了。

我警惕地观察着周围大概十英尺以内的动静，并且尽量待在西曼夫人的视野范围中，差点儿就去借她的雨帽了。当可怕的事情就要发生时，你永远不知道应该准备好什么东西。

然后，世界末日来临了——我听见有人叫我：“嘿，胡佛！”

正是道格·斯维塔克的哥哥。他走进了我的防御圈。

我向西曼夫人靠拢三步，可她避开了，并把雨帽扣得紧紧的。

“胡佛，你玩足球吗？我们少个人。”道格·斯维塔克的哥哥朝我走来，他的胸毛从 T 恤圆领里露了出来。

“去吧，”站得远远的西曼夫人竟然帮腔道，“如果你不参加，其中一个孩子也就不能玩了。”

如果不参加，还能再活一天，我想。

“胡佛，”道格·斯维塔克的哥哥说，“你来不来？”

我还能怎么办呢？好像已经命中注定了。

“你跟他们一队。”他指了指。

如我所料。

“你打后卫。”他说。

这我也猜中了。命运总有办法让你提前预料。

“我是前锋。”

我应该帮他说出来。

“也就是说，你得想办法阻止我。”

我点点头。

“你行吗？”

我想我可以阻止你。我想我可以阻止你，开着有两英寸厚装甲的布拉德利坦克，架上三挺机关枪，再装备一台枪榴弹发射器。这样，我就可以阻止你。

“我试试吧。”我说。

“那就试试吧。”道格·斯维塔克的哥哥笑了。我敢打赌，如果这时回头，肯定会看到贝克夫人正在三楼教室的窗户后面窥视着我，脸上露出同样的笑容。

足球的规则，就是无论你怎么跑，都不要碰到球。如果必须碰到，就在对方冲过来之前把它传给别人。我就打算这么做。这样，道格·斯维塔克的哥哥根本没机会靠近我，贝克夫人的邪恶计划也就无法得逞了。

可道格·斯维塔克的哥哥太生猛了。一拿到球，他就环视一周，然后向我直冲过来。他不像其他前锋那样避开后卫，而是直接冲着我来了。他发出一声低沉的咆哮，就像一个自中生代就再没有进化过的大怪物，一边吼叫，一边流着口水，冲过来要把我碾个粉碎。

我想此时的贝克夫人，一定兴奋极了。

“挡住他！”我们的门将丹尼·哈普佛大声叫道，“挡住他！”他声音沙哑，大概正在想象，当球离开道格·斯维塔克哥哥的脚飞一般地冲向球门时，他的胸部会不会受伤。

我一动不动。

丹尼又喊叫起来。我想他喊的是“上前”，但并不确定。他好像已经语无伦次了。你可以想象一下一个人高声喊着各种元音的情景。

但无论他喊什么，都不起任何作用，因为我根本不会去阻拦。我绝不可能跑过去阻拦道格·斯维塔克的哥哥。他想要得分，就让他得好了。不就是个游戏吗，干吗那么认真。

我朝边线挪了几步，离球门远一点。

可道格·斯维塔克的哥哥竟然改变了方向，继续冲我奔来。

我又往回跑了一点，更靠近边线了。

他竟然又追过来。

于是，一边是丹尼·哈普佛狂飞乱舞的元音，一边是道格·斯维塔克的哥哥来自中生代的咆哮，我感觉我的人生一下子坠入了最低谷，就像坐云霄飞车一样。过去的一切，都该结束了。

就在这时，我想起了吉姆·霍金斯，他爬上伊斯帕尼奥拉号的一侧，想要偷走这条船；他撕碎海盗旗，坐在桅顶横桁上击败了伊斯莱尔·汉兹。

胆识。

我抬头看了看贝克夫人的窗户——她不在，可能不想被控告为同谋吧——然后我跑向球门，转过身，站定，等待道格·斯维塔克的哥哥冲过来。

视死如归。

我牢牢地站着，牢牢地站着，牢牢地站着，直到那咆哮、吼叫和口水即将盖过我的头顶。

我闭上眼睛——没人说一定要睁着眼直面命运——然后往旁边闪开。

事情经过大概如此。

我把右脚往后一伸。

道格·斯维塔克的哥哥被绊倒在地。

忽然间，一切音量都增大了——咆哮声、吼叫声和口水声，道格·斯维塔克哥哥的身体飞向球门时的呼啸声，丹尼·哈普佛的尖叫声，还有我捂着腿的大喊声。最后门柱上传来一声巨响，道格·斯维塔克哥哥的脑袋把那儿撞了个坑。

一切都安静了。

我睁开了眼睛。

道格·斯维塔克的哥哥站在那里，摇摇晃晃。西曼夫人正跑过来——尽管严格地说，那并不算跑，她慌张地蹒跚而行。也许她已经看见“玩忽职守的操场看护员”称谓即将伴随她的未来。她赶到时，道格·斯维塔克的哥哥仍然摇摇晃晃，用一双斗鸡眼看着她。“你没事吧？”西曼夫人搀起他的胳膊。

他立刻点了点头，张口吐了她一身。

他午饭吃的是肝泥红肠鸡蛋三明治。从此以后，再也没人想看到肝泥红肠鸡蛋三明治了。

西曼夫人的雨帽根本没起作用。

球赛就这样结束了，可丹尼·哈普佛——这次他终于放心了——追上我，在我背上狠狠击了一掌。“你居然把他灭了！”

“我也不想。”

“嗯，你看见他飞过去的样子了吗？跟导弹似的。”

“我也不想那样！”我喊道。

“我还从来没见过谁被这样灭掉呢。”

道格·斯维塔克跑了过来。“你灭了我哥哥？”

“我也不想那样。”

“大家都说你灭了我哥哥。我在老妈肚子里的时候，就想这么干了。”

“像导弹似的。”丹尼说。

我步履蹒跚地回到教学楼，尽量不去看那个气急败坏的西曼夫人，此时她正扶着摇摇晃晃的道格·斯维塔克的哥哥，而雨帽也不起任何作用了。肝泥红肠就是那样。

梅丽尔·李在门口等我。

“你灭了道格·斯维塔克的哥哥？”她问。

“我也不想那样。”

“他怎么会突然飞起来？”

“我绊了他。”

“你绊了他？”

“是的，我绊了他。”

“你是故意的？”

“有一点。”

“那不就是犯规吗？”

“他的体格是我的三倍。”

“那你就可以犯规，搞得他像白痴一样？”

“我没想搞得他像个白痴。”

“哦。你也不想把我搞得像个白痴，让我掀开桌面给我惊喜，结果却什么都没有。”

“这两件事有什么关系？”

“千丝万缕的关系。”梅丽尔·李跺着脚走了。

她经常让我觉得自己蠢得无可救药。“千丝万缕的关系”，到底是什么意思？

我们回到班上后，贝克夫人脸色很难看——因为她的邪恶计划失败了，很失望。后来广播里说道格·斯维塔克的哥哥没大碍，观察十天后就能回来上课，这周剩下的几天里需要另外安排一个操场看护员。贝克夫人绷了一下午的脸，现在更加阴沉了。

她看着我。

恨我入骨。

下午上英语课，学习划分句子结构——不知为什么，西半球的人一定得学会这件事。贝克夫人叫我们挨个儿到黑板上划。这是她给梅丽尔·李的句子：

小溪顺着美丽的山峰流下来。

这是给丹尼·哈普佛的句子：

他把球踢进球门。

给麦琪的句子是：

这个女孩走路回家。

麦琪今年夏天才从越南过来，这个短句子已经用掉她三分之一的词汇量了。

而给道格·斯维塔克的句子是：

我读了一本书。

他的句子也这么短另有原因——对道格·斯维塔克来说，这句话简直是一个弥天大谎。他从不读书。

她给我的句子则是：

我们往往在享有某一件东西的时候，一点不看重它的好处；等到失掉它以后，却会格外夸张它的价值，发现当它还在我们手里的时候所看不出来的优点。[①]

---

① 出自莎士比亚戏剧《无事生非》。

任何以此为母语的人都不可能把这个句子的结构划出来。即使这话的作者也未必能划得出。我站在黑板前，无助到了极点。

“胡佛先生？”贝克夫人说。

我开始冒汗。如果罗伯特·路易斯·斯蒂文森把《金银岛》写成这样，谁也不会去读的，我想。

“如果你听了我的课，就可以做到。”贝克夫人这样说，就像如果曾经开过一盏电灯，就能制造一个原子反应堆一样。

“从‘我们往往’开始。”她边说边阴沉沉地冲我一笑，那眼神就如同高个子约翰·希尔弗得到了弗林特船长的宝藏。

可游戏还没有结束。

广播又吵了起来，像鹦鹉尖叫般发出刺耳的声音。

在点我的名，叫我去校长办公室一趟。

快逃！

我放下粉笔，转身冲着贝克夫人哼起胜利的小调。

可我看见她的嘴角也得意地微微上扬。

“动作要快。”广播里说。

我忽然明白了，是警察。贝克夫人揭发了我。一定是警察。我灭了道格·斯维塔克的哥哥，他们要来抓我回警局。可我老爸不会去收买法官。当我被判死刑时，他只会面无表情地望着我，说：“你到底干了什么？”

“动作要快。”贝克夫人说道。

通往校长办公室的路十分漫长。通往校长办公室的路，历来都十分漫长。在开学的头几天，你穿着运动鞋，吱吱作响地踏过打了蜡的地板，就像是经受着无尽的折磨。你经过时大家都从教室门口盯着你看，人人都知道你要去校长办公室见盖里奇先生了，人人都庆幸去的那个人是你，而不是他们。

事实如此。

我不得不等在门外。这让我非常紧张。

盖里奇先生的长远目标，是成为一个小国的独裁统治者。丹尼·哈普佛说他一定是在等待中央情报局把菲德尔·卡斯特罗[1]处理掉，再把他派往古巴，这样他就能把那里命名为盖里奇国了。也许吧。在等待升职为统治者的同时，他继续担任着卡米洛初中的校长，并在我们身上试验他的小国独裁统治纲领。

我进门时，他正坐在桌子后，椅子比我的高很多。

“霍林·胡。”他音调很高，有点刺耳，好像嗓子已经坏了，因为总是站在阳台上用广播冲着惧怕他的师生们声嘶力竭地喊叫。

“是胡佛。”我说。

“我手里的表格上写的是‘霍林·胡’。”

“我的出生证上是‘霍林·胡佛’。”

盖里奇先生露出了校长特有的笑容。“咱们别扯这个了，霍林。表格是我们管理学校的方式，永远都不会错，对吗？”

这便是他的小国独裁统治纲领在作怪，除非你没留意到。

“好吧，霍林·胡。”我说。

“谢谢。”盖里奇先生说。

他又看了看表格。

“霍林，”盖里奇先生说，“我们有个问题。表格上显示你

---

①古巴领导人。

的六年级数学及格了——尽管成绩毋庸置疑在平均分以下。”

“是的。”我说。我六年级数学当然及格了。道格·斯维塔克也及格了，他的分数才毋庸置疑在平均分以下。

盖里奇先生从桌上拿起一张纸。

“但我收到了贝克夫人的建议，她在考虑让你重修这门课是不是对你更好。”

“重修六年级数学？”

“也许她不太确定你是否有能力开始学七年级数学。”

“可是——”

“别打岔，霍林·胡。贝克夫人建议，每个星期三下午，一点四十五分开始，你可以去哈克奈特夫人班上听数学课。”

一定有个地方，一定有个地方，这世界上一定有个地方，可以让一个七年级的孩子栖身，远离贝克夫人、盖里奇先生和卡米洛初中，远到连对他们的记忆都会消失。也许可以站在伊斯帕尼奥拉号的甲板上，随它迎风翱翔，然后停泊在一个遍布绿色棕榈树的热带岛屿，那里的山上有着许多色彩明艳的热带花卉——都是真的——成群地点缀在棕榈树间。

或者到加利福尼亚，我要是到了那儿，肯定能发现它不为人知的优点。

盖里奇先生又一次看了看表格，摇了摇头。“根据这个记录，”他照本宣科道，“你的六年级数学确实及格了。”

我点点头，屏住呼吸，大着胆子想，也许一个小国独裁统治者偶尔也会良心发现。

“贝克夫人的考虑也是合乎情理的，看起来是这样，可及格了就是及格了啊。”

我什么也没说，我可不想倒霉。

“你还是应该继续往下读。”他说。

我赶紧点点头。

“不过，”盖里奇先生朝我倚过来，“我会再检查一遍你的档案记录，霍林·胡。做好两手准备吧。”请注意，他的小国独裁统治纲领又在作怪了：总是让你提心吊胆。

盖里奇先生在贝克夫人的报告上涂写了几笔，对折一下，接着拿起桌面上的一个信封。他一边注视着我，一边把报告放进去，舔了舔封口粘起来，然后在信封上写上“贝克夫人”，递给我。

“把这个带去，”他说，“原封不动地交给她。我会去问她的。”

于是我拿着信封，封好的信封，回去交给了贝克夫人。我回到座位上时，她拆了开来，阅读着盖里奇先生的批文，然后慢慢把信放进了讲桌最上面的抽屉里，转而看向我。

“很——遗——憾。”她咬着字，一个个缓缓吐出来。

这段时间里她完全可以把句子结构划好了。

那天剩下的时间，我一直小心翼翼地观察着她，但她没有泄露出任何邪恶的企图。不管是道格·斯维塔克的水笔坏了，墨水洒了一桌子；还是她一拉绳子，整张世界地图就掉了下来；或者盖里奇先生在午后广播里宣布，提伯尔特·贝克上尉将马上随一〇一空降师前往越南作战，我们都希望贝克夫人跟他一起去——她的脸一直板得像总统山，表情丝毫没变过。

当一个人心存恶念时，往往就会表现出这副模样。

十月

九月的星期三，在粉笔灰的迷雾中度过。

下午一点四十五分，来自伯特利教堂的巴士接走了一半同学。

一点五十五，来自圣埃德伯特教堂的巴士又接走了剩下的一半——包括麦琪，因为是天主教救援组织把她从越南带来的，所以她也得去参加教义问答。就像欠他们的一样，其实她根本不是天主教徒。

只剩我和贝克夫人了，就我们俩。大眼瞪小眼。度秒如年。可能她正挖空心思想干点什么，好让我因为出生在长老会教徒的家庭而感到不幸。

“现在给你上课也没什么意义，”她说，“明天你还得再听一遍。”于是，第一个星期三下午，我把所有的黑板都擦了一遍，又整理了桑代克[①]词典，然后又擦了一遍黑板，因

① 美国心理学家和教育家，编写过许多课本和词典。

为第一次擦过后留下了一条条印子。接着我到教室外面，在学校砖墙上敲黑板擦。白色的粉笔灰飞腾而起，笼罩了我，落进我的头发、眼睛里，钻进我的鼻子，又溜进了喉咙，让我觉得也许这个学期还没结束，我就会死于某种肺病。而这全都因为我恰好是一名长老会教徒。

九月的第二个、第三个、第四个星期三都差不多。我擦黑板的技术已经炉火纯青。于是贝克夫人又叫我用小小的大头钉和水平测量仪帮她挂公告牌，打扫天花板石棉瓦上的蜘蛛网，擦窗户玻璃下半部分上汗津津的手指印，再把窗户推上去，贝克夫人说，这样能使新鲜空气流通到教室里来。

确实得让空气流通一下了。新鲜空气流入更衣室，笼罩着乱七八糟扔在角落里的午饭——就算刚刚出炉时它们也都难以下咽，类似肝泥红肠三明治一类的东西。

于是，在擦玻璃也得心应手之后，贝克夫人叫我去把更衣室打扫干净。

但是，道格·斯维塔克藏起来准备实践第一百六十六条的东西，我没有打扫。目前已经有一盒木薯粉布丁、一袋被扯成黏糊状的棉花糖、半打乱七八糟的羽毛、一瓶红墨水，还有一只塑料袋，里面装着可怕的玩意儿——也许是某种动物的尸体。所有东西都藏在A&P杂货店的小盒子里，摆在衣服上方的架子上。

我一点儿也没碰。

你觉得我会抱怨吗？把放得太久长了霉斑的午饭捡起来，打扫石棉瓦，整理桑代克词典，我会抱怨吗？不，完全没有。一次都没有。透过一尘不染的玻璃窗下半部分向外望去，秋天下午的光线柔和温暖，空气甜甜的、凉凉的，让人想一口吞下去，人们开始在街边焚烧落叶，那可爱的烟飘进你的鼻子里，告诉你秋天到了，而你却还得呼吸着粉笔灰和肝泥红肠三明治恶心的味道。即使是这样，我也没有抱怨过。

为什么呢？

因为十月的第一个星期后，贝克运动商城把建筑设计师的竞标范围缩小到了两家公司——胡佛设计协会和卡瓦尔斯基设计协会。于是每天晚饭后，沃尔特·克朗凯特的节目开始之前，老爸都要对我说："霍林，和贝克夫人一切都好吗？"我则回答："好极了。"

"继续保持。"他说。

所以，我不会抱怨。

或许你以为，既然这一切只因为我是长老会教徒，那么为了补偿，上帝就应该安排扬基队参加世界锦标赛。可事实呢？当然不会如此。这个世界本来就不公平。参加比赛的是波士顿红袜队。我跟你说，谁都知道波士顿红袜队不可能再赢一次世锦赛了。永远不可能。就算有三个卡尔·雅泽姆斯基也白搭。就是不可能。

道格·斯维塔克的哥哥还没返校，道格·斯维塔克说这十天的观察期他过得逍遥自在，如果没人发现他行为异常，可能很快就得回学校了。于是在返校的前一天晚上，跟着斯维塔克夫人去教室见老师时，他径直走向黑板，拿起黑板擦就往自己头上敲。由于没人像我一样帮路德玛先生每星期三下午把黑板擦敲得干干净净，道格·斯维塔克的哥哥大概敲过四下后，头发就完全变白了。接着他拿起两截长粉笔，塞进嘴里扮成尖牙，一边号叫，一边流着口水，跑到了走廊上。

那时学校里几乎没人了，可道格·斯维塔克的哥哥真是撞大运啊，这回竟然也让西曼夫人碰上了。她已经决定去度假，正好在这个特别的夜晚回办公室清理私人物品。

我想她的尖叫声一定在卡米洛初中久久回荡，直到黎明来临。

这使道格·斯维塔克的哥哥又获得了四个星期的观察期。第二天早上，贝克夫人眼神中的怒意十分明显，她一定认为全是我的错。并不是这样啊。我和这件事一点关系都没有。可当一个人恨你入骨时，什么真相、正义、美国精神等等都没有太大意义。

星期三，我们起身要去上彼得瑞里先生的地理课时，贝克夫人终于收起了她凶恶的目光。我们手拿地理课本走向教室门口时，她竟微笑地看着我。我不禁又担心起来。她就像故事里的大恶魔，猛然间发现了一个完美的计划，可以轻而易举地把全世界、全人类玩弄于股掌之中。

现在我能做的，便是控制住不要立刻撒腿跑出教室——尽管走廊里也不让奔跑——躲到初中地理课的安全世界里。

彼得瑞里先生坚信，不填“学习反馈表”，上什么课都没有意义。于是他像一个大出版商一样复印了一大堆表格。他的手上总是沾满蓝墨水，因为每次印好表格的纸还没干透他就会抽出来——弄得整个教室全是油墨味儿。

“两人一组，把这个表填好，”他说，“你们有四十三分钟时间。”

四十三分钟。老师从不动脑子想想正常人完成这种表格需要多少时间。

梅丽尔·李过来跟我搭档时，我还在想贝克夫人为什么对我微笑。

“你还好吗？”梅丽尔·李问。

“好极了！”

“你笔都拿反了。”

“谢谢指正，卡瓦尔斯基侦探。”

“不客气。你告诉我答案，我来写怎么样？”

“为什么不是你想好答案，我写下来？”

“因为我知道怎么写。美国的第一个州是什么？”

“特拉华州。你觉得贝克夫人像不像大恶魔？”

“不像，你真是个被害妄想狂。第二个州呢？”

“我不是妄想狂。宾夕法尼亚州。贝克夫人恨我入骨。”

“贝克夫人没有恨你入骨，而你，就是个妄想狂。第三个州呢？”

“谢谢你的信任。纽约州。”

梅丽尔·李看了看地理课本。“纽约州不是第三个。是新泽西州，不是纽约州。”

“你怎么知道的？”

“所有人都知道。”她说。

噢，透过彼得瑞里先生不太干净的玻璃窗，可以看到秋日里一片美好的蓝天，阳光很温暖，草儿依旧葱绿，有些红色的叶子上点缀着黄色斑点。天高云淡，阵阵微风吹过，轻柔得如同叹息。

“第四个州是什么？”梅丽尔·李说。

我和梅丽尔·李就这样混到了下课。自从贝克夫人的刺杀阴谋失败之后，我感觉世界安全多了。我想她的那些刺客候选人大多看到了道格·斯维塔克哥哥的下场，害怕我也会灭了他们吧。于是，离开彼得瑞里先生返回贝克夫人的教室时，我真想跑出去享受一下这美好的十月，然后活着回来。

阳光晒得后背暖暖的，我能感觉到。

可接下来，我终于明白贝克夫人为什么对我微笑了。

“胡佛先生，”学校正午的钟声敲响时，她在讲桌前叫道，“请你帮个小忙。其他人都去休息吧。”

我朝梅丽尔·李使了个眼色。“看到了吧？”我低声说。

“被害妄想狂。”她说完便丢下了我。

“胡佛先生，”贝克夫人说，“今天早上比吉欧夫人帮我做了一些点心，需要带到教室来，你可以去厨房拿一下吗？还有，别到处乱说。这些点心不是给你们的，而是下午要拿去圣埃德伯特教堂，给赴越士兵妻眷联盟会的。不是给别人的。”

“就这样吗？”我说。

“别多疑了，”她说，“多疑是一种不适宜的情感。”

于是我收起不适宜的情感，去找比吉欧夫人了。应该花不了多少时间，虽然七年级教室在三楼，厨房在一楼，而且还在走廊的尽头——大概是为了让风把饭菜的味道吹走。有时确实吹走了，有时候却没有。没吹走的时候，整个楼里都弥漫着汉堡包和胡椒的味道，还有像地板下死了什么动物一样的味道。

我想比吉欧夫人是闻不到这些的，可能因为她总戴着口罩，或者因为她在学校厨房工作了太多年头，嗅觉早已经失灵了。

可是我既没有戴口罩，也没有嗅觉失灵，于是在快到厨房时深深地吸了一口气才走进去。然后我马上意识到，其实完全没必要这么做。一点儿怪味也没有，只有那美妙的叫人垂涎欲滴的香喷喷的黄油烤面包味、香草奶油味、白糖味……飘荡在暖暖的空气中。长桌上一连串摆着十二盘奶油泡芙，学校食堂的任何一顿午餐都不能与之媲美——金黄色、焕发着光芒、完美的奶油泡芙。

“是贝克夫人叫你来的吗？”比吉欧夫人说。

我点点头。

“从那一盘开始吧。”她指了指。

我想，难道比吉欧夫人不应该感谢我来帮忙吗？难道没有一个好心人会递给我一个金黄色、焕发着光芒、完美的奶油泡芙吗？难道完全不可能发生这种事吗？

是的，的确不可能。

“赶快干活吧，”比吉欧夫人说，“千万别弄掉了。”

不会弄掉的，我心想，您可真是客气啊。

我一手端起一只盘子。

“一次拿一盘。”比吉欧夫人说。

我看着她。“那我得跑十二趟三楼。”

“噢，看样子你数学学得不赖嘛。千万别弄掉了。”

接下来所有午休时间，我都在端盘子——而且一次只拿一盘，端到楼上教室。每次我进门，贝克夫人都笑得很甜。“放在窗户旁边的架子上吧。冷空气能让它们保持干燥。”

我想到了老爸和胡佛设计协会的未来。我没有抱怨。贝克夫人叫我把窗户开大一点，我不得不把所有的盘子都挪开——一次只拿一盘，这样才能越过架子把窗户抬高一点。即使如此，我也丝毫没有抱怨。

“谢谢。”贝克夫人说。这时表针已经指向了十二点半，同学们都陆续回来了，丹尼·哈普佛给了我肩膀一巴掌，因为他以为奶油泡芙都是给我们的。直到贝克夫人叫大家拿出数学课本，在门口排好队去上萨莫维兹先生的课时，他才发现不是。

我跟你说，有十二盘金黄色、焕发着光芒、完美的奶油泡芙晾在你们班教室里，实在很难去关心什么集合论。十二盘奶油泡芙，二十三个同学加上贝克夫人，每人能分到半盘呢。别以为我们连这个都不会算。而萨莫维兹先生班上的学生拿着英语课本经过我们身边时，别以为我们不担心他们会把手伸向奶油泡芙。

不过他们没有，数学课后我们回到教室，奶油泡芙还在原地，沐浴着干净的玻璃窗外吹来的凉风。可贝克夫人却表现得好像奶油泡芙根本不存在。其实存不存在都没关系。反正它们终归要和赴越士兵妻眷联盟会一起待在圣埃德伯特教堂里。

一点四十五到了，一半同学走了，丹尼·哈普佛低声对我说："我们走后，如果她给你吃奶油泡芙，我一定会杀了你。"一个即将举行成人礼[①]的少年可不该想这种事。

一点五十五到了，另一半同学离开了，梅丽尔·李低声

① 犹太教中，男子的一种成年仪式，一般在十三岁举行。

对我说："等会儿她要是给了你一个，我就对你实施第四百零八条。"第四百零八条是什么我不太记得了，可那和丹尼·哈普佛的威胁也差不多。

就连麦琪也眯着眼睛看着我说："我知道你家在哪儿。"这听起来可真不妙。

但我知道我很安全。贝克夫人给我一个奶油泡芙的可能性正如林登·贝恩斯·约翰逊总统走进教室的几率一样大。

后来，确实有人来了。但不是约翰逊总统，而是卡米洛小学的一个五年级学生。他抱着一个盒子。

"你来了，查尔斯，"贝克夫人说，"全都拿来了吗？"

"应该是的。"

"彼得瑞里先生班上的拿来了吗？还有萨莫维兹先生班上的？"

查尔斯点点头。

"那楼下的哈克奈特夫人班上的呢？"

"拿来了。"

"还有路德玛先生班上的？"

"全都拿来了。"查尔斯说。

"谢谢。请放在桌上吧。"

查尔斯把盒子放在贝克夫人的讲桌上，看了我一眼——眼神带着些许哀伤，然后便拍拍手离开了。

粉笔灰从他手上掉落下来。

"胡佛先生，"贝克夫人说，"最近发生的事情让我们学校的老师决定要把黑板擦保持得更干净。所以每个星期三我都会叫查尔斯去把所有教室的黑板擦收集过来。"她瞧瞧讲桌上的盒子，“就请你来处理，好吗？”

这次我真的很想抱怨。我走过去看了看盒子，肯定有三十个之多。每一个都吸饱了六个星期的粉笔灰。

我真的真的很想抱怨。

可我想到了胡佛设计协会的未来。

我抱起了盒子。

“我在复印室。”贝克夫人说。

好极了，我想。

但接下来贝克夫人说了一句话——一句足以让整个世界颠覆的话：“如果我们都及时做完，你就可以得到一个奶油泡芙作为奖励。”

我想我肯定变得面无血色了。

“不必如此惊讶。”她说。

可我的确很惊讶。她抛出了一个奶油泡芙的诱惑。一个金黄色、焕发着光芒、完美的奶油泡芙。贝克夫人好像突然变成了另外一个人，我似乎看到了幻觉，眼前这个贝克夫人才是真的。

于是在这幻觉消失前，我抱起盒子下了楼，来到教学楼外。

这美好的十月，好像一直在等着错过了午休的我。空气里弥漫着棒球味、最后一次修剪过的草坪味道，以及还挂在树上正在逐渐干枯的叶子的气味。一瞬间，所有的气息都扑面而来。

不过，三十个黑板擦的粉笔灰分量可着实让人惊叹。我敲啊敲。没有吸入肺里的粉笔灰都随着旋风离开了地面，落满了一楼教室的每一扇窗户——老师们已经知道要在星期三下午把窗户关起来了。

一个奶油泡芙。在漫长的一天结束时。金黄色的、焕发着光芒的、完美的。没有人，无论是丹尼·哈普佛，还是梅丽尔·李，抑或麦琪，没有人会知道这事。

粉笔灰云团越升越高，飘向二楼的窗户——全都已经关上了。

也许贝克夫人会给我两个。反正有十二盘啊。也许两个吧。

粉笔灰随着旋风继续上扬——飘过了二楼，飘到三楼窗前。

也许她会再给我一个让我带回家。

粉笔灰在七年级教室窗前集聚了起来。

窗户开着，有人特意把它打开让空气流通。

那便是贝克夫人班上的窗户。

一个个金黄色、焕发着光芒、完美的奶油泡芙旁边，窗户全都开着，以保持干燥！

我绝望地朝楼上奔去，手里提着装有三十个黑板擦的盒子，其中二十三个的粉笔灰正气势汹汹地朝贝克夫人的窗户扑去。

但还是太晚了。

粉笔灰云团飘进了窗户，然后降落，轻轻地、均匀地覆盖到每一个奶油泡芙上面。看上去就好像比吉欧夫人又在上面撒了一层厚厚的白糖。

“你自己去挑一个吧。”贝克夫人带着一沓复印件回了教室。

“不用了。”我说。

“快去挑，”她说，“然后帮我全部拿到车上去。”

我拿了一个。摸上去沙沙的。

然后我帮贝克夫人把所有的盘子都搬到她车上—— 一次只拿一盘。希望那些赴越士兵的妻子们不会太留意粉笔灰。

在来回奔跑的过程中，我把我的奶油泡芙扔在了更衣室那些正在腐烂的午饭旁。

你知道一个故事是如何传遍整个小镇的吗？在一遍又一遍口耳相传的讲述中，这故事会变得越来越夸张，直到面目全非。那天下午，圣埃德伯特教堂奶油泡芙的故事便是这样流传开的。故事传到我老爸那里时——只过了十六个小时，星期四早上他一到胡佛设计协会就听说了——据说每一个赴越士兵的妻子吃奶油泡芙时都差点儿被噎死，真是太夸张了。一开始，大家把矛头指向了贝克夫人，意识到她不可能开这个玩笑后，便又将矛头指向了比吉欧夫人，她也是赴越士兵妻眷联盟会的一员。比吉欧夫人说肯定是白糖出了问题，她一定会给白糖公司写信投诉的，于是联盟会便决定暂时不把她开除。但是，她却再也不能做他们的厨师了。永远。

比吉欧夫人声泪俱下地说道，那些奶油泡芙并没有那么糟糕，接着拿起一整个塞进嘴里，嚼了嚼，吞了下去。

圣伊格内修斯医院的医生说，当她拼命控制住自己的咳嗽时，谣言更加迅猛了。

那天晚饭时，爸爸怀着一种“不适宜的情感”看着我。

“霍林，”他说，“和贝克夫人一切都好吗？”

“好极了。”我说。

“昨天你没帮她弄奶油泡芙吧？”

“是的，没弄。”

“你没有溜进厨房在比吉欧夫人的白糖里做手脚吧？”

“没有，我没溜进去。”

“那一切都还好吗？”

“好极了。”

“你一点儿也不知道——”

这时，上帝终于介入，给了我作为一名长老会教徒应得的补偿。因为如果爸爸把这句话说完，我可能就会给他一个与事实相去甚远的答案。可他没说完，因为我姐回来了，她在我对面坐下来，脸上画了一朵明亮的黄色花朵。

爸爸瞪大眼睛看了看那花儿，然后转向妈妈。

“告诉你女儿，她脸上画了一朵黄花儿。”

“我知道我脸上画了朵花儿。”姐姐说。

“为什么那么做？”爸爸问。

“这不是很显然吗？”

“别告诉我们，你是佩花嬉皮士[①]。”

姐姐什么也没说。

顷刻间，世界停止了呼吸，一切归于寂静。

“不，”爸爸说，“你不是佩花嬉皮士。”

“佩花嬉皮士很美，而且从不做伤害别人的事。”姐姐说。

爸爸闭上了眼睛。

“我们相信和平、理解和自由，相信分享和互相帮助。

① 二十世纪六七十年代在美国出现的一批反战嬉皮士，佩戴花朵或其他花类装饰，宣扬“爱与和平”。

我们会改变这个世界。”

“佩花嬉皮士，”爸爸睁开眼，“是一种嬉皮士，他们住在格林威治村，穿着脏兮兮的牛仔裤，挂着彩色念珠，连一双袜子都买不起。”

“今天有五万名佩花嬉皮士在五角大楼抗议战争。他们都说你们是错的。”

“幸运的是，对错并不取决于人数多少。”

“也不取决于约翰逊总统。”

“谢谢，政论家小姐，”爸爸说，“请理智地分析一下：现在跟你讲话的人是一九六七年企业家商会的候选人。这是他期盼已久的荣誉，可以为他带来意想不到的更丰厚的投资。但拥有一个自称佩花嬉皮士的女儿，对他来讲可不是一件体面的事。所以，快去把脸洗干净。”

又是一段长长的沉默，世界又屏住了呼吸。真的沉默了很久。世界一定想去休息一会儿了。

接着姐姐拉开椅子上楼了。等她下来时，脸上只剩下一片黄色的印迹。

“递给我荷兰豆。”爸爸说。

那天夜里，姐姐敲了敲我的房门。

“我需要你的帮助，霍林。”

“佩花嬉皮士？你想要我支持你做佩花嬉皮士？”

“我想要你支持一些更伟大的东西，而不只是我本人。”

“那就别往脸上画花儿，看起来真蠢。”

“好吧，”她说，“你什么都不画看起来就很蠢。”

“你这样可得不到我的支持。”我说。

“五万人在五角大楼，霍林。五万。有大事要发生了，已经开始了。也许现在你该考虑一下成熟点。”

“这么说我该做一个佩花嬉皮士？”

“你可以成为你应该成为的人——霍林·胡佛。”

“你没注意到吗？我本来就是霍林·胡佛啊。”

“这么想难道不只是自我安慰吗？在我看来，你只不过是会继承胡佛设计协会的某人的儿子。”

“这是一回事。”我说。

“除非是你自己当成一回事。你为什么让他欺负你？为什么不站起来反抗呢？”

“那你反抗得不错啊。”

姐姐把手放到脸上。

“什么意思？”我说。

“让他知道，我不想由别人来告诉我，我是谁或者我会成为什么样的人。”

“你脸上现在没花儿，而你也没什么实质性的不同。”

“对我来说很不同。”她说着便回了卧室，放起了门基乐队的音乐。声音震耳欲聋。

第二天一早，贝克夫人便在更衣室旁等着我了。“胡佛先生，我考虑了一下，星期三下午我们的日常工作应该改变一下。”

还记得火腿、奶酪和西蓝花鸡蛋饼吗？

“是吗？”我说。

“是的。星期三我们再说。不再干活儿了——或者可能，最后一次。”

“最后一次？”

“也许再奖励你一个奶油泡芙？”

我感觉那“不适宜的情感”又涌了上来。

“好，”我说，“最后干一次活儿。不过我不要奶油泡芙。”

“考虑一下吧。”贝克夫人说完便走开了。这次是一个新战略，我确信。可我没时间把它搞明白了。

“你得到过奶油泡芙？”梅丽尔·李说。

“没有。”我说。

“贝克夫人说，‘再奖励你一个奶油泡芙’，再。然后你说好。‘没有’是怎么回事？”

丹尼·哈普佛走过来。“你得到奶油泡芙了？”

“我没吃。”

“对，你没吃，你把它高高地放在架子上，光是看看就足够了。”

“是啊，我真的没吃。”

“你欠我们所有人奶油泡芙。”梅丽尔·李说。

“什么意思，欠你们所有人？”

“那我说慢一点，说清楚一点给你听：你、欠、我们、所有人、奶油、泡芙。”

“我从哪儿搞那么多给全班同学？”

“那是你的问题，”丹尼·哈普佛说，“要么搞到手，要么就去死。”

麦琪看着我，眯起眼睛。

我跟你说，做一个七年级的学生真的很难，每天都要面临死亡的威胁。

那天回家路上，我在戈德曼蛋糕坊驻足。那儿也有奶油泡芙——不带粉笔灰的。可你不会相信他们的要价！买二十二个奶油泡芙，我得花掉整整三个星期的零用钱。三个星期！

这个世界真是不公平啊。

星期一，我告诉丹尼、梅丽尔和麦琪，我需要三个星期。他们勉强同意了。可是每一天，死亡的威胁仍然接踵而至，关于得不到泡芙我的下场的描述时常翻新，且五花八门。我跟你说，丹尼·哈普佛有个很血腥的想法，但和梅丽尔·李的计划比起来却算不了什么。当星期三到来，我和贝克夫人单独待在一起时，竟然感到有些庆幸了。

你相信吗？和贝克夫人在一起我竟感觉更安全！

尽管我还没能洞悉她的新战略。

“胡佛先生，”贝克夫人说，“我们在浪费机会。”

“我们？”

“我们。以后的星期三下午，我们一起来读莎士比亚。”

“莎士比亚。”

“不要重复我说的话。我想你的英语很好，否则也不会让你来读莎士比亚。”

我点点头。

“首先，我们一起来大声朗读《威尼斯商人》，以便我确认你是否跟得上。之后，你再自己读。”

读莎士比亚。在贝克夫人能想到的所有战略里，这一定是最糟糕的。老师之所以教莎士比亚，就是为了把学生折磨得郁闷至死。我将在未来八个月里郁闷得死去活来。这简直是人类无法承受的。

“你确定不需要我来敲黑板擦了吗？”

贝克夫人摇了摇头。“最后一个差事，”她说，“得打扫一下希古拉斯和凯列班的笼子了。”

我远远地向希古拉斯和凯列班望去。

我还没跟你说过希古拉斯和凯列班呢，而且你会想直接跳过这一部分的，因为实在是太恶心了。

希古拉斯和凯列班是两只大老鼠。

学校里其他班级都养着鱼啊、仓鼠啊、沙鼠啊、小白鼠啊什么的。

可我们养的是大老鼠。

之所以养大老鼠，贝克夫人说，那是提伯尔特·贝克上尉送给她的，当时它们还是小小的一团毛绒球，鼻子是粉红色的，在干净的香喷喷的雪松木屑里开心地玩耍。他在宠物店里看到它们，把手指放进了笼子里，其中一只就过来舔了舔。那一刻，他就决定要把它们带回家。

于是现在它们就在我们班上，贝克夫人绝不会把提伯尔特·贝克上尉送给她的任何东西扔掉——即使她自己从来不靠近它们。

事实上，班上根本没人靠近过希古拉斯和凯列班——即便是什么事都干得出来的道格·斯维塔克——因为它们已经不再是小小一团的毛绒球了。它们每只看起来都有十五磅重，全身布满硬纸板颜色的斑点，其他大部分结痂的皮肤上覆盖着黄毛。如果有人看看它们，它们就会发疯似的冲向笼壁，拼命伸出结痂的长嘴来，“咯吱咯吱”地咬着黄牙，喉咙里发出的声音简直就像来自另一个世界。

它们很可能携带着鼠疫。

“它们在笼子里，我打扫不了啊。”我说。

“讲台下面的橱柜里有个小笼子。放点食物进去，把门对着大笼子门，然后两个同时打开。希古拉斯和凯列班就会跑到小笼子里去。这样你就可以清理大笼子了。”

听起来很简单，我看了看贝克夫人，想知道能否从她眼睛里看出“预谋”两个字。可我看不见她的眼睛，她正打开一本古老的绿皮书，翻着薄薄的书页。“快一点，胡佛先生，这样我们才能尽早开始享受戏剧。”她说。

我找到了橱柜里的小笼子，本以为不会像贝克夫人说的那样管用，可事实却如她所料。老鼠太饿了，我猜，为了得到食物它们会不择手段，也许连覆盖着粉笔灰的奶油泡芙也吃。于是当我打开门，希古拉斯和凯列班立刻抽回它们伸出笼外结痂的长嘴，一阵风似的蹿进了小笼子。然后我提着大笼子走向外面的垃圾桶，尽量让它离自己远一些。把东西倒光后，我又提着大笼子来到文德拉瑞先生办公室旁的盥洗室，站在二十英尺开外用软皮管冲水。我绝不会去碰它，除非迫不得已。

我从男洗手间拿来了卫生纸，将笼子擦干，然后提回到班上，撒进新的木屑——橱柜后面有整整一桶，装好食物和水。

小笼子里的希古拉斯和凯列班已经又开始伸出长嘴咬黄

牙，不过不那么狂躁了，大概是因为刚刚吃饱吧。黑眼珠看起来也基本正常了，不像以前那样有如恶鬼附身。

我把两个笼子对在一起，贴近，然后把两扇门都打开。希古拉斯和凯列班开始往回爬。

“顺便说一句，”贝克夫人说，“老师之所以教莎士比亚，并不是为了把学生弄得郁闷至死。”

她竟然知道！她竟然知道我在想什么！

所以你看，接下来发生的事可不怪我。

我转过身，诧异地看着贝克夫人，然后感觉两个笼子分开了。

“胡佛先生！”贝克夫人忽然站起来大声叫道。

希古拉斯和凯列班各有一半身体悬在两个笼子之间。它们伸长的嘴巴得意地抽动着，牙齿几乎能咬到我的大拇指了。我赶紧把两个笼子狠狠夹拢，它们发出一声尖锐可怕的叫声，同时用小黑眼珠瞪着我——眼里散发出恶魔之光，接着又歇斯底里地抓挠困住它们的栏杆，一直尖叫。

“别伤到它们！”贝克夫人喊。现在她已经在教室的另一边了。于是我把两个笼子稍微拉开了一点儿，希古拉斯转着圈，“嘶嘶”叫着，跳到凯列班身上，使劲挤着。接着它跃向我的大拇指，露出了两颗大黄牙。

“噢！”我赶紧往后跳了一步。

“吱——”凯列班从笼子里出来了。

“吱——”希古拉斯从讲台上跳了下去。

“吱——”凯列班也跟着它从讲台跳到了橱柜上。

“噢！”贝克夫人跳上了丹尼·哈普佛的课桌。

“噢！”希古拉斯和凯列班踩着我的脚跑了过去——踩着我的脚！然后直奔更衣室，冲进那一堆堆长满霉菌的食物残渣里。

那一刻，我和贝克夫人都感觉呼吸困难。她说话都带上了一种奇怪的腔调：“去叫文德拉瑞先生。快。”

我去了，从一张桌子跳到另一张桌子，再也不想冒险了——踩着我的脚！

进教室之前，我没告诉文德拉瑞先生叫他来做什么，因为我不确定如果说了他还会不会来。他知道之后瞪大了眼睛看着我们（我踩在后面的桌子上），然后点了点头，下楼去大厅的储物间拿了一把铲子和两把扫帚上来。“你们俩去那边把它们吓出来，”他说，“我拿着铲子在这边等着。”

“把它们吓出来？”我问。

“别伤到它们。”贝克夫人说。

“把它们吓出来？”我又问了一遍，我想他们没听到。

“除非它们要伤害我，我不会伤到它们的。”文德拉瑞先生说——这正是它们会做的。

我和贝克夫人从桌子上爬下来。

“把它们吓出来？”这是我第三次问。

“胡佛先生，勇敢一点。”贝克夫人说。

我跟你说，当我们拿着扫帚战战兢兢地走向更衣室时，当我们向那些长满霉菌的午饭捅去，朝挂起来的外套后面窥视时，可能看起来真的不太勇敢。我知道，当老鼠从道格·斯维塔克的外套里尖叫着飞出来时，我们可能真的不太勇敢。它们一边号叫，一边流着口水，朝文德拉瑞先生冲了过去，希古拉斯的黄牙上还粘着一块正在腐烂的奶油泡芙。接着我们听到文德拉瑞先生大叫“啊”，那时我们已经躲到了更衣室的另一头，而文德拉瑞先生则爬上了丹尼·哈普佛的课桌。

“爬进暖气片里去了。”他指了指。

可它们没在那儿待很久。

我们听到“吱吱吱”的嘶叫声，听到老鼠爬上墙的声音，听到石棉瓦天花板上“嗒嗒嗒”的脚步声。接着便归于寂静了。它们消失后留下的唯一一样东西便是奶油泡芙，那是希古拉斯爬进暖气片前遗弃的。

“我最好跟盖里奇先生说一下。”文德拉瑞先生说。

贝克夫人不知何时已经站在了她的讲桌上。她看看我，看看奶油泡芙，又看看我。“也许应该尽快。”她说。

就这样了。与奶油泡芙无关。

无论这个新战略是什么，都很有效。

文德拉瑞先生去报告了，很快盖里奇先生便来到了案犯逃脱现场。他喘得很厉害，因为校长和小国的独裁统治者都不习惯跑步。他看了看两只笼子，往更衣室里扫了一眼，又把耳朵贴到了墙壁上。“我什么也没听见啊。”他说。我们也是。

“它们可能已经走了。”文德拉瑞先生说。

“它们是怎么出来的？”盖里奇先生问道，就像这能让事情极大改观似的。

“我清理笼子的时候。”我说。

“是我的错，”贝克夫人说，“我不应该让他做这件事。”

“确实如此。”盖里奇先生说。他摸了摸下巴，思考着，“可现在它们已经跑出去了，不能让别人知道。明白吗？在这两个……逃犯……被抓到之前，现在这个房间以外任何一个人都不能知道这件事。”盖里奇先生放低了声音，威胁道，“任何一个人，都不可以。”

于是，盖里奇先生追捕逃犯的计划开始了。

另外，郑重声明一下，当希古拉斯和凯列班从笼子里跳出来时，我没说“噢”这个字。

文德拉瑞先生没有。

贝克夫人也没有。

盖里奇先生和文德拉瑞先生离去研究战略计划后，我不知道自己要不要留在教室里和贝克夫人待在一起。关于奶油泡芙的事，她仍然只字未提。我想反正也是迟早的事。应该快了吧。

教室门一关上，贝克夫人就双手叉腰，意味深长地看着我。

“你根本没吃奶油泡芙，是吗？”她说。

我慢慢地摇了摇头，做无辜状。

“可你假装吃了。”

我什么也没说。胡佛设计协会的未来颤抖了一下。

“你真是明智啊。坐下吧。”

我从桌子上爬下来时，下意识地看了看地上有没有潜伏着什么东西。

“胡佛先生。”贝克夫人不耐烦地说。

我本来想提醒她还站在讲桌上呢，可鉴于胡佛设计协会又起死回生了，就什么也没说。贝克夫人看出了我的犹豫，她瞧了瞧四周，然后从讲桌下到椅子上，又从椅子下到地板上。在她把脚踩向地板之前，也有些犹豫。“坐下吧。”她打开最下方的一个抽屉，拿出一本古老的黑皮书来搭配那本古老的绿皮书，吹走上面的蜘蛛网。然后她把黑皮书“砰”的一声扔在我面前的桌上，扬起一阵灰尘。看来是不得不读了。

“威廉·莎士比亚的戏剧，”贝克夫人说，“敞开你真实的灵魂，就永远不会感到无聊。翻到《威尼斯商人》。”

我照做了。

那天下午剩下的时间里，我们俩一直都抬着脚，轮流朗读《威尼斯商人》里的段落——尽管那书像是专为长了复眼的小昆虫印的，而且插图也实在太荒唐了。我的意思是，没人会摆成一朵花儿的姿势站在那儿，也没人敢穿着那样的衣服就出门。

但是，贝克夫人的战略再次失败了！她想让我郁闷至死，就算她声称不想——这就是她的战略。可《威尼斯商人》还好。

故事里没有吉姆·霍金斯。刚开始关于夏洛克的情节进展也很缓慢。可法院那一场戏骤然紧张，夏洛克准备割掉安东尼奥一磅肉，因为安东尼奥付不起钱——这种事情高个子约翰·希尔弗也完全做得出来。接下来鲍西娅进来发表了一通演讲，扭转了整个局势。

> 慈悲的力量却高出于权力之上，
> 它深藏在帝王的内心。

贝克夫人诵读的时候，我禁不住浑身颤抖。

但夏洛克却没有。他拿起刀准备动手了，这时鲍西娅再次扭转了局势，法官释放了安东尼奥。

> 慈悲不是出于勉强，
> 它是像甘霖一样从天上降下尘世。

这些话同样足以让你浑身颤抖。

就这样，贝克夫人的又一桩惊天阴谋再次以失败告终。

那天夜里，我梦见道格·斯维塔克的哥哥是夏洛克，手拿一个足球向我靠近，准备拍到我脸上，因为我把他给灭了。接着梅丽尔·李出场了，道格·斯维塔克的哥哥看着她，我也看着她，我在等待着那“慈悲不是出于勉强，它是像甘霖一样从天上降下尘世”的高谈阔论。梅丽尔·李张开嘴巴，对道格·斯维塔克的哥哥说道：

> 请继续吧。
> 像闪电穿过乌云一样把足球拍在他脸上吧。

这些话也能让你浑身颤抖。

接着我朝贝克夫人看去，她是法官，微笑着，脸上画着一朵黄色的花朵。我看了看法庭四周，我老爸在那儿，我想也许他可以买通法官，可他说：“和贝克夫人一切都好吗？”我说：“好极了。”他说：“那你到底干了什么？”贝克夫人依旧微笑。

我跟你说，如果莎士比亚认识我、梅丽尔·李、道格·斯维塔克的哥哥和贝克夫人，他一定会写点什么。

接下来的一个星期三，我们继续读《威尼斯商人》，到十月的最后一个星期三，终于读完了。合上书后，贝克夫人叫我说说夏洛克的人物形象。

“他不完全是个恶棍，”我说，“是吗？”

“是的，”贝克夫人说，“他不是。”

“他就像某个想……”

“想怎样，胡佛先生？”

“想成为他自己的人。”我说。

贝克夫人想了想。“可他为什么成不了？”她问。

“因为他们不允许。他们只让他按既定的路走，他被束缚住了。除了现在的样子外，他成不了任何人。”我说。

“所以，这部戏剧是一部悲剧。”贝克夫人说。

十一月

十一月在长岛降临了。每一天都变得灰蒙蒙的，潮湿极了，薄雾笼罩着一切，每年都是如此。通往我家那所完美房子的白色方砖人行道也同样湿漉漉的。杜鹃花枝头残余的白色和粉色花瓣都凋零了，许多叶子也飘落下来。为了不让它们难堪地半裸着，老爸用粗麻布把它们裹了起来——连布也湿淋淋的。第一个星期六，我最后一次修剪了草坪，接着老爸又修剪了一遍，他说要一直保持到明年春天，就得剪得好看点。第二个星期六，我们爬上房顶清理了排水沟，因为现在一下雨，脏水就会溢出来，弄脏这完美房子的各个角落，这着实让老爸很生气。

不过，完美的客厅天花板上的污迹才更让他气恼。没人知道水已经滴了多久，因为从来没人进去过。当老妈用吸尘器打扫客厅时，那污迹已经像垃圾桶盖子一样大了，长出黑色的霉斑。那天晚上，老爸伸手去查看情况，一团墙灰落到他的脸上，还有些发霉的东西掉进了他的嘴里。

那天晚饭吃得异常安静。

然而，十一月就是这样——天上洒下的每一缕阳光，云层中露出的一丁点儿蓝天，都会让你欣喜，因为你根本不知道下次再见到它们会是什么时候。当阳光和蓝天消失时，你便开始企盼赶快下一场雪，让那耀眼的洁白，把这灰蒙蒙的世界覆盖掉。

然而长岛的十一月没有雪。只下雨。不停地下雨。

我认为，这可能就是贝克夫人想到让我读《暴风雨》的原因。

不过，她想让我郁闷至死的邪恶计划再次失败了，因为《暴风雨》比《威尼斯商人》还要好看。事实上,几乎赶上《金银岛》了——这就说明问题了。

书里有很多好东西，简直让人惊喜。风暴、谋杀未遂、巫婆、魔法师、精灵、篡位、喝酒喝得死去活来的角色，还有一个名叫凯列班的凶恶怪物——你相信吗？贝克夫人竟然让我读这些，我真是太惊讶了。她本该先从头到尾审查一遍的。我想她自己肯定没读过，否则绝不会让我来读。

凯列班——剧中的怪物，不是那只逃走的老鼠——对骂人谙熟于心。我的意思是，他真的太擅长骂人了。文德拉瑞先生站在丹尼·哈普佛桌子上说的话与他相比，真是不值一提。就连道格·斯维塔克的哥哥也难以企及，要知道他能把学校巴士的黄颜色都骂得脱落消失。

我决定用心学习一下，即使有些意思还不太懂。道格·斯维塔克哥哥的大部分骂人话我也不懂，但没太大差别。骂人的关键在于过程。于是我在卧室里练习起来，脑子里想着我姐姐。

> 但愿一阵西南的恶风把你吹得浑身都起水疱。

我知道，这听起来并不是特别凶狠。可如果你带着恐吓的口吻慢慢地说出来，尤其说到“水疱”时，便达到了效果。眼睛半睁半闭的话，则会事半功倍。凯列班其余的诅咒，说得大声点、快一点效果更好，比如：

> 但愿血瘟病瘟死你！

以及：

> 但愿一切的癞蛤蟆、甲虫、蝙蝠都咒在你身上！

还有：

> 但愿我那老娘用乌鸦毛从不洁的沼泽上刮下来的毒露，一起倒在你身上。

最后这句话的意思我不是很明白，可当你真的把最后几个字尽全力吐出来时，便能发挥应有的效果。

我敢说如果贝克夫人自己读过这部戏剧，肯定不会让我读的。

每天吃过晚饭后，我就开始对着穿衣镜练习——光着膀子，这样看起来更加穷凶极恶。我决定先把“癞蛤蟆、甲虫、蝙蝠”这一句练好，因为这一句我理解得最透彻，而且每当我念出口，一点点唾沫星子便随着“甲虫”这个词喷射出来。

第二个星期二晚上，正当我可以把“癞蛤蟆”说得让人不寒而栗时，老妈敲响了我的房门。

“霍林？”她说，“你还好吗？”

“很好。”我喊道。

“听起来好像你在跟别人说话。”

“我在练习演讲呢。”在某种意义上，这也是事实。

“哦，”她说，“哦。那我走了，你继续吧。”

我又练了一会儿“血瘟病”那句，因为它随时都可以用。

然后老爸敲响了房门。一定是广告时间到了。

“我在书房都能听见你的声音。你在干吗？”

“练习莎士比亚。”我说。

“练莎士比亚干什么？”

“贝克夫人要求的。”

“贝克夫人？”

“是的。”

“那你好好练吧。”他说完便离开了。

我又继续练习“癞蛤蟆、甲虫、蝙蝠”那句，直到姐姐敲响房门。

“霍林？”

“嗯。”

“闭嘴。”

“但愿一阵西南的恶风把你吹得浑身都起水疱。”

她猛地推开门。“你说什么？”

当你面对一个十六岁的姐姐——随时会把某种东西从天上砸向你时，就连莎士比亚也不敢二话。“没什么。”我说。

“算你识相，”她说，“穿上衬衫，你这个异类。”她摔上了门。

我觉得今天先到此为止吧。

第二天一早我就去上学了，因为需要一点私人空间来继续练习。我爬上三楼，看见文德拉瑞先生正在走廊中间扶着一个梯子，拿着半打老鼠夹递给盖里奇先生。我只看得见盖里奇先生的腿，他移开了几片石棉瓦，身体的其余部分钻进了开口的地方。

“把剩下的给我。”盖里奇先生朝下面喊道，文德拉瑞先生照办了。

“把奶酪给我。”

文德拉瑞先生把手伸进背带裤，掏出一包黄色奶酪块儿。

“现在，我要拉开弹簧，”盖里奇先生说，“把饵放进去——”

突然“砰”的一声，盖里奇先生，而不是慈悲，像甘霖一样从天上降下尘世。

“啊。”他说。

（不是一声真正的“啊”，不像莎士比亚那样充满感情，甚至还不如贝克夫人念出来的。）

摔倒在地的盖里奇先生抬起头来。他的脸红了，手指更红。他疯狂地甩着手，像要把手指甩出去一样。“啊。”他再次说道。

(依然不是真正的“啊”。)

“你可以试试‘但愿血瘟病瘟死你’这一句。”我说。

盖里奇先生看了看我。“你这么早来学校干吗？”

“或者‘得了坏血病的夹子’也行。”我说。

盖里奇先生又疯狂地甩手。“你不应该来这么早。”

“他看见我们放老鼠夹了。”文德拉瑞先生说。

盖里奇先生瞪着他。“就是他把老鼠放跑的，他早就知道了。”

文德拉瑞先生狠狠地瞪着我，然后把手指放到嘴唇上。“一个字也不许说出去！”

“我要是说出去，就让癞蛤蟆、甲虫、蝙蝠都咒在我身上。”每一个字我都在恰当的时机说了出来，包括伴随着一点点唾沫星子的“甲虫”。

盖里奇先生奇怪地看着我，慢慢站起来，捡起周围散落的老鼠夹，再次爬上梯子。鉴于他那通红的手指，我觉得他实在是勇气可嘉。

“回你的班上去，霍林·胡。”他说。

贝克夫人已经到了。我进门时她正抬头盯着天花板，一串“嗒嗒嗒”的脚步声快速地在石棉瓦上来来去去。我们就那么听着，直到声音消失。

“一个字也不许说出去，胡佛先生。”她说。

“我一个字也不说。”我说完便回到我的课桌。

“《暴风雨》读完了吗？”贝克夫人问。

“读完了。”我回答。

"那下午我们复习一下。"说完她便回到桌上那一堆作业前，用笔把血瘟病挥洒在本子上。

现在没有私人空间了，不过我发现可以试试在这种压力下，能不能把凯列班的恶语说到位。于是我对着桌子嘀咕道："奇怪的东西，让水肿把你淹没。"有点投机取巧，因为我把两句话放在了一起，但觉得听起来也还不错。我又试了一次，心里想着希古拉斯和凯列班——那两只恶心的大老鼠，而不是剧里的那个怪物——因为我想把"奇怪的东西"这一句说得像怪物"嘶嘶"的叫声一样。

"奇怪的东西，让水肿把你淹没。"我低声说。

"你刚刚说什么了吗？"贝克夫人问。

我站了起来。"没什么。"

"你是在跟桌子里的东西说话吗？"

我摇摇头。

她放下红笔。"鉴于教室里只有我们两个人——最近几个月来，这种场面你我都见惯了——我猜你肯定是在跟我说吧。你到底说了什么？"

"没什么。"

"胡佛先生，你刚才说了什么？"

"奇怪的东西，让水肿把你淹没。"

贝克夫人想了想。"就这样吗？"

"是的。"

"真是句古怪的台词，剧中根本没有这样的搭配。你是在创造性地运用莎士比亚吗？"

"我喜欢它的韵律。"我说。

“它的韵律？”

“是的。”

贝克夫人想了想，点了点头。

“我也是。”她说，然后继续去挥洒血瘟病了。

就这样了？

我十分惊讶地望着她。

她知道这些话！而且两句都知道！

她读过这部戏！

她竟然还让我读！

不管她的计划是什么，都远远超出了我能想象的范围。

我决定在日常生活里实践一下凯列班的恶语，也许能完美地融会贯通。

午饭时，我发现老妈给我准备的是没有沙拉酱的红肠三明治，一根周末就已变蔫的西芹，还有一块上面有奇怪东西的饼干。

“奇怪的东西。”我低声说道。

午休时，道格·斯维塔克的哥哥横冲直撞地穿过操场，惹得一群六年级孩子疯狂地跑开，好像他是一阵西南的恶风，要把他们吹得浑身都起水疱一样。

“你这滑稽的猴子啊。”我用他听不到的声音说。

午休后，我发现八年级的男生把厕所弄得全是烟味儿，连消毒水的味道都闻不出来了。

“额角低下又恶毒的猴子。”我说。

我声音很小，以免被他们听到。

地理课上，彼得瑞里先生布置了一个题目：密西西比河与你。我举手说，我从没去过密西西比河，最近也不打算去。我觉得它跟我一点关系也没有，所以不理解“你”这个部分。

“难道所有的历史发展都得和你个人的生活经历有关吗，胡佛？”彼得瑞里先生问道。

因为我们正在谈论“密西西比河与你”——也就是与“我”，这个问题可能的答案便是“是的”。可在卡米洛初中，尤其是在彼得瑞里先生的课堂上，正确答案往往就是闭嘴。

“你们的报告，”彼得瑞里先生继续对全班同学说道，“可以……”

我低声念叨了“癞蛤蟆，甲虫，蝙蝠”那一句，每个字都发挥得恰到好处。

在合唱课上，细高跟鞋维奥莱特小姐——“细高跟鞋”并不是莎士比亚的台词，而出自丹尼·哈普佛——细高跟鞋维奥莱特小姐认为唱男高音的同学太多了，于是叫我加入女高音部。

“我？”我问。

“你的声音很可爱，很干净，霍林。”

“我唱不了女高音。”

“没问题，你可以的，”维奥莱特小姐说，“声音再高一点儿就行。”

而我的位子——我的男高音位子——给了丹尼·哈普佛。“你的声音很可爱，很干净，霍林。”他说。

“派桶。”我说。

梅丽尔·李给我腾出个空位，让我站在她旁边。“你不知道自己能唱得像女孩是吗？”她问。

“瞎眼的鼹鼠啊，让不洁的沼泽中的毒露倒在你身上。”我造句的能力越来越强了。

梅丽尔·李抓住我的胳膊。“你说什么？”

细高跟鞋维奥莱特小姐敲了敲指挥棒，示意我们安静，然后扬起手臂开始指挥。我们唱起了美国民歌——让爱国热情万分高涨的那种歌曲。我表现出努力唱高音的样子，甚至比应有的音调还要高。

梅丽尔·李还是抓着我的胳膊不放。“你刚刚说什么？”她又问道。

我是个漂泊的陌生人……

“不是这个。”她说。

穿行在这痛苦的世界……

梅丽尔·李把手移到我的喉咙。

细高跟鞋维奥莱特小姐再次敲了敲指挥棒。

大家都安静下来。

“梅丽尔·李？”维奥莱特小姐叫道。

梅丽尔·李松开手，向维奥莱特小姐看去。她的脸“唰”的一下红了，就像卡通片里那样。

“梅丽尔·李，”维奥莱特小姐说，“我让霍林去那个位子不是让你戏弄的。”

呃，梅丽尔·李脸上浮现的表情，就像她想马上找个地缝跳进去，再也不想被任何人看见。她大张着嘴，大张着眼睛，大张着鼻孔，就连鼻梁上的雀斑都变大了。

维奥莱特小姐再次敲敲指挥棒，我们唱了起来。

我们闪躲，闪躲，闪躲，闪躲，
我们一路闪躲，在世界上寻找出路。

梅丽尔·李用尽吃奶的力气踩我的脚，我只能努力保持镇定。我跟你说，所谓痛苦以及闪躲就是这个意思。

下一堂课是体育，我们跟着八年级的孩子一起绕操场跑步，他们身上散发着浓浓的烟味——尤其是道格·斯维塔克的哥哥。

“胡佛，”昆特瑞尼教练叫道，“你那也叫跑步？”

所谓慈悲，从来不会降临到体育老师身上。

我这么跑，是因为在唱《悲伤地走下去》和几乎一整首《忧郁者蓝调》的过程中，梅丽尔·李都一直踩着我的脚。如果脚会内出血，那我的脚一定早已淹没在血泊中了。

“派桶。”我声音很小，以免被昆特瑞尼教练听到。

可跟在我身后的道格·斯维塔克的哥哥听到了。

“什么意思？”他追上我问。

“什么？”

他减慢了速度，以便配合我一瘸一拐的步伐。“‘派桶’什么意思？”

“呃……”

“快说吧。”道格·斯维塔克的哥哥说。

“意思就是……呃……”

“你也不知道。”

“意思就是，一个人太蠢了，吃了无数个派，吃到无比恶心——恶心得都吐到自己身上。就那么恶心。”

忍受着内出血一瘸一拐，我只能说这么多了。

“就这样？”他问。

“就这样。”

“多谢。”说着他便跑到前头去了，只留下香烟的味道弥漫在空气中。

那天下午，大家有的去了伯特利教堂，有的去了圣埃德伯特教堂，依旧只剩下我一个。贝克夫人给了我一份关于《暴风雨》的试卷，有一百五十道题。一百五十道题！我跟你说，这里面一半问题莎士比亚自己也答不上来。

“看看你懂了多少。”贝克夫人说。

我坐到位子上拿起了笔。

“胡佛先生，”她说，“这里没有任何关于凯列班诅咒的问题——因为我觉得你已经掌握了。”

这是老师的基因，给携带者一种特别的直觉。有点可怕。也许人们就因为这个，才决定当老师吧。他们一旦发现自己拥有特别的直觉，就毫无疑问要成为老师。

我开始答题。头顶上，希古拉斯和凯列班“嗒嗒嗒”地在石棉瓦上跑来跑去，抱怨我削铅笔吵到了它们。

最后五分钟，我交了卷。贝克夫人不动声色地接过去，拉开最下面的抽屉，拿出一支笔尖很粗的红笔，说道：“站在这儿，我们看看你做得怎么样。”就像一个牙医拿着一面镜子说：“坐下，看好了，我要在你的牙齿上钻孔了。”头四道题全错了，她在我的答案上划上巨大的红叉，看起来就像鲜血狂飙。

“开头可不怎么样啊。”她说。

“慈悲不是出于勉强。”我说。

她抬起头看着我，仿佛露出了真实的笑容，不是老师特有的那种笑。想想看啊！贝克夫人真的笑了。

“没有什么比一磅肉更利害攸关的了。”

开玩笑吧？

也许是上天的慈悲，也许在掌握节奏前需要一个过程，总之，过了这四道题，后面答得都很好。试卷上喷涌的鲜血也变成了间或一两滴，到了最后三十题，血完全止住了。

“你凝结住了，胡佛先生。”贝克夫人说道。我想这可能是被我漏掉的一句凯列班的诅咒。“下周我们来重温被你忽略的部分。再读一遍《暴风雨》。”

“再读一遍？”我的意思是，把《金银岛》读上四遍的行为是可以理解的，可无论莎士比亚的作品有多么伟大，也没有人会读两遍啊。

“你会发现，除了那些五花八门的恶咒之外，《暴风雨》还有许多内涵。”

“再读一遍？”

“话再重说一次没有什么价值。”贝克夫人说，“是的，再读一遍。从头读起。”

于是……

不管怎样，这个星期三下午还不算太糟。除了内出血之外。除了一百五十道题之外。除了要再读一遍《暴风雨》之外——并且是从头读起。

一瘸一拐回家的路上，我意识到如果今晚读一幕，明天再读一幕，星期天、星期一、星期二每天各读一幕，我就能轻松完成了。而且由于已经读过一遍，每一部分都可以快一些。

生活忽然灿烂起来，世界也同样灿烂起来。你知道是怎样的情形吗？你走着走着，忽然云开雾散，太阳出来了，鸟儿开始欢唱，空气变得温暖，好像整个世界因你而快乐起来。

感觉真好。

然而，千万别轻信。尤其是在长岛的十一月。

我路过戈德曼蛋糕坊，橱窗里摆满了奶油泡芙。金黄色、焕发着光芒、完美的奶油泡芙。我想起了笼罩在身上的死亡威胁，就像夏洛克割向安东尼奥胸膛的刀。

我决定最好用奶油泡芙换取生命安全——即使这得预支我的零用钱。

成功的几率就和夏洛克能把钱要回来的几率一样大。

尽管如此，我觉得还是有点希望的，因为晚上老爸回到家宣布了一个激动人心的消息：胡佛设计协会赢得了贝克运动商城的合同！他们要设计一家新的旗舰店，还要重新设计所有连锁店——连锁店数目众多，长岛的每个小镇几乎都有一家。老爸抓起老妈的手，拉着她旋转起来，在那刚刚粉刷过天花板的客厅里，纵情地跳舞。你能相信吗？他们竟然走进了那个完美的客厅！他们跳着舞穿过厨房，又跳回到客厅，接着来到了门外的平台，跳下台阶，穿过那些害羞的杜鹃花。

我跟你说，当一个长老会教徒在门口前廊上跳舞时，就意味着有重大事件发生了。

"我们赢得合同了，我们赢得合同了，我们赢得合同了，我们赢得合同了！"老爸唱着，好像在等一支管弦乐队来伴奏似的，就像《音乐之声》里那样。

他回到屋里，和我老妈在原地旋转，绝佳的时机好像到了。

"爸，我可以预支下周的零用钱吗？"

"我们赢得合同了，我们赢得合同了，不过你别做梦，我们赢得合同了！"

那天夜里，我梦见凯列班坐在我的床尾，长得极像丹尼·哈普佛。他说如果下周我拿不出奶油泡芙，就会得坏血病和水疱而死——下周就是我答应他们的最后时限了。"给我小心点，小心点。"他说。我决定照做。

星期五，我来到戈德曼蛋糕坊，把两美元四十五美分放在柜台上——这是我的全部积蓄。

"这么多钱可以买好多东西啦，"戈德曼先生说，"你想买点什么？"

"二十二个奶油泡芙。"

戈德曼先生默默算了算价钱。

"还需要两美元八十美分。"

"我下周才过来拿。"

"那你也得再给我两美元八十美分。"

“我可以工作，可以帮你洗盘子，刷东西。”

“我需要请你来刷盘子吗？我有一双灵巧的手，它们也可以刷盘子——还不用付钱。”

“那我可以扫地拖地。”

戈德曼先生再次举起他那双灵巧的手。

我叹了口气。“你真的什么也不需要吗？”

“我真正需要的，”他说，“是一个懂莎士比亚的男孩。可现在还有这样的男孩吗？没有。一个也没有了。你以为学校里会教莎士比亚。可事实上呢？没有。”

好吧，我没开玩笑。戈德曼先生的确说了：“我真正需要的，是一个懂莎士比亚的男孩。”他亲口说的。

“我懂莎士比亚。”

“就算你懂，”戈德曼先生说，“你还是得再给我两美元八十美分。”

“我真的懂。”

戈德曼先生双手叉腰。“那说来听听。”

我回想了一下《暴风雨》，并非只是凯列班的咒语——贝克夫人以为我只会这个。我张开双臂。

> 现在我的计划将告完成。
> 我的魔法毫无差失；我的精灵们俯首听命；一切
> 按部就班顺利地过去。是什么时候了？

戈德曼先生激动地拍起了手。真的！接着他跳上了柜台后面的凳子，尽管他的体形并不擅长跳跃。他把手举过头顶，再次鼓起掌来，浅色的粉末从他手上掉落下来，有点像粉笔灰。他脸上泛起快乐的光彩，声音也变了，说起话来就像在吟唱一首天籁神曲。

> 将近六点钟。你曾经说过，主人，
> 在这时候我们的工作应当完毕。

我把手臂张得更开，想象着普洛斯彼罗穿着及地的长袍。

> 当我刚兴起这场暴风雨的时候，
> 我曾经这样说过。告诉我，我的精灵，
> 国王和他的追随者怎么样了？

最后一句不太好说，可我竟很从容地说了出来，并像说“甲虫”那样喷出了唾沫星子。

戈德曼先生又一次鼓掌，又一阵面粉掉落下来。

> 按照着你的吩咐，
> 他们仍旧照样囚禁在一起，
> 同你离开他们的时候一样。

戈德曼先生从凳子上下来，伸出沾满面粉的手。他笑了起来，脸颊鼓鼓的。

就这样，我成为了下个月即将举办的长岛莎士比亚剧团假日盛典的一员。

也因此，我只花了两美元四十五美分就买到了二十二个奶油泡芙——外加两个免费的，因为买一打以上有优惠。

把我美得啊。

星期一到了，我提着满满一长盒奶油泡芙走进了教室。毋庸置疑，如果不这样，丹尼·哈普佛、梅丽尔·李、道格·斯维塔克和麦琪就会准备好一把刀，等着来割我的肉。我把盒子放到窗户旁的架子上，打开。二十四个奶油泡芙——金黄色、焕发着光芒、完美的奶油泡芙——等我们吃过午饭就可以品尝。

贝克夫人什么也没说。但整整一节英语课，奶油泡芙上黄油香草的香味随着流动的空气，飘遍了整个教室，就连贝克夫人自己也忍不住偷偷瞟了两眼。我看见她的鼻孔张大了。丹尼·哈普佛一直不停地转过来对我笑。梅丽尔·李装作毫不在乎，可她是个大骗子。

如果午饭时间没有如期而至，我们可能会发疯。就连贝克夫人也会。不过，终于，终于，终于响起了下课铃声，我们三下两下吃完三明治，然后丹尼·哈普佛站起来，毕恭毕敬地朝那金黄色、焕发着光芒、完美的奶油泡芙走去。

“还不可以吃，哈普佛先生。”贝克夫人说。

丹尼傻傻地看着她，好像没有拦住一记简单的射门。

梅丽尔·李看着我，好像这是我的错。

“要吃奶油泡芙，”贝克夫人说，“得在你们自己的时间里吃。现在出去午休，等会儿早点回来，就可以尽情地吃了。”

“我打赌她肯定要偷吃掉三个。”道格·斯维塔克小声地说。

“不，斯维塔克先生，她不会偷吃掉三个的，”贝克夫人说，“她要赶紧去圣埃德伯特教堂点蜡烛，等你们狼吞虎咽的时候她就会及时回来。现在，都出去吧，所有人。”

于是我们出去了。

在长岛寒冷的十一月里，一切都是灰色的——天空、空气、草地，还有毛毛雨。到处都是灰色的。我们站在一堆堆人群中，身上有点湿，肚子还有点饿，因为刚才为了那二十四个奶油泡芙吃得太快了。二十四个金黄色、焕发着光芒、完美的奶油泡芙。

“但愿它们完好如初。”梅丽尔·李说。

“会的。”我说。

“但愿真的完好如初。”丹尼·哈普佛说。

“一定没事的。”我说。

午休还剩七分钟时，丹尼·哈普佛提出已经到我们自己的时间了，即使贝克夫人还没回来，我们也有权享用奶油泡芙。于是我们像一帮无人能挡的暴徒、一排疯狂的大浪、一场来势汹汹的雪崩，冲进教学楼，奔向楼上，来到教室门口。

然后，止住了脚步。

架子上面，装着奶油泡芙的长盒子被扯开了，在那倾注了饱满的黄油、金黄色、焕发着光芒、完美的奶油泡芙中间，站着希古拉斯和凯列班，它们两条后腿直立，两只爪子正抱着食物往嘴里塞，脸上满是黄色的香草夹心和白糖，裸露的尾巴和结痂的皮肤上也沾了厚厚的一层。

这时，贝克夫人回来了。她站在我们身后，偷偷地往里瞅了一眼。两只老鼠马上张开长嘴，冲她“吱吱咯咯”咬着黄牙。

贝克夫人尖叫起来："奇怪的东西，让水肿把你们淹没，让血瘟病把你们瘟死，让你们的两个屁股变大三倍！"

最后一句我知道，但我不会告诉你我知道，否则你会觉得我太邪恶了。

希古拉斯和凯列班全都听懂了，我猜。它们从盒子里跑出来，脚上的香草奶油让它们飞一般地滑了出去，跳进暖气片里。我们听见它们在墙里爬行和蹦蹦跳跳走过石棉瓦的声音。

大家彻底沉默了很长时间。

然后梅丽尔·李对我说："你还欠我们奶油泡芙。"

"十天。"麦琪说。

"我们已经给了你三个星期，"丹尼·哈普佛说，"现在你还有十天。"

"十天！"我叹道。

"这种情况下重说一次也没有什么价值。胡佛先生，把教室打扫干净。"贝克夫人说。

于是，我打扫了教室。

可我一点儿也不开心。

通常，感恩节前的一周会非常轻松。大家都期待着放两天假，爷爷奶奶过来一起吃晚饭，还有塞奥斯特和法明代尔的橄榄球对抗赛，等等。

然而今年却一点儿也不轻松，至少对我来说。

这一周过得无比漫长。

首先，不知为什么，奶油泡芙被老鼠吃掉成了我的错。

我想这全都是梅丽尔·李使的坏。整整三天,大家都在议论我,我真希望永远不必去听他们说些什么。

其次，星期三下午，当我去找戈德曼先生拿长岛莎士比亚剧团假日盛典的剧本时，发现我要扮演的是《暴风雨》里的爱丽尔。爱丽尔是仙女。仙女！我跟你说，让一个卡米洛初中的男孩来演仙女可不是什么好事。尤其是这个男孩还在细高跟鞋维奥莱特小姐的合唱课上唱过女高音。

“我觉得我演不了爱丽尔。”我告诉戈德曼先生。

“这是你的演出服。”他递给我一条亮黄色的紧身裤，上面还有一撮白色羽毛……你尽情去猜白色羽毛到底粘在哪儿吧。

第三，我需要再搞到一份奶油泡芙。好在老爸已经敲定了跟贝克运动商城合作的所有细节,刚才他还笑得十分爽朗。于是我问他，有没有可能，一点点、一点点、一点点可能提前给我三个星期的零花钱。“你真应该做个喜剧演员,”他说,“你可以和鲍勃 · 霍普一起去西贡巡回演出了。”

“我不是开玩笑啊。”

“你肯定是开玩笑,不然作为我的孩子,只要脑子没坏掉,就不会跟我提前要三个星期的零花钱。”

“好吧，我只是开玩笑。”

“我想也是。”

第四，我告诉梅丽尔 · 李，可能下个星期三才搞得到奶油泡芙。她回了我一句:“如果我是你，就不会拿这句话到处去说。”我告诉她我爸是个小气鬼，他都和贝克运动商城敲定一笔大单子了，却一分钱也不给我。梅丽尔 · 李当时就哭了。

真的。

“梅丽尔·李，”我说，“也没有那么糟啦。我会想办法搞到奶油泡芙的。我的意思是……”

“你这个蠢货，”梅丽尔·李说，“你什么都不懂。”接下来的一天，她一句话都没跟我说。

第五，接下来的那个星期二——星期三就是奶油泡芙的最后期限了，盖里奇先生走进教室，问贝克夫人知不知道“派桶”是什么意思。她说问这个干吗。盖里奇先生告诉她，道格·斯维塔克的哥哥管路德玛先生叫“派桶”，现在被叫到他的办公室去了。

贝克夫人直接瞪了我一眼。

第六，到了星期三早上，我提着一只装有五个奶油泡芙的袋子走进教室—— 一星期的零花钱只能买这么多——很明显我死定了。只有五个奶油泡芙，我算了一下，一人只分得到四分之一。但总好过什么也没有。

梅丽尔·李摇摇头。

“你死定了。”丹尼·哈普佛说。

我想也是。至少我不用去穿那条亮黄色的紧身裤了，你可以猜猜看那团白毛会粘在哪儿。

然而你知道吗，最深的黑夜后，会是最灿烂的黎明。有时真的会这样，即使你根本不抱希望了。

我们午休回来时，架子上放着戈德曼先生蛋糕坊的一个长盒子……里面躺着二十四个奶油泡芙！二十四个金黄色、焕发着光芒、完美的奶油泡芙！二十四个黄油香草奶油泡芙！

"胡佛先生刚才是和你们开玩笑，"贝克夫人说，"现在请享用吧。"

我们就这样享用了奶油泡芙。

那天下午，贝克夫人问我认为《暴风雨》的结局是悲还是喜。也许因为刚刚经历了大团圆结局吧，所以我说是喜。

"那凯列班呢？"她问，"他的结局美好吗？"

"不。他是个怪物。既然是大团圆的结局，他就注定要失败。如果不杀死哥斯拉，《哥斯拉》这个故事就不算结束。而要让《暴风雨》结束，也要让凯列班……"

"让他怎样，胡佛先生？"

"赢不了。"

"是的，他赢不了。可有时候我想，也许莎士比亚能让某些事情发生，比如让怪物也得到一个圆满的结局——让他能够超越普洛斯彼罗心中的形象。我们的人格中有糟糕的一部分，这就是莎士比亚用凯列班这个角色告诉我们的；然而还有另一部分会因失败而成长。希望在剧终的时候，我们可以看到这一点。"她合上了书。

"失败不会帮助你成长，"我说，"那只是失败而已。"

贝克夫人笑了。"两个星期前，土星五号火箭通过了第一次起飞测试。之前我们失去了三位宇航员，从那以后只过了不到十个月。可我们仍然在实验下一个火箭，这样才能有朝一日登上月球，让我们的世界变得更广阔。"她用手托起下巴，低声说道，"莎士比亚难道不会羡慕这样的圆满结局吗？"

然后，她把书放回最下面的抽屉里。

教室里异常安静，都可以听见细碎的小雨滴落在玻璃窗上的声音。

“谢谢你的奶油泡芙。”我说。

“慈悲不是出于勉强。”贝克夫人抬起头，再次露出了真实的笑容。

这时比吉欧夫人来了。她没有进来教室，只是打开门，倚在门框上，一手捂着嘴，一手颤抖地握着门把手。

贝克夫人站了起来。“啊，艾德娜，找到他了吗？”

比吉欧夫人点点头。

“那他……”

比吉欧夫人张开嘴，发出饱含悲伤的声音。我简直无法描述，你听到的话自然就明白了。

贝克夫人从讲桌后冲出来，抱住比吉欧夫人，扶着她坐到椅子上。比吉欧夫人“砰”的一声瘫倒下去，好像整个人都被抽空了一样。

“胡佛先生，你可以回家了。”贝克夫人说。

我回家了。

可我永远忘不了那悲伤的声音。

第二天，我得知比吉欧夫人的丈夫在越南一座无名的小山上牺牲了，是在夜间执行侦察任务的时候。后来，军方决定不再把那座山作为军事目标，将其遗弃了。

三个星期后，隶属美国海军陆战队的军士长——安东尼·比吉欧的遗体被运送回国，葬在了圣埃德伯特教堂旁边的公墓里。就是在这个教堂，他接受过洗礼；也是在这个教堂，他举行了婚礼。《小镇新闻》在头版刊登了比吉欧夫人的照片，照片里的她一手抱着由美国国旗包裹起来的骨灰盒，一手捂着脸。

两天后，《小镇新闻》又刊登了另一张照片——麦琪曾经生活过的天主教救援组织的处所被不明身份的野蛮人袭击了，墙上用黑色粗体字潦草地写着：回家去吧，越共。

《暴风雨》的大团圆结局是这样的：普洛斯彼罗带着国王和他的儿子一起返回了自己的公国，他的女儿米兰达找到了真爱，坏公爵受到了惩罚，爱丽尔获得了自由，普洛斯彼罗再次成为公爵。每个人——除了凯列班——都很幸福，都得到了宽恕，都很好。他们在平静的海面上驶向前方。大团圆。

莎士比亚是这样写的。

然而，莎士比亚错了。

有时候，并没有普洛斯彼罗这样的人来让一切恢复如初。

有时候，慈悲是出于勉强的。

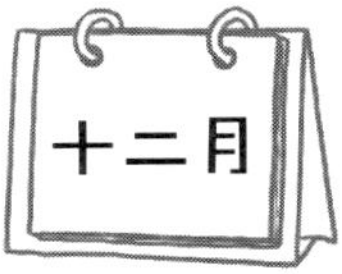

十二月的第一个星期三，盖里奇先生在广播里通知，一月份纽约州所有中学都要参加水平达标考试，所以我们得在假期里自己做一些测试练习。学校的名誉是不容玷污的，他说，他非常、非常、非常有信心，我们不会让卡米洛初中丢面子。

我不敢肯定，可我觉得贝克夫人好像翻了个白眼。

剩下的早间广播就像十二月的毛毛雨一样让人亢奋，盖里奇先生可能也意识到了这一点，因为他说想用一段鼓舞人心的话来结束今天的广播。那是西曼夫人的寄语，她祝我们在这一年中最特别的时光里假期快乐，即使在战火纷飞的日子，也可以用假日来寄托和平美好的愿望。她真诚地期望着这一切。

这封信，盖里奇先生说，是西曼夫人从她的“疗养地”康涅狄格州寄来的。

事实上，在西曼夫人来信之前，整个学校已沉浸在欢乐的节日气氛中。在大厅一侧，文德拉瑞先生竖起了一棵巨大的杉树，并挂上了银色花环。每枝树梢上都挂着葡萄柚那么大的彩球——全是塑料球，因为去年圣诞节时，文德拉瑞先生亲眼见到那些玻璃球在道格·斯维塔克哥哥手中的下场。没挂圣诞彩球的地方披着金箔，但大厅的门打开时，金箔就被吹飞了。后来，我想是因为文德拉瑞先生觉得圣诞树上不应该有一点绿色，他用速干泡沫雪花把整棵树都喷得严严实实，好像圣诞节那天长岛真会下雪似的——自有圣诞节以来，这事就没发生过。

大厅的另一侧摆着烛台，是萨莫维兹先生家祖传的，非常笨重、古旧，已有两百多年历史了。有些白色烛蜡淌了下来，凝结在青铜烛杯上，那都是在俄罗斯时点过的。我们站在白色的亚麻布前，凝视着，俨然望穿历史，隐约嗅到了很久以前黑暗中蜡烛的甜甜味道。

第一个星期，二年级孩子做了红绿相间的纸拉花，挂在小学和初中的大厅里。四年级的孩子用硬纸板剪出许多烛台来，包上银光闪闪的铝箔。一年级孩子剪出每支蜡烛的火苗，并在每个教室门口都放上一座烛台。五年级有查尔斯，他不仅会收集黑板擦，还写得一手好字。他们年级的所有女孩，甚至还有几个六年级的，都爱上了他，就因为他把“圣诞快乐”和“光明节快乐”这几个字写得曲曲卷卷的。大厅里到处都是他的笔迹，五年级的女孩们还悄悄地在那卷曲字体里填进颜色，以表达她们永恒的爱，以及对艺术家的忠诚。

丹尼·哈普佛说真是恶心得想吐。

整个卡米洛初中，到处笼罩着节日气氛。教室门窗的玻璃上都装饰了彩纸。彼得瑞里先生的班级门上挂起了一闪一闪的彩灯，窗边架子上摆着挂有橘红色圣诞球的烛台。路德玛先生是荷兰人，他窗边的架子上放着一双木头鞋，里面装满了稻草和煤炭——也许因为道格·斯维塔克哥哥是他的学生吧。

贝克夫人什么摆设都没有。什么都没有。一年级孩子摆在她门口的铝箔烛台被她拿了下来，查尔斯的笔迹也根本进不到这个房间。卡巴柯弗夫人提进来一罐二年级学生在朝圣日喝剩的苹果酒，说送给我们改善节日伙食，贝克夫人敷衍地笑了笑，叫丹尼·哈普佛把罐子放到更衣室的架子高处去，也就是长满了霉菌的午饭上方。

贝克夫人毫无节日的快乐感觉。

说实话，我也是——全都是因为戈德曼先生和长岛莎士比亚剧团假日盛典。我要在那里出演爱丽尔。

仙女爱丽尔。

我跟戈德曼先生说什么都无济于事。

“能在长岛莎士比亚剧团假日盛典扮演一个重要角色，是所有男孩都羡慕的事！”他说，“我在你这么大的时候，就没那么幸运。”

但是，我跟你说，要穿一条黄色紧身裤可不是什么幸运的事。除非我从此不想在小镇混了。

于是我拿那条紧身裤给我妈看，我想她应该关心一下她唯一儿子的脸面吧。

“颜色真黄啊。”她说。

“并且还弄了些白色羽毛在——”

“是啊，”她说，“不过还挺可爱的。走路时会上下摆动。我还是有点不适应——我儿子要演莎士比亚的戏剧了。”

“这是紧身裤。我演的是仙女。如果这事传出去，我就别想在学校混了。”

“你们学校没人会去看的。即使有人去，也会觉得很可爱。”

我只好去找老爸。

我把紧身裤递给他时，沃尔特·克朗凯特正在播报越南的一起新爆炸事件。我想紧身裤应该可以夺回我爸的目光，即使现在是 CBS 晚间新闻时间。

确实如此。

“你要穿这个吗？”他问。

“是他们要我穿的。”

“黄色紧身裤，还有白色的羽毛粘在——”

“是的。”

“这是谁的主意？”

“戈德曼先生。”

老爸努力想把目光从紧身裤上移开——但不太容易，因为那是家里最鲜亮的东西，简直太引人注目了。

“戈德曼先生？”他说。

我想接下来的对话，你之前应该听过。

“是的。”我说。

“就是戈德曼蛋糕坊的那个本杰明·戈德曼吗？”

“应该是的。”我说。

老爸又看了看紧身裤，眯着眼睛想了想。“将来有一天，”他终于说道，“戈德曼先生想扩张生意了，就需要请一个建筑设计师。”

“爸。”

“说不定有认识的人可以帮忙。”

“我不要穿这个。”我说。

他把紧身裤递还给我。“穿吧。希望你们学校没人看见。”

我没去找我姐，可她不请自来了。

“妈妈都跟我说了，”她说，“拿给我看看。”

我拿了出来。

“等传到你们学校……”

“不会的。”我说。

“是啊，”她说，“你就继续骗自己吧，说不定你会美梦成真呢。可万一传到我们学校了，你最好祈祷没人知道我是你姐。”她关上了门。

“这可不像不伤害任何人的佩花嬉皮士该说的话。”我在她身后抱怨道。可她没有回答。

带妆彩排的第一天——在最后一分钟前，我一直在紧身裤外面套着牛仔裤——我一出场，长岛莎士比亚剧团的全体成员便鼓起了掌，但这也没什么用。

他们之所以鼓掌，是因为看见那团羽毛在哪儿时，实在不得不表示点什么。他们其实是想放声大笑的，但考虑到我的反应，而现在要去重新找一个孩子来演仙女爱丽尔已经太晚了，于是便忍住了。我的意思是，还有谁会走进戈德曼蛋糕坊，还差两美元八十美分就想买奶油泡芙呢？

“戈德曼先生，”掌声过后我说道，“我穿不了这个。”

“你穿得了啊。你现在不就穿着吗？”

“我看起来很像仙女。”

“不就应该这样吗？你确实应该像仙女啊。你就是仙女。”

“万一学校里有人看见我这个样子，你知道会发生什么吗？”

“他们会说，‘舞台上是霍林·胡佛啊，他演出了莎士比亚最伟大戏剧里最重要的场景’。就是这样。”

“戈德曼先生，你离开七年级已经太久了。”

“我没上过七年级。我们那地方，没有哪个男孩上过七年级。我们都在田里干活儿，锄地挖坑、挖坑锄地。可你——你可以上学，然后回家、玩耍，还可以出演莎士比亚戏剧里一个著名的角色。你还想要什么呢？”

虽然我没试过，但要列出四百一十件想要的东西我觉得也不难。然而，当他打出“像你这么大时，我的生活很艰苦”这样一张牌，你就很难继续不停地抱怨了。

于是我屈服了。在整个带妆排练的过程中，为了扮演仙女爱丽尔，我一直穿着那条亮黄色的紧身裤，还有一团白色的羽毛粘在——好吧，我也可以说出来了——屁股上。粘在我屁股上！白色的羽毛在我的屁股上摆动着！

我跟你说，这让我毫无节日的快乐感觉。

整个十二月都被这条黄色紧身裤破坏了——除了一件事情。一件酷毙了、出乎意料、不可思议、神奇的事。它让我们有动力走进贝克夫人那间没有丝毫节日气氛的光秃秃的教室，为光明节和圣诞节赋予了新的意义。

米奇·曼托。

自贝比·鲁斯以来最伟大的扬基球员。

米奇·曼托。

贝克夫人宣布他要来了。

“我想你们中的一些人可能会有点兴趣，”她说，“米奇·曼托下个星期要到镇上来。”

全班同学安静得就像希古拉斯和凯列班——那两只老鼠，而不是戏里的怪物——出现在我们面前，“咯吱咯吱”地咬着大黄牙。

“有点兴趣！”丹尼·哈普佛说。

“我们中的一些人！”我说。

“谁是米奇·曼托？”梅丽尔·李问。

“谁是米奇·曼托？”麦琪问。

“一个棒球运动员。”贝克夫人说。

“那个棒球运动员。”丹尼·哈普佛说。

“他今年的安打率是百分之二十四点五。”道格·斯维塔克说。

我们的目光全都投向了他。

“比去年的百分之二十八点八低。”道格·斯维塔克说。

丹尼·哈普佛转过来看着我。“他怎么知道的？”

“什么是安打率？”梅丽尔·李问。

“我大伯，”贝克夫人大声说，“和扬基俱乐部建立了密切关系，所以请了米奇·曼托到贝克运动商城来。他和我说，米奇·曼托除了挥舞棒球棍耍酷之外，还会在大家带去的棒球上签名。”

班级里爆发出一阵欢呼，好像快乐的节日已经来临。

“没必要爬上桌子吧，哈普佛先生。你们可以告诉父母，下周六晚上八点到九点半，是他要棒球棍和签名的时间。你们应该记下来，如果这事没赶上周末，我是不会告诉你们的。”

又是一阵欢呼，疯狂而放肆。

“谁是米奇 · 曼托？”梅丽尔 · 李又问道。

我们自动忽略了她。

米奇 · 曼托！

如果贝克夫人就此打住，一切都还不错。我的意思是，讲到米奇 · 曼托要来贝克运动商城就够了。可她没有。

“还有第二个通知。”

我们再次安静下来。

“还有谁要来商城吗？”丹尼 · 哈普佛问。

“也许是我认识的人？”梅丽尔 · 李问。

“没有了。除非你们想问的是谁‘精力旺盛’。[①]”

那是老师特有的笑话。没有人发笑，即使我们本应笑笑。没有人会被老师特有的笑话逗乐。

“戈德曼先生，也就是长岛莎士比亚剧团的主席，告诉我，我们班有一位同学即将在剧团假日盛典上演出。他参演的剧目是《暴风雨》。”

我知道接下来会发生什么了。曾经有那么一段时间，我以为贝克夫人可能已经不再恨我了，可现在我发现她没有。

“作为剧团的通讯秘书，我邀请大家来欣赏霍林 · 胡佛

---

① 原文为“someone is ‘up and coming’”，和之前丹尼 · 哈普佛问的“还有谁要来（someone is coming）”非常接近。

先生在莎士比亚戏剧中初次登台，时间是下个星期六——正好也是传说中的曼托先生来商场的时候。演出会在曼托先生离开半小时前结束，所以大家有充分时间参加两个活动。”

再也没有比现在更糟的了，除非她能收买癞蛤蟆、甲虫、蝙蝠前来雪上加霜。或许奶油泡芙也可以。

“到场的同学，”贝克夫人说，“收好票根可以在下一次英语作业里加分。”

这更糟糕。

贝克夫人微笑地看着我。那笑容正如道格·斯维塔克的哥哥谋杀我那次一样。怎么就没有人告诉我，贝克夫人是通讯秘书呢？

如果这个世界还有公平可言，到时候就来一场自然灾害吧，或者丢一颗原子弹，把假日盛典的新闻通通湮没，这样才能救我于水深火热之中。

还好，即便没有自然灾害或原子弹袭击，米奇·曼托也足够了。毕竟，米奇·曼托来了，谁还会在乎莎士比亚戏剧啊？除了梅丽尔·李，她根本就不知道米奇·曼托是谁，还有麦琪，她也不知道，还有丹尼·哈普佛，虽然他知道米奇·曼托是谁——午饭后，他们都对我颇为关心。

“你怎么缩手缩脚的？”梅丽尔·李问，“是不是要演女孩啊？”

“不是，我演的不是女孩。是《暴风雨》里的角色。”我说。

“天哪，这么说，贝克夫人说你要演《暴风雨》，是真的啊。”丹尼·哈普佛说，“现在我们知道的比以前多多了。”

“爱丽尔。我要演爱丽尔。”

“那是女孩的名字，”梅丽尔·李说，“不是女孩的名字吗？”

“怀疑是一种不适宜的情感，”我说，“爱丽尔是一名勇士。”

我知道这听起来很假。可长老会教徒知道有时候说个谎也没什么，而现在则是最适合说谎的时机。

“那这个勇士和谁战斗？”

“篡夺普洛斯彼罗国家的谋反者，他们还想把他和他女儿杀掉。”

“听起来还不错，”丹尼·哈普佛说，“这么说你要同他们战斗，就像禁卫队的骑士那样。”

“是的。”

“那你还得穿上盔甲和诸如此类的东西。”丹尼·哈普佛说。

“诸如此类。”我说。

“也许我会来，看看你的盔甲，”他说，“但最好能及时结束，好赶去见米奇·曼托。”

“我听着就是很像女孩的名字。”梅丽尔·李说。

我们再次忽略了她，向教室走去。

走到门口时，麦琪拦住了我，一只手按在我的胸口上。她看了我很久，然后低声说道：“做勇士不好。”我惊讶地看着她，她却在我开口前回到了自己的座位上。

她知道什么呢？

接下来的一次彩排，我问戈德曼先生，爱丽尔可不可以穿一件盔甲，来代替黄色紧身裤。

“盔甲？我们没有盔甲。”戈德曼先生说。

“没有盔甲？那戏里要用怎么办？”

“我们没有演那样的戏啊。买盔甲来演恺撒大帝吗？不。再说，爱丽尔穿盔甲干吗？”

“因为她是普洛斯彼罗的禁卫军，像握着长枪战斗的骑士。”

戈德曼先生摇摇头。“像握着长枪战斗的骑士？霍林，你是仙女。去穿上你的紧身裤。我们要带妆彩排了。”

结果，我没有任何盔甲可穿。

接下来的星期三，大家都去伯特利教堂和圣埃德伯特教堂后，贝克夫人从下面的抽屉里拿出了她的莎士比亚剧本。“戈德曼先生说你做得很好，但还需要在台词上下点功夫。”

“是吗？”

“是的。打开书，翻到第四幕。我来演普洛斯彼罗，从‘我的威严的主人有什么吩咐’开始，一直到结尾。开始。”

“他真的说我做得很好吗？”

“是的，也说你还得再练练。开始。”

“我的威严的主人有什么吩咐？”我说。

“不对，不对，胡佛先生。你是一个成为了奴隶的精灵，如果在最后这些时刻能够表现得好一点，就可以获得自由。可是你的声音听起来就像在等市区的公交车。你确实就快自由了，但此刻还没有。”

“我的威严的主人有什么吩咐？”我说。

贝克夫人双手抱在胸前。“你脸上应该表现出一种强烈的激情，你现在的处境非常艰难。”

“我的威严的主人有什么吩咐？”我说。

“好的，差不多了，”贝克夫人说，“注意处境艰难。现在该普洛斯彼罗……”

于是我时刻保持着艰难的处境，因为实在是情不自禁。每当贝克夫人读起普洛斯彼罗的台词时，就好像披着披风、会施魔法的普洛斯彼罗真的来到了教室。她就是普洛斯彼罗，而我就是爱丽尔。她给我下达最后一条命令：“自由地回到空中吧，从此我们永别了！”我忽然明白爱丽尔的感受了。面前的整个世界都开放了，可以去任何想去的地方，做任何想做的事情。绝对的自由。

我能肯定自己会有个圆满结局了。

“不错，”贝克夫人说，“戈德曼先生会很开心的。”

确实如此。那天晚上彩排结束时，我感觉自己跃进了轻盈的空气中，身后仿佛挥洒出盛大而华丽的幻象。

至少，在台上是这种感觉。

而当贝克夫人再次提醒大家提前买票时，这种感觉便不复存在了。我每天都暗示大家，长岛莎士比亚剧团假日盛典会非常、非常冗长，可能因此错过一生中再也没有的机会——去商场见米奇·曼托。

我知道。这是另一个谎言。但只是长老会教徒的谎言。

日子慢慢地流逝，学校里光明节和圣诞节的装饰都开始破旧，接着带妆彩排结束，星期六的夜晚降临了。我穿上那屁股上粘着白色羽毛的亮黄色紧身裤，又套上一条牛仔裤，拿上一个崭新的棒球。老爸送我来到假日剧场——“别搞砸哦”——接下来，长岛莎士比亚剧团假日盛典开始了。

戈德曼先生在台上扮演《亨利四世》里的福斯塔夫时，

我在帷幕背后透过小缝望出去，观众席上的每一张脸几乎都可以看得见——没有多少人，因为稍微有点智商的都去运动商城了。我发现贝克夫人赫然在座，第三排正中间，在比吉欧夫人旁边。她神情严肃，好像正要开始用红笔批改什么。我想老师都是这样，他们无法控制自己。

坐在贝克夫人和比吉欧夫人后面的是丹尼·哈普佛的父母。

真的。

我想一定是丹尼说了盛典的事，他们才会来看我演勇士爱丽尔。他们可能并不关心今晚电视里的“宾·克罗斯比[①]特别之夜”，而我爸妈呢，是绝不会错过的。哈普佛家大概觉得看莎士比亚戏剧，比再听一次“我梦见白色圣诞节”重要得多吧——尽管哈普佛先生正在松开领带，并用手遮住不断打哈欠的嘴。

透过帷幕缝隙无法看太久，因为眼泪会涌上来，鼻涕也会流出来，而如果伸手去擦拭，妆就毁了。

学校的人我就看见这么几个。没有其他人了。除了最前面一排看不到之外，其他位子我都审视过了。

我跟你说，该我上场时，没看见我们学校的人让我觉得轻松多了，因为我得蹦上舞台大声喊着“我的威严的主人有什么吩咐”，还要穿着那屁股上粘着白色羽毛的亮黄色紧身裤。

当戈德曼先生——现在他是普洛斯彼罗——派我去杀死叛徒、恐吓凯列班，或让国王万分痛苦时，我都演得非常到位。当我提醒他曾答应过在六个小时后给我自由时，我就像

① 美国著名歌手，《白色圣诞节》是他最著名的一首曲目。

渴望米奇·曼托的签名那样渴望自由。当我把船夫带到岛上时，普洛斯彼罗对我说道："自由地回到空中吧，从此我们永别了！"我激动得颤抖不已。剧终时，普洛斯彼罗来到舞台边缘，要求观众轻轻地吹一口气，来鼓起我们自由的风帆，我仍然无法平静。

假如他们无法鼓起风帆呢？

"盛典到此结束。"普洛斯彼罗说。我和其他成员一起上台谢幕，却发现盛典还没有结束，观众都站了起来——雷鸣般的掌声经久不息。

贝克夫人在鼓掌——微笑地看着我。真的。

哈普佛先生和哈普佛太太也在鼓掌——并朝我招手。

丹尼·哈普佛、梅丽尔·李和麦琪也在鼓掌——他们就站在第一排！

丹尼·哈普佛、梅丽尔·李和麦琪！

我看见他们正抬头看着我那屁股上粘着白色羽毛的亮黄色紧身裤。

可他们实际上看的并不是我的黄色紧身裤。因为他们三个全都在痛哭流涕。在台下地灯光芒的照射下，他们脸颊上都闪烁着泪光。

这就是莎士比亚的厉害之处。

他们使劲地鼓掌，使劲地鼓掌。梅丽尔·李擦了擦眼泪。忽然，丹尼·哈普佛瞪大了双眼，脸上的表情变得极其迫切——米奇·曼托。

他指了指手表。

"九点十五。"他用口型说，然后转身拼命向父母挥手。

等幕布降下来，我就自由了。根本不用等着观众来把我的风帆吹鼓。我赶紧跑到后台的男化妆间。

门竟然上了锁。

上了锁！

我敲了敲门，可没有反应。

我听见观众又在叫我们的名字。

我又使劲敲了敲门，还是没有反应。

我绝望地跑回舞台幕布后。戈德曼先生还在台上鞠躬呢，好像还要再磨蹭一会儿。

不过，他把普洛斯彼罗的蓝色碎花披风留在了幕布后面。

我捡起来，披在肩上，跑向舞台后门，老爸应该在等我，我们马上就能飙车前往贝克运动商城。我跑出后门——我跟你说，外面可冷多了，光穿一条黄色紧身裤外加一件披风远远不够——全速奔向假日剧场前面。

老爸不在。

宾·克罗斯比特别之夜可能还没结束。

穿着黄色紧身裤，蓝色碎花披风盖住了屁股上的白色羽毛，就这样站在假日剧场前的大街上——这可不是心情愉悦的爱丽尔。

我向大街上四处张望。

只有一辆车正在飞快驶去：那是丹尼·哈普佛一家。还是再等老爸五分钟吧。于是我数了三百次"密西西比"。[1]

---

①这是美国人数秒的一种方式（特别是在游戏中），每念一遍"Mississippi"，大约相当于一秒。

还是没一辆车。

开始离场的观众都对我指指点点。

然后，风吹来一股柴油尾气——掀起了我的碎花披风——一辆公交车轰鸣着拐了个弯，扬起一阵尘土，这真是我见过的最美的东西了。公交车后视镜上竟然还挂着塑料圣诞球。

我冲了过去——身后飘扬的蓝色披风一定非常惹人注目——赶到了假日剧场公交车站。

可我不太确定司机看到我时会不会停下来。车开过了站牌，又继续前行了大概两三辆公交车的距离。即使它已经停了，而我也跑到了门口，司机还是没有给我开门。后视镜上的塑料圣诞球晃啊晃。他看着我，就好像我刚从某个奇怪的地方逃出来。

开门之前，我一共数了十五次“密西西比”。

“你这是扮谁呢，小孩？”

“约翰·韦恩[①]。”

“约翰·韦恩一辈子也不会穿紧身裤。”

“我要去贝克运动商城。”

“那么，约翰·韦恩，你有三十美分吗？”

我伸手去摸口袋，却没有口袋。

“我看你没有。”司机说。

“求求你了，”我说，“我得去贝克运动商城。”

“因为米奇·曼托在那儿签名，是吗？”

“是的。”

---

① 美国著名电影演员、导演和制片人。

他看了看表。“还有时间，如果你有三十美分的话。”

“慈悲不是出于勉强。”我说。

他看着我，好像我刚刚讲的是外语。

“求求你。”我说。

司机摇摇头。“好吧，约翰·韦恩。但是免费载客，公交司机的饭碗就有可能保不住。要不是外面太冷了，我不会给你开门的。你知道你的披风被吹起来的时候，大家都能看见有一团白色羽毛在你——”

“是的。”我找了个位子坐下。

车上没有别人了，只有慈悲如影随形。

我们在这寒冷的夜里前行，当然是在限速之内。每过一个路口，司机都要减速，即使前面是绿灯。每到一站，他都要前后看两次。

“你觉得——”我说。

“今天晚上我错过了宾·克罗斯比特别之夜，还为了你让工作命悬一线。我很不开心。你是想安静点呢，还是马上给我下车？”

我选择了安静，把蓝色披风裹得紧紧的。

到站之前，我都始终紧张地保持着一个仙女勇士从未体验过的安静。下车的车站距离贝克运动商城还有一个街区。公交车司机看看表。“九点三十七了，”他说，“你得赶紧了，约翰·韦恩。”

他打开车门，我正要走下台阶。

“话说，你带棒球了吗？”司机问道。

我愣住了。完了。我的棒球还在假日剧场那上了锁的男化妆间里。

我都要哭了。几乎。可我没哭，因为如果你是一名七年级学生，身披蓝色碎花披风，穿黄色紧身裤，屁股上还粘着白色羽毛，这时候你竟还敢哭，那就不如找个黑漆漆的小巷缩成一团死去好了。

公交车司机摇了摇头。“约翰·韦恩总是未雨绸缪，我也是。”他从仪表盘下拉出一个盒子，“你肯定无法相信之前的乘客落下了什么。”他打开盒子——这绝不是我瞎编的——拿出一个崭新的白色棒球。每一根缝合线都那么干净，就像从来没有玩过一样。

“你连件正常点的衣服都没有，”他说，“也没有车票钱。还没有棒球。在这个世界上你还能怎么办呢，孩子？”

那一瞬间，我真的不在乎，双眼只注视着那个棒球。它通体的洁白占据了我全部注意力。

公交车司机又摇了摇头。“希望你遇见的都是好人，孩子。”然后他把球递给了我。那只崭新的白色棒球。

“圣诞快乐。”他说。

我又差点哭了。

我急速冲向贝克运动商城，蓝色披风在身后飘扬，手里紧紧握着棒球。谁管那些白色羽毛此刻是什么状态。

赶上了。我真的赶上了。我推开门，他还在那儿——米奇·曼托。

他穿着队服，坐在桌子后面。在他身后是麦库提欧·贝克先生，商城就是他开的。前面立了一个公告板，上面贴满了扬基队的照片，其中大部分是米奇·曼托的挥杆动作。照片上方是一件印了号码七的运动衫，米奇 · 曼托在号码下面签了名。

他看起来比电视上壮硕。手就和手套一样大，袖子下方露出的小臂像岩石般结实，两条腿看起来可以跑得比长岛火车站的火车还快。他打了几个哈欠，是大哈欠，竟然也不隐藏。看样子今天他一定累坏了。

在我前面，和米奇·曼托在一起的是丹尼·哈普佛和他爸。米奇 · 曼托把签好名的棒球递回来，丹尼接住。这真是个神圣时刻啊，就连他们身边的灯光也变得柔和，就像透过圣埃德伯特教堂的彩色玻璃窗看东西那样。

“谢谢。”丹尼说。语气充满了敬畏和崇拜。

“不客气，小鬼。”米奇 · 曼托说。

到我了。

我拿出那只崭新的白色棒球，低声说道：“可以帮我签名吗？”米奇 · 曼托接过球，拿起了笔，然后向我看了过来。米奇 · 曼托，他竟看着我！

接着，他说话了。

“你这是扮什么呢？”

我愣住了。该怎么说呢？

“好像仙女似的。”

我咳了一声。“爱丽尔。”我说。

“什么？”

“爱丽尔。”

“听起来像女孩的名字。”

“他是个勇士。”我说。

米奇·曼托将我上上下下打量了一番。“没错。听着，我是不会给穿黄色紧身裤的小鬼签名的。”米奇·曼托看了看表，转身对贝克先生说，“已经超过九点半了。我收工了。”他顺手把我那崭新的白色棒球扔在地上。棒球滚过我的脚，滚进了蓝色披风的褶皱里。

真想有个地缝。真想有个地缝让我跳进去，再也不要上来。

霍林·胡佛。我。那个穿着黄色紧身裤，屁股上粘着白色羽毛，还披了件蓝色碎花披风的男孩。

那个米奇·曼托不肯给他签名的男孩。

这一切，都让丹尼·哈普佛看在了眼里。黄色紧身裤。披风。棒球。一切。

丹尼·哈普佛走到桌前，慢慢放下了他的棒球——米奇·曼托给他签了名的棒球。那个自贝比·鲁斯以来扬基队最伟大的球员。“我想我不需要这个了。”丹尼说。他抬起了手，我能够体会这并不容易。

“怎么回事，小鬼？”米奇·曼托说。

“你真是个派桶，”丹尼·哈普佛说，“走，霍林。”

我捡起了公交车司机的棒球，递给丹尼。我们转过身，把米奇·曼托晾在了身后。

我们什么也没说。

神死去时，通常都死得很艰难。既不是消失无踪，也不是寿终正寝，更不是睡着了。他们是在烈火和痛苦中死去的，当他们从你心中离去时，会在你的胸腔里燃一把火，这比你能够说出的任何事情都要痛苦。而更痛苦的可能是，你不知道以后你的心里是否还能再住进另一位神，或者你是否想再要一位神。你当然不希望被燃烧两次。

哈普佛一家把我送回了假日剧场。男化妆间的门开了，戈德曼先生站在那儿。

“我优雅的爱丽尔！”他一边叫着，一边张开双臂，剧团的人——声明一下，只有男人——都开始鼓掌。“你去哪儿了？你，这个盛典的明星，出了什么事吗？”

我摇摇头。当他们心中的神还真切地活着时，我怎能告诉他们我的神已经死去？“我演得还行吗？”我问。

“勇敢勤奋的小精灵啊，自由地回到空中吧，从此我们永别了！”

我自由了。我换下衣服，把那条屁股上粘着白色羽毛的黄色紧身裤扔进了带锁的柜子。戈德曼先生说，我可以去蛋糕坊拿一些“免费的”奶油泡芙。然后我就走了。就这样。屋外，是冬天里第一个真正寒冷的夜晚，视线之内唯一可见的光亮，便是头顶那遥远的星空，像冰块一样闪耀着微光。

哈普佛一家还在等我，送我回家。

我们还是什么都没说。一路如此。

我到家时，爸妈正在书房里看电视，暖气开得很大。流动的热气让挂在白色人造圣诞树上的银球叮当作响，树上的松针一根都没有掉下来，这真是座完美的房子。

“回来得比我想象中要早嘛，”我爸说，“等广告一放完，宾·克罗斯比就要唱《白色圣诞节》了。”

“怎么样，霍林？”我妈问。

“还行。”

“希望戈德曼先生还满意。”我爸说。

“他说好极了。”

“很好。”

我上楼了。宾·克罗斯比的歌声飘荡在身后，“璀璨的树梢……孩子们在倾听……雪地里的雪橇铃……”好极了。

节日快乐。

星期一上课。离放假只有三天了，这三天本来应该很轻松。大部分老师都会睁只眼闭只眼，快放假了，学什么也不差那么几天。还得为放假前一天的派对留出时间来，准备互相赠送的礼物，或盯着窗外，祈盼长岛奇迹般地下一场雪。

就连午餐也应该变得特别起来，比如应该有一种铺满厚厚糖霜的蛋糕、放了奶酪的比萨，或者不再像唱片一样薄的汉堡包。也可能是某种边上涂了巧克力的东西。

可最近比吉欧夫人对巧克力并不感兴趣。就算几天后就是世界上的最后一个节日了，你也完全无法从比吉欧夫人做的午餐中看出来。每天都应该有些让人惊喜的东西，可事实上，除了第一天，之后都千篇一律，每一天的菜单我们都已烂熟于心。就是某种填饱肚子的东西而已。

但我没有抱怨。我还记得那个星期三下午，比吉欧夫人如何走进我们的教室，还有她那悲痛欲绝的声音。我理解那种内心被火焰焚烧的痛苦。

其他人也没有抱怨，因为他们害怕。当紧紧箍着发罩的比吉欧夫人双手叉腰，以那种目光凝视着你——你感觉随时都可能被揪出领午餐的队伍，你是不会抱怨的。于是，也就不去抱怨了。

甚至当她用特别的方式表达节日问候，你也不会抱怨。

“拿走吃掉。”丹尼·哈普佛的手正悬在某样东西上犹豫不定时，她说道。

“你不会想要试试看的。”梅丽尔·李正想找找有没有惊喜时，她说道。

“你还在等奶油泡芙吗？”她对我说，“这辈子都别指望了。”

放假前的最后一天，她对麦琪说：“快拿走，有的吃就不错了。你不该在这儿像个女王坐在难民之家一样，要知道那些美国的男孩在圣诞节还坐在沼泽里。应该在这儿的是他们，不是你。”

麦琪拿过食物，低下头，走开了。

她可能没看见比吉欧夫人正在把发罩拉到面前挡住脸，差不多快要哭了。

比吉欧夫人可能也没看见麦琪快哭了。

可我看见了。这一切我都看见了。我想知道那时她们心中究竟有多少位神正在死去，而她们是否还能获救。

你以为贝克夫人会为学校食堂这三天来在学生中引起的不满给予补偿吗？没有。我们继续分析句子结构，重点分析“未完成时态”。她还说服萨莫维兹先生开始在数学课上讲一些阿尔伯特·爱因斯坦也解不出来的初等代数方程式，甚至还威胁彼得瑞里先生紧盯着我们上台大声演讲“密西西比河与我”。

彼得瑞里先生让我们用一天半时间演讲完毕，但这三天里贝克夫人丝毫没有放松。我们是卡米洛初中唯一一个在没有装饰的教室里闭门苦学的班级。我们抱怨了吗？没有。因为每当有一丁点儿抱怨的苗头露出，贝克夫人就双手交叉在胸前，站得笔直，瞪着那个准备造反的家伙，直到一切叛乱平息。我们就这样一直熬到放假——直到最后一个星期三的下午。

大家都准备出发前往伯特利教堂或圣埃德伯特教堂了，我猜接下来的一个半小时里我可能要分析句子结构什么的，因为我们还没开始阅读新的莎士比亚戏剧。

好极了。

可我错了。

“哈普佛先生，斯维塔克先生，”贝克夫人说，“我和你们的父母说好了，今天下午让你们留在学校里。”

丹尼和道格看了看我，又看了看彼此，然后将目光投向贝克夫人。“我没问题。”丹尼说。

“很高兴获得了你们的同意，”贝克夫人说，“现在，剩下的人……”丹尼和道格回到自己的位子上，其他同学叽叽喳喳地离开了。

“要干吗？”丹尼问。

我耸耸肩说：“黑板擦或者句子结构什么的。也有可能是莎士比亚。”

然后我们一起朝道格·斯维塔克看去。“你没实施第一百六十六条吧？”我说。

他摇摇头。

“你确定？”丹尼说。

“做没做我还不知道？”道格·斯维塔克反问。

我们都不敢肯定。可事实上，他的确没做。

大家都离开后，贝克夫人走到讲桌边，拉开了下面的抽屉。她拿出三——不，不是莎士比亚的书，你可能会这么以为吧——是三个崭新的棒球，雪白无瑕的棒球，连缝合线都那么紧致，只要一抓起来就能扔出一个完美的弧线球。接着她又从抽屉里拿出三副棒球手套。那皮革的香味溢满了整个教室。她将这些递给我们。手套的皮质又柔软又贴合。我们戴上手套，把崭新的棒球投入手套的怀抱中。

“我大伯，我想哈普佛和胡佛先生那天晚上已经见过他了，叫我把这些作为节日礼物送给你们，代表贝克运动商城的一份心意，”贝克夫人说，“在得知那天发生的事情后，我们为你们安排了打棒球的机会。现在就到体育馆去吧——别在大厅里玩球。只有卡通片里或者超烂的戏剧中才会把别人的下巴打掉，先生们。”

我们走出教室，丹尼笑得合不拢嘴。“最近体育馆都很空。她竟然放了我们一下午假。”

可是他错了。

体育馆里有人。

是乔·佩皮通和霍瑞斯·克拉克。自贝比·鲁斯以来，扬基队最伟大的球员。他们正在看台上等我们，穿着扬基队的条纹队服。二十五号和二十号。

乔·佩皮通和霍瑞斯·克拉克。

你相信吗？

“你们谁是霍林？”霍瑞斯·克拉克说。

我指了指自己。

“道格呢？”

道格·斯维塔克慢慢地举起手。

“那你就是丹尼啰？”乔·佩皮通说。

丹尼点点头。

霍瑞斯·克拉克抬起手臂。“让我看看你的胳膊，霍林。”

我和霍瑞斯·克拉克练习投球，丹尼和道格跟着乔·佩皮通练习。接着交换搭档，丹尼跟霍瑞斯·克拉克，我和道格跟着乔·佩皮通。然后我们来到户外，在温暖的阳光下，在十月以来就再没有用过的棒球场上，霍瑞斯·克拉克蹲在本垒准备起跑，我把快球投给他。有一次，我甚至投出了一个蝴蝶球。接下来是丹尼投球，霍瑞斯·克拉克击球，我和乔·佩皮通在外场追球。然后乔·佩皮通投球，我和道格在外场追球。接着霍瑞斯·克拉克又带着我们进行了一些内场练习。随后我们在球场上站好位置——乔·佩皮通在本垒，丹尼在一垒，霍瑞斯·克拉克在二垒，道格在二三垒之间，我在三垒——我们就绕着圈投球，一圈又一圈，能投多快投多快。霍瑞斯·克拉克喊着“投那儿，投那儿，投那儿”，棒球轻轻地跌进手套里。啪啪撞击的声音、手套皮革的香味，弥漫在这明亮的金色空气中，微风轻抚，像羽毛一样轻柔。

后来，他们在我们的棒球和手套上签了名，给了我们每人两张明年四月的开幕赛门票，还把自己的帽子送给了道格和丹尼。

那我呢？乔·佩皮通把他的外套送给了我。

你相信吗？

他的外套。

他们离开时，我内心的某个地方好像又被填满了一般。欢宴还没有结束。

我们三个跑回班上去找贝克夫人。文德拉瑞先生正在把圣诞节和光明节的装饰撤下来。大厅里异常黑暗，只有一间间教室的门后透出一些光亮。

贝克夫人走了。她在门上留了个纸条。

“胡佛先生，”纸条上说，“一月的第一个星期三，我们来读《麦克白》。”

“太惨了。”丹尼说。

道格走进教室，把更衣室里他准备实施第一百六十六条的纸盒拿了出来。他望着我们，耸耸肩，抱着沉重的盒子摇摇晃晃地走向了大厅。

从此我们再也没见过那个纸盒。

第二天，约翰逊总统宣布圣诞期间越南停火，停止投放炸弹。

快乐的假期终于来临了。

一 月

新年那天，《小镇新闻》不遗余力地用全部版面，报道过去一年中老老少少在小镇生活和文化上取得的杰出成就。并没有什么大事。大部分新闻讲的都是图书管理员、基瓦尼俱乐部[①]官员、战争中的退役军人，因为某种原因还有盖里奇先生，甚至还有带领胡佛设计协会获得巨大成功的我老爸，记述他如何获选一九六七年的企业家商会会员。报纸上还刊登了一张照片，照片上全是这些精英们的脑袋——仿佛他们已经开始思考接下来要为小镇做出什么伟大贡献。

除此之外，还有一张照片。

那就是仙女爱丽尔，在假日剧场的舞台上空飞翔。双腿伸展开来，好像真的在飞。

这张照片几乎占据了头版的一半。

并且，下面的报道向全世界宣告了那条紧身裤是黄色的！

① 美国工商业人士的一个俱乐部。

并且，还说屁股上粘着白色羽毛！

“没人看得到的，”我妈说，“今天是新年。新年谁会看报纸？”

结果，道格·斯维塔克的哥哥看到了。大概他看见头版照片时，看出了那是谁，在干什么，然后就灵光闪现——按莎士比亚的说法，和麦克白在谋杀邓肯的前一天感觉到的一样。

也许有那么一秒钟，道格·斯维塔克的哥哥想到因为我告诉过他“派桶”的含义，他应该知恩图报，不去做灵感教唆他的事。但这种想法可能只持续了一秒钟。他是道格·斯维塔克的哥哥，最终无法控制自己，就像某种基因启动了一样。

诸多事件中的一桩便发生在了道格·斯维塔克身上。假期结束后，我们发现他肿着一只眼睛回来了——过完快乐假期，你可不希望这样回到学校。他说，前两天肿得更厉害。可现在的模样已经令人叹为观止。很难相信眼睛可以同时变得又青又紫，但事实就是如此。

一开始他怎么也不肯说发生了什么事，即使丹尼威胁说要把他另一只眼睛打得又青又紫，正好和现在这只相配，他也不肯说。然而，当我答应请他吃一个戈德曼蛋糕坊的奶油泡芙时，他便投降了——我猜，人们会为了戈德曼先生的奶油泡芙做任何事。

事情的经过是这样的。

道格说，他哥哥一大早就发现了报纸。因为头天夜里大家要守着电视看时代广场的新年倒计时，熬到很晚，所以他哥哥认为第二天大家一定很晚起床。于是他穿上大衣出了门,偷走了所有能找到的《小镇新闻》。然后他把报纸搬回家,藏到他的房间里,把仙女爱丽尔的照片连着新闻标题都剪了下来。标题是这样的:

为拯救他威严的主人
霍林·胡佛扮演的仙女爱丽尔展翅翱翔

其实戏里讲的不止这些,但这确实是可以拿来炒作的东西。

他剪完照片,又来到地下室,找到他为了撞击小孩推车时剩下的一桶亮黄色油漆。然后他去找道格——也许因为不知道该怎么把颜色涂在图片框里。

道格没告诉我们看见那些照片和黄色油漆桶时,他说了什么。我只知道他不肯帮忙,于是眼睛就肿了。他哥哥肯定威胁过如果把这件事说出去,会怎么处置他——也许再打肿他一只眼。然后,他哥哥便找了一把刷子自己涂去了。

不管朋友意味着什么,为别人不惜一只眼睛被打肿绝对够朋友。

剩下的事情,是我自己发现的。

重返学校的第一天早上,道格·斯维塔克的哥哥很早就来了。这本来应该让人警觉。如果盖里奇先生还在大厅里追赶希古拉斯和凯列班,可能会阻止他。但是,盖里奇先生大概在监督装载纽约州水平达标测试卷的箱子——我可没为此做好准备,因为假期贝克夫人没有让我们做练习。总之,道格·斯维塔克的哥哥没撞见盖里奇先生，他就可以很放心地把灵感变为现实了。

道格·斯维塔克的哥哥在大厅上上下下贴满了扮演仙女爱丽尔的霍林·胡佛展翅翱翔的照片——全部涂上了明亮鲜艳、让人视线无法转移的颜色——即使很多都涂到框外了。他把一些塞到八年级学生的柜子里，把一些贴在教室天花板的石棉瓦上，还贴在男卫生间的所有隔间和女卫生间的所有隔间——这是梅丽尔·李告诉我的。饮水池边、每间教室门上、消防通道门上、楼梯间的墙上都贴满了，还有大厅门上的斗拱——天晓得那么高他是怎么贴上去的，以及体育馆里的篮板上。就连行政管理办公室的柜子和办公室旁锁在玻璃罩里的奖杯上都贴满了，人们一走进来，第一眼就会看到。

他贴完之后，视线所及全是亮黄色。大厅里最密集。唯一值得庆幸的是没有展出我那粘满白色羽毛的屁股。真要是那样，我就不得不离家出走了。

可现实是残酷的。走进学校时，我觉得这一定是我在卡米洛初中的最后一天了。

也许我可以去阿拉巴马军校。

走在自己学校的大厅里，每个人一看见你就开始笑，而这并不是因为见到你很高兴，你能想象那是什么情景吗？走进八年级学生还没清理过的男卫生间，你能想象那是什么情景吗？去上早操，“派桶”昆特瑞尼教练命令做伸展运动，而大家都像仙女爱丽尔一样展翅翱翔，你能想象那是什么情景吗？

不，你完全想象不到。可我告诉你，假期结束后的第一个星期三真是漫长的一天啊。

而作为结束，贝克夫人给了我一份《麦克白》的一百五十题测试。

“得让你忙起来。”她高兴地说。

有时候我仍然觉得她恨我入骨。

第二天早上，文德拉瑞先生几乎已经把所有照片都撕掉了，除了奖杯和大厅斗拱上的。梅丽尔·李把女卫生间里的撕掉了。

善良的梅丽尔·李啊。

不过，道格·斯维塔克的哥哥还有很多存货。星期五那些照片又在大厅里出现了。星期一是在食堂，星期二是在礼堂舞台上。文德拉瑞先生都快忙不过来了。

星期二结束时，我在回家的路上想，至少晚上能暂时摆脱那些照片。谁知我姐正在家门口等着我，手里拿着一张涂了黄色油漆的照片。

“这个，”她说，“竟然贴在我的柜子上。”

这么说已经传到高中去了。

“你能告诉我为什么这东西会贴在我柜子上吗？”她问。

“因为有人想当笨蛋。”我说。

“有人？”她看看照片，又举过来给我，“照片里是谁更像笨蛋，霍林？”

“又不是我拍的。”我说。

“是你穿着黄色紧身裤！我跟你说过这事迟早会发生。如果只是你的问题，我一点儿也不介意。可现在不只关系到你，好吗？已经贴到我柜子上了。现在人人都知道我有一个穿黄色紧身裤的幼稚弟弟。”

“我并不幼稚。”

“对，说得对。你是已经长大却还穿黄色紧身裤的弟弟。”她把照片搡到我胸口上，“不把这事解决，你就死定了。”

我从来不知道，上七年级竟然面临着那么多死亡威胁。

我考虑了一下，奶油泡芙可能不再管用了。阿拉巴马军校看起来不错。也许老爸会喜欢这个主意。

但这个希望只维持到晚饭时间。老爸宣布镇上要新盖一所初中，他们邀请了胡佛设计协会来竞标。

宣布完毕后他看了看我姐。“看到一九六七年企业家商会会员的名号能带来什么了吗？”

“上帝，我以为给你的车贴上时髦的磁性标牌就完了呢。”她笑了。

老爸又向我看过来。

“好极了。”我说。

“很好，对于此次竞标来说，家里有个孩子在那儿上学会是个很有利的因素。这样董事会成员会以为我们已经很有交情了。如果胡佛设计协会签下合同，我们就发达了。”

“我想去上军校。”我说。

老爸啜了一小口咖啡。

“我不知道卡瓦尔斯基会不会来参加竞标。”他说。

“我想去上军校，”我又说了一次，“阿拉巴马的。”

“这么荒谬的事没必要说两遍，霍林。说一次就够了。”

“为什么军校会荒谬？”姐姐问。

“今天，纽约大都会队决定付一万八千美元的年薪给巴迪·哈利森。你们能想象吗？一万八千美元的年薪……只是打打棒球而已，而且这个球员在内场外连球都击不到。虽然霍林去上军校没这么荒谬，但我可以说——也差不了多少。”

“没什么比上我们高中更荒谬的事了。”姐姐说。

老爸闭上眼睛，又啜了一小口咖啡。我想他正在努力克制情绪。

“女孩的头发不能太短，男孩的不能太长，”姐姐接着说，“裙子不能太短，裤子不能太长，毛衣不能太紧，牛仔不能太——这可不是我编造的——太蓝。连高领毛衣都不能穿，因为太什么了——没人说得出来，但就是这样。这才叫荒谬。现在炸弹正到处在几乎没有衣服可穿的人群中爆炸，校长却还在关心这些事情，这不是更荒谬吗？”

“那些东西你都不穿，你又不是嬉皮士。”爸爸说。他眼睛还闭着。

“这些跟教育有什么关系？一个校长为什么会制定这些校规？”

爸爸睁开眼睛。“因为他可以，”他放下咖啡杯，“一万八千美元。他们真是疯了。”

于是，阿拉巴马军校的念头就这样悄无声息地被扼杀了。

晚饭过后，姐姐来到我的房间。

“你怎么不敲门？”我说。

“霍林，去上军校是一个荒谬的想法。”

“你吃饭时可不是这么说的。”

“我说它不荒谬只是因为老爸说它荒谬而已。因为军校的下一站就是西贡。”

“那又怎样？”

她双手叉腰。“有时候我真想知道你值不值得我去拯救，”她说，“越南正在打仗，霍林。你注意到了吗？战争。每周死掉两百个军人，回来时只能装在黑色的袋子里被塞进飞机。等埋葬之后，他们的家人只能得到一面叠得整整齐齐的崭新的美国国旗。就那样。”

她停住了。

“我会受不了的，如果……”

她再次停了下来。

“所以这个想法很荒谬，霍林。”说完她便离开了。

皮特·西格的音乐从她的房间里传了出来。

第二天下午，大家都去伯特利教堂或圣埃德伯特教堂了，但道格·斯维塔克和丹尼一直等到了最后一秒钟，以免万一今天贝克夫人安排怀特·福特[①]现身。后来，贝克夫人把《麦克白》的试卷发还给我。

“麦克白和马尔康不是同一个人，虽然这两个名字开头的辅音一样。”她说。

“我知道。”我说。

“邓肯和道纳本也是如此，虽然开头的辅音一样，但不是同一个人。”

“我想也是。”我说。

“马尔康和道纳本是国王的儿子，不是……”

“你知道，”我说，“莎士比亚并不好读——尤其是他还

① 美国扬基队著名棒球运动员。

要写一些让人根本分不清的名字。”

贝克夫人白了我一眼。这次我很肯定。

“莎士比亚写作可不是为了方便你读。”她说。

别开玩笑了，我想。

“他之所以写作，是为了用前所未有的优美文字来表达人生的启迪。”

“那么在《麦克白》里，既然不是为了刻意创造这些相似的名字，他想用前所未有的优美文字表达什么呢？”

贝克夫人意味深长地看了我好一会儿，然后走回到讲桌边坐下。“我们生来并不只为了权力，”她轻轻地说道，“我们生来并不只为了欲望。傲慢和倔强碰到一起可能会成为一场灾难。和爱相比，仇恨是微不足道的。”

我们都安静下来。

“仇恨并不总是微不足道，”我说，“你看见道格·斯维塔克的哥哥在大厅里贴的东西了吗？”

“看见了，”贝克夫人说，“是你的精彩剧照。”

“穿着黄色紧身裤。”我说。

“呃，”她说，“也许人家会对你冷嘲热讽。”

“不像是《麦克白》里的句子。”

“对。可我向你保证，人们会很快忘记爱丽尔的。”

我叹了口气。“说起来当然容易了，照片里的又不是你。”

“可能吧。”她说。

“贴在大厅里的又不是你的照片，否则就有你好受的了。”我说。

我就知道。我真蠢。

贝克夫人的脸“唰”一下就变白了。她拉开下面的抽屉，把她那本莎士比亚放进去，又关上抽屉。很大声。“坐下去修改《麦克白》试卷里的错误。”她说。

我照办了。

整整一个下午我们都没有再说话。直到我回家时也什么都没有说。

回家时，我走在灰暗的天空下，云朵的下缘被扯碎了，就像悬挂着的破布条，冰冷的雾气漏出来。空气越来越冷，雾越来越浓。经过一个下午的酝酿，晚饭时分，一场毛毛雨将一切打湿，所有人都看起来可怜兮兮——尤其是我姐姐。她相信自己的秀发适合南方的加利福尼亚，在那里会永远轻盈、有弹性，而在灰暗冷清、终日雾蒙蒙的长岛，头发会无力地垂下来。

太傻了。

那天夜里我躺在床上，听见毛毛雨变成大雨，重重地泼洒在窗户上。然后一切都销声匿迹了，我的房间变得寒冷起来。我爬起身向窗外看去，可玻璃上覆盖了一层薄冰，唯一能看见的便是屋外街灯四散的光晕。

早晨，冰把整个小镇都覆盖了。如果出了太阳，那简直就是奇观，就像被普洛斯彼罗施了魔法。可事实却是，碎裂的黑云压得更低，雾气又从裂缝中漏了出来，小镇看上去就像麦克白那三个奇怪的姐妹居住的泥泞荒地。

那天清晨，雾在昨夜形成的冰面上又铺了一层轻薄的水汽。上学时，我走在图书馆旁边的人行道上，只要有人轻轻一推，就能向前滑去，而路过戈德曼蛋糕坊时甚至不用人推——都是下坡路。我将身体重心稍微前倾，半蹲，滑了下去。路上没有车，因此到十字路口也不用停下来。当我冲到学校时，速度已经足以轻易灭掉道格·斯维塔克的哥哥了——如果他在我的视线范围内的话。

忽然间，他出现了——就像那三个奇怪的姐妹，每当麦克白想到她们，她们就会出现——道格·斯维塔克的哥哥，正在学校的另一边等校车转弯经过，好抓住后保险杠，让车拖着他在冰面上滑行。

这就是八年级学生的所作所为，他们的理想便是被投入州立监狱。

即使路上一辆车也没有，校车还是得开，因为卡米洛初中的校长是盖里奇先生，就算苏联开始往美国东海岸投放无数原子弹，他也不会让学校在纽约州水平达标测试前停课。那是我亲耳听彼得瑞里先生说的，这很可能是事实。

校车在冰面上行驶，拖拖拉拉到得很晚，只要看一看司机的脸，就知道他们全都在生盖里奇先生的气。贝克夫人也很生气，因为校车晚点了，我们就四散溜达。我发现学校里唯一高兴的人是路德玛先生，他是道格·斯维塔克哥哥的老师，因为道格·斯维塔克的哥哥直到最后一辆校车抵达时才来到学校。

“小国独裁统治者又发威了，”我们终于全部到达教室时，丹尼说——他坐的也是最后一辆校车，“盖里奇先生以为自己可以控制天气！他叫我们踩着冰来上学，我们来了。他叫校车司机在冰面上开车，他们开了！他控制了全世界的校车！”他把手臂高高地举起，“他控制了我们所有人！”

丹尼·哈普佛很容易情绪失控。

但是，虽然盖里奇先生可以像小国独裁者一样控制校车，却无法控制长岛电力公司，那天早上大多数客户被断电了——包括卡米洛初中。连一丝电火花都擦不出，教室里只有窗户透进来的微光，在这样乌云蔽日的天气里，这光实在是非常黯淡。

我们坐在黑乎乎的教室里，穿着大衣也还是瑟瑟发抖。希古拉斯和凯列班在墙里跑来跑去，它们从天花板上爬下来，想找个暖和的地方躲起来，就像人一样。我想它们大概可以感觉到我们的存在，墙壁会裂开，我们会看到爪子和指甲，然后是“咯吱咯吱”的大黄牙，在勃南森林到达邓西嫩之前[①]，我们会全都尖叫着跑出教室，到冰冷的雾气中。

这一天我们就是这样准备纽约州水平达标测试的。贝克夫人的课上，练习了句子结构；萨莫维兹先生的课上，练习了数学集合；（他们班的学生就要到我们教室去上句子结构课了，可我们并没有告诉他们希古拉斯和凯列班的事。如果发生了什么，我们会听到的。）彼得瑞里先生的课上，朗读了欧洲边界线和出口海岸。我们埋头苦学时，手越来越冰凉，到了中午，指头几乎已经感觉不到铅笔的存在。

不过中午时分，比吉欧夫人来到教室，带来了一盘厚纸杯，纸杯里冒出溢着巧克力香味的热气——她大概对放假前

---

① 出自莎士比亚戏剧《麦克白》。剧中幽灵预言：“麦克白永远不会被人打败，除非有一天勃南的树林会冲着他向邓西嫩高山移动。”

没给我们准备特别午餐而内疚吧。“别问我是怎么热的，”她对贝克夫人说，“如果盖里奇先生来找他的桌子，可能要花点工夫了。”

你能相信吗？热巧克力！

贝克夫人笑了——真实的笑，而不是老师特有的那种笑——她拿了一杯，坐回讲桌后，双手捧着杯子取暖。

比吉欧夫人沿过道走着，我们每人都从盘子里拿了一杯。道格·斯维塔克想拿两杯，可比吉欧夫人将她那巨大敦厚的鞋子踩在他的运动鞋上，他便乖乖地把多拿的一杯放了回去。

比吉欧夫人经过麦琪身边时，她没有拿。她一直低着头。

比吉欧夫人也没有停顿，送完剩下的，盘子上还剩了一杯。

“开始下个句子吧。”贝克夫人说。

我们都痛苦地呻吟起来。

“马上，”贝克夫人说，“趁糖分还在你们的血管里航行。”

她走过来检查我们做题。我不知是否还有人看见，她把她的热巧克力放到了麦琪桌上。

那一刻，她充满了人情的乳臭。（顺便提一句，这句话出自《麦克白》。）午饭后，贝克夫人甚至没叫我们出去。我们继续做练习。

下午，乌云密布，越来越厚，朝着地面翻涌而来，就像不堪重负，马上要裂开一样。乌云越压越低，在放学前几分钟，终于裂开，大片潮湿的雪花从天空飘落，坠在结冰的路面上——那时，校车司机们正把车开进停车场，大概还在提防着道格·斯维塔克的哥哥吧。

回家前，贝克夫人宣读了盖里奇先生给全校同学的留言："明天，纽约州水平达标测试将在全州举行，请务必来校。未经校长批准，任何人不得以任何理由缺席。天气不是借口。学校为考试继续开放。"

贝克夫人把便条放回桌上，向窗外望去，雪已经开始在冰层上堆积起来了。"我们明天见。"她说。

果然如彼得瑞里先生所说：就算是下起原子弹雨也得照常到校。

我回家后才发现贝克夫人一整天都没跟我说过一句话。

我真蠢。

这一天，寒风先是把雪堆成小丘，继而又把它们雕刻得奇形怪状，棱角锋利。夜里，狂风朝我家房子横冲直撞，四处寻找墙壁上的裂缝，伺机涌入。有时突然来电，家里所有的灯就猛地亮起来，姐姐的收音机也以最大的音量吼起来。借着门口的昏暗灯光，可以看见雪已经积了多深。不过马上又停电了，我们只能在烛光和寒冷中度过这个漫长的黑夜。

如果你以为我们一家四口会像很久很久以前那样，裹着毛毯依偎在一起，坐在壁炉前讲故事、唱歌，那就错了。不仅因为长岛的房子里没有壁炉——就算有，也散发不出半点热量。

实际情况是这样：

每过半个小时，到了一个新节目的播放时间，我老妈就会走到电视机前，使劲按几下电源开关，再狂换一通台，接着又按几下开关。"要相信这么做会管用的。"她说，然后继续狂按。可什么反应也没有，于是她走进厨房，把窗户打开，免得抽烟时被我们闻出来。我们只得尽力忽略横扫房间的冷空气，把毛毯裹得更紧。

而老爸被一个电话搞得非常生气。他简直不敢相信打电话的人是胡佛设计协会的员工，竟然问明天上不上班。“他们难道不知道还有个合同没完成吗？下那么点雪就能挡住奋斗的道路吗？他们肯定是不想干了，”他说，“我可不是大都会队，下个赛季能给艾德·克兰博两万四千美元。两万四千美元！请艾德·克兰博！接下来他们就会给汤姆·希弗两万四千美元的。他们都疯了吗？”

我姐因为三件事而感到苦恼，非常苦恼，极度苦恼。第一，没有亮光她就不能化妆，而不化妆出门她就会死；第二，（这件事已经越来越糟了。）披头士乐队的特别节目在八点钟开始，现在已经开始了——现在！全国每个人都看得到，唯独她不能，万一让林戈[1]发现了，一辈子都不会原谅她的；第三，这次高中生的纽约州水平达标测试比平时长一小时，所以她会和弟弟同时回家——那个穿着黄色紧身裤的弟弟——如果识相的话，他最好走在马路对面，和她保持足够的距离，以避免大家怀疑他们俩之间有什么血缘关系。

因此，根本不会有围着壁炉的火光唱古老歌曲这种事。

整夜都在下雪，天亮后小镇就像阿拉斯加一样。北方的阿拉斯加。

不过这无关紧要。新的冰河世纪到来了，这也无关紧要。因为盖里奇先生是绝对信守诺言的。姐姐的半导体收音机里说，所有学校都正常上课，尽管昨天一夜下的雪比过去三个

① 指林戈·斯塔尔，披头士乐队成员之一。

冬天的雪加起来还多。广播还建议学生提早出发，因为下雪路上会很堵——好像这是本世纪最惊人的发现。

于是我提早出发了，寒风仍然不断袭来。我兜里揣着三支为准备考试削好的二号铅笔，在及膝的雪地里跋涉，向学校走去。学校今天还没来电，于是我穿上了保暖内衣——一整套，外加一件 T 恤，一件毛衣和两双厚袜子。走到学校时，我已经汗流浃背了，但等会儿坐下来考试，我就会很暖和很舒服，即便现在我的靴子挤得连脚指头都动不了。

路上的雪还没铲掉，好几辆挤满了人的校车开上了光溜溜的李氏大道。道格·斯维塔克的哥哥又抓在保险杠上，义无反顾地驶向州立监狱。他看起来很开心，仿佛从未干过用黄油漆涂照片的事，那件毁了我人生的事。

看着他一手拉着保险杠从眼前滑过，我心中忽然灵光乍现。我不确定这到底是什么。也许普洛斯彼罗会称之为罪恶，但我觉得这不算罪恶，更像是一种人性本能的复仇需求——类似马尔康和道纳本想的那样。（请注意，我知道国王的两个儿子叫什么名字。）道格·斯维塔克的哥哥再次从眼前滑过时，我的计划完全成形了。一个具有毁灭性的雪球出现在了我面前。我在雪球中间挖了个洞，捡起地上半融的冰块，塞了进去。然后把雪球捏紧、修圆，以便它能以直线飞行。最后又往上吐了几口唾沫，这样整个雪球又裹了一层冰。

又一辆校车来了。

我脑海里浮现出这样的场景：我扬起手臂，抬起右脚，道格·斯维塔克的哥哥一进入视野，我就扔出一记快球，在即将撞到他的最后一刹那，他恰巧回过头，于是那只无敌唾沫硬壳夹冰雪球就让他的鼻子开了花。漂亮极了。

而我真没想到事情的确就这样发生了。雪球可能会打中校车，或者完全偏离轨道，或者打中他一个无关紧要的部位，又或者他根本就没抓在保险杠后，还可能我根本就没扔出去。

可我扔了。

一切竟和我想象的一模一样。

真的。

等他把眼睛上的雪块、融冰和唾沫硬壳抹下来，再四处寻找凶手时，我早已到达教室，连大衣都挂好了。这感觉就如同吉姆·霍金斯把伊斯帕尼奥拉号开到迎着狂风的海面上，让弗林特船长那些邪恶的海盗们自食其果。

复仇的感觉真是美妙。如果对方甚至都不知道报复他的人是谁，这种感觉就更美妙了。

我高高兴兴地参加纽约州水平达标测试去了。

整个早上我都沉浸在幸福的喜悦之中。你不会相信的，用着那三支削好的二号铅笔，我居然像罗伯特·路易斯·斯蒂文森那样顺利地完成了词性测试单元，对付小数也像在操场上玩游戏一样游刃有余。我刚好把马尔维纳斯群岛背得滚瓜烂熟，阅读理解则考了一大段关于密西西比河的文章，真是多亏了彼得瑞里先生，我才用心去了解了它。

午休时间，大家都把铅笔全部重新削好，这时，来电了，就像米奇·曼托一样带来了欢呼。暖气马上丁零哐啷地开始工作，就像文德拉瑞先生正用扳手敲打它们一样，教室里暖和起来。很快我们呼出的白气就消失了。就连希古拉斯和凯列班也重新跑回到了石棉瓦上。

我们把大衣、帽子、手套通通脱掉，把领结解开，坐下来等待下半场考试。首先考的是词汇，其中大部分连威廉·莎士比亚都不会认识。

考试进行到一半时，我把毛衣脱了。暖气散发着滚烫的铁锈味儿，就像西南的恶风，能把人吹得浑身起水疱。

然后是拼写。暖气片上的铁锈脱落下来，闪烁着微光，就像日落时的颜色。

我脱掉靴子，又脱掉一双厚袜子。（丹尼已经光着脚了。）终于又能动动脚指头了，感觉不错。

然后是罗马数字和分数。此时教室已然如同热带一般。我却还穿着保暖内衣——可以让我在零下十度的气温里保持温暖。我浑身冒汗——包括指甲都在劫难逃——我觉得我大概已经和生锈的暖气片一个颜色了。

接下来是动词形式——告诉你，我竟然挺过去了。

不过我觉得快要死了。我的手指在铅笔上打滑，现在连一丁点儿幸福的喜悦都没有了，我觉得连眼睛都在流汗。

我举手问贝克夫人能否去趟卫生间。

她拿起纽约州水平达标测试的说明手册。“一旦考试开始，除非发生严重健康问题，任何学生不许离开座位。”她放下手册，转向暖气，暖气片正散发出巨大热量，大概都能把她的脸烤黑。

在我看来，我们全都有严重的健康问题，可又不能举手说得去脱掉两件衣服。

到句子结构部分了——贝克夫人连一点儿休息时间都没给就直接开始——我体内的水分几乎全都蒸发出来，积在了保暖内衣包裹的封闭空间里。一切都变得黏黏的，答题卡已经被浸湿了，有点像过夜的玉米糊加上半杯牛奶，气味也一样。

两点半交卷时，我真担心答题卡会化成纸浆。

梅丽尔·李的答题卡看起来既干净又硬挺。

“还可以吧？”她说。

“嗯。”丹尼说着把袜子重新穿上。

“还行。”道格·斯维塔克说。就连道格·斯维塔克都这么说！

“你还好吗？”梅丽尔·李问。

“想去卫生间的，现在可以去了。”贝克夫人说。

我第一个冲出教室，用最快的速度，横冲直撞地跑进了大厅，真庆幸这里没有暖气。最后二十码我狂奔过去，尽管在卡米洛初中的大厅里奔跑跟傲慢、嫉妒和愤怒一样罪该万死。我闯进卫生间，用力扯掉T恤，想象着把保暖内衣撕成碎片的感觉。

卫生间里全是八年级男生。全都在抽烟。

道格·斯维塔克的哥哥靠在水槽上。

“就是他。”其中一个用手指着我说。

“他？”道格·斯维塔克的哥哥边说边把烟扔在地上，用脚踩灭。他可能想要以此传达某种信息吧。

他朝我走来，伸出手指，狠狠戳向我那保暖内衣下的胸膛。“雪球是不是你扔的？”

“什么时候？”这叫拖延战术，有时比直接否认更管用。

“你，”他的手指已经戳进了我的肋骨，“死，”又戳了一下，“定了。”又是一下，然后他在自己的衣服上擦了擦手指。

这个场景很熟悉，对吧？又一个死亡威胁。我有些理解班柯[①]的感受了。恍然间，在热气腾腾、汗雨淋漓的脑海中，我似乎看见浑身剑伤的他就在卫生间里失落地摇着头，好像在警告我一样。

“死定了。”道格·斯维塔克的哥哥再次说道。

我退了出去。道格·斯维塔克哥哥的老鼠眼一路紧盯着我。

我回到教室，“扑通”一声坐下。

癞蛤蟆、甲虫、蝙蝠。

“好点了吗？”梅丽尔·李问。

“好极了。”我说。

外面还在下雪，不过气温略有回升。雪花一定很想变成雨吧，可温度不到，它们在积雪上层层堆叠，结成了薄薄的冰壳，覆盖了整个世界。贝克夫人朝窗外看去，皱起眉头，我知道她一定在想，在这样结了一层冰、积了一层雪、又再结成冰壳的路面上，校车该怎么行驶。

她大概也在想，在这样结了一层冰、积了一层雪、又再结成冰壳的路面上，该怎样开车回家。

在纽约州水平达标测试的最后半小时里，其他班级要么自由阅读，要么吃零食，要么讲故事。还有很多老师给学生带来了金黄色、焕发着光芒、完美的奶油泡芙。

但是，贝克夫人——痛恨节假日的贝克夫人——让我们打开英语课本，开始学习新的单元：不规则动词。我裹着潮

① 出自莎士比亚戏剧《麦克白》。

湿的保暖内衣坐在座位上，想到道格·斯维塔克的哥哥那老鼠眼里散发出来的杀气，实在很难集中精力。不过贝克夫人没有点我的名，即使我举了手，即使我大声喊我知道为什么“写”是一个不规则动词。

就这样，学校的一天又结束了。

我走出教室，探头探脑地东张西望了一番，看看道格·斯维塔克的哥哥是否埋伏在某个地方，他说的每一个字都像雪花一样在空气中盘旋，无所不在：“你、死、定、了。”我穿过大厅，爱丽尔的照片还贴在大门的斗拱上，文德拉瑞先生还是没能够到它。再次抬头看到时，复仇的念头又油然而生。不过我还在找那个我要报复的人。他仍然不在视野之内。寒冷的空气包围了我，我敞开大衣，冷空气马上侵袭，钻入两件T恤，灌进保暖内衣，我打了个寒战，终于降温了，脸也凉快起来。

“你还好吗？”丹尼·哈普佛问。

“好极了。”我说。这句话发自内心。

我穿过学校草坪——道格·斯维塔克的哥哥肯定已经走了——来到了李氏大道上，一辆校车正在冰面上打着滑开过来，盖里奇先生双手抱在胸前，站在围栏边——我想他来这儿是为防止州立监狱的预备囚徒们再次抓住保险杠。可他们都不在。

我相信盖里奇先生现在一定很得意，因为《小镇新闻》的摄影记者正在马路对面拍摄在冰面上拐弯的校车，轮胎只找到一点摩擦力，旋即又失去了，校车侧着滑过去，黄色车顶上的积雪都被震落下来。

当我到达学校对面的路口时，一辆校车的引擎正疯狂地轰鸣着，试图加大动力，绕过贝克夫人像蜗牛般缓缓爬行的小汽车。而这正是后续事件的起因。

事情的发生仅用了三秒钟。

雪又大了起来，我并没怎么看清，知道的就是这些：

当我走到路口时，道格·斯维塔克的哥哥和那帮州立监狱预备囚徒正在对面等着我。他们站成一排，每个人都对我伸出左手，而右手都举着保龄球大小的雪球。在这阴沉沉的天气里，街灯已经亮了，灯光给雪球的坚硬外壳镀上了一层金黄色。

至少，我希望是这个原因让雪球看起来泛黄的。

我想我大概需要一秒来说服自己。

下一秒钟，校车发动了它那古董引擎，滑过路口——侧着滑过去，闯了红灯。当校车从我面前扭来扭去地经过时，丹尼正贴着后窗玻璃往外看，他看起来既担惊受怕又自得其乐。第二天，他对我说，他以前从未听到过校车司机如此惊慌失措地尖叫。

这我可以保证。我也听见了。

第三秒时，我回头想看看道格·斯维塔克的哥哥和那帮州立监狱预备囚徒准备干什么，但却永远不会知道了。校车滑过路口拐了弯，而我姐姐正走到马路中央，低着头，耳朵用围巾包了起来，因为不想让雪弄湿她那加利福尼亚的头发。

因为纽约州水平达标测试，她回家比平时晚了一个小时。

我飞了起来。

我记得听见了急刹车的声音，有人在喊“胡佛先生”，

《星期三的战争》阅读指导手册

· 关于本书 · 关于作者 · 阅读方案

· 关于莎士比亚戏剧 · 更多国际大奖小说

爱心树童书

关于本书

一九六七年越战期间，纽约州长岛的一个小镇。

霍林·胡佛的爸爸是建筑商，教养孩子很严肃，时时以他身为一九六七年的商人代表为荣，并期待来年还能连任；霍林的妈妈是受压抑的寻常家庭主妇，事事都听从先生；霍林的姐姐希瑟进入叛逆期，常欺负霍林。

霍林升入七年级，每星期三下午，班上的一半同学要去犹太教堂学习希伯来文，另一半则去天主教堂参加教义问答，只有霍林是基督徒，老师贝克夫人必须整个下午陪他留在教室。霍林断定，贝克夫人非常恨他。

前几个星期三下午，贝克夫人叫霍林打扫教室、拍板擦、清理宠物（两只大老鼠）笼等，结果状况连连。爸爸很关心霍林是否得罪贝克夫人，因为她是经营贝克运动商城的贝克家族一员，而贝克运动商城没准会成为他的重要客户。

最后贝克夫人决定让霍林读莎士比亚，并答试卷，写读书心得。霍林认为这是贝克夫人折磨他的另一个“阴谋”，却没想到他的生活因此慢慢发生着转变。

为了用奶油泡芙换取生命安全，霍林不得不答应泡芙店老板出演《暴风雨》中的仙女爱丽尔，关键是要穿上黄色紧身衣，屁股上还要粘着羽毛，虽然演出大获成功，但精彩剧照被贴满学校每个角落。

情人节那天，胡佛设计协会竞争对手家的女儿梅丽尔·李和霍林约会了，但这个甜蜜的约会差点儿让胡佛设计协会输了竞标，

霍林开始重新思考《罗密欧与朱丽叶》的意义。

霍林激流勇进、顺利突围，不顾生命威胁超过八年级学生拿下长跑冠军，因为“恺撒大帝要勇往直前”。

姐姐希瑟离家出走去寻找自我，但出走不是这么好玩的，最终靠霍林的汇款，她才得以回家。“或许从来都没有人告诉过他，他其实不必寻找自我，而只需要让自己被找到”，霍林认为，这就是《哈姆雷特》里，莎士比亚想要表达的人生启迪。

甚至，连在越战中失踪的贝克夫人的丈夫贝克上尉都要回家了。“喜剧就是，戏里的角色都敢于相信他们会有幸福的结局。”

……

贝克夫人一开始就对霍林说：“威廉·莎士比亚的戏剧，敞开你真实的灵魂，就永远不会感到无聊。”莎士比亚剧中的情节与警世名言，配合着七年级每个月一件件悲喜冲撞的事件，让霍林一次次地温习。故事的最后，梅丽尔·李对霍林说：“你看起来不太一样了。”

关于作者

加里·施密特（Gary D. Schmidt）

美国儿童文学作家，曾两度荣获纽伯瑞儿童文学奖，现任密歇根州凯尔文大学教授。2004 年，《鲸眼》获得纽伯瑞儿童文学奖，并被美国图书馆协会、《学校图书馆期刊》评为年度好书。2005 年，

《第一个男孩》入围马克·吐温奖。2008 年，《星期三的战争》再度摘得纽伯瑞儿童文学奖，不仅在青少年中掀起阅读莎士比亚的狂潮，更被许多成年读者所推崇。2011 年，《周末图书馆》入选美国国家图书奖。

他的作品诙谐幽默，温情感人，又不流于肤浅，将深刻的人生寓于妙趣横生的故事里，使无数青少年读者爱上了阅读，并从中认识世界和自我。

阅读方案

《星期三的战争》适合小学中高年级及以上的学生阅读，主题十分丰富，涉及同学关系、家长与孩子的关系、师生关系、战争等。以下阅读方案希望能够很好地帮助孩子理解这部儿童文学作品。

一、预测指南

预测指南，是一系列与阅读材料的主题相关的问题，在读者开始阅读之前，就让他们去思考，这样做可以加强对阅读材料的理解，激发话题讨论的兴趣，为读写综合练习做准备。

下面是《星期三的战争》预测指南范例，在孩子阅读之前使用。它将向孩子介绍贯穿全书的主要思想，阅读时遇到与问题相关的内容孩子就会留意。

下面的问题，同意的画勾，反对的画叉。

1. 如果很多人都想让你做某件事，你就会去做。( )

2. 为了不让别人感觉不好，你会收敛自己的才能。( )

3. 为了成功，不管什么事你都会做。( )

4. 恋爱和战争是不择手段的。( )

5. 你应该为你的家庭做任何需要的事。( )

6. 漂亮的房子和漂亮的东西会让你高兴。( )

7. 如果某个人伤害了你，你也可以同样对待他。( )

8. 第一印象总是正确的。( )

9. 爸爸总是知道怎么干最好。( )

10. 名人是好榜样。( )

11. 过去的故事和我的生活没关系。( )

二、阅读讨论

阅读之后，讨论以下问题：

1. 请描述霍林家“完美的房子”。为什么霍林这样描述他的家？从书中找出其实这个家并不完美的细节。

2. 为什么在学期开始时，霍林认为贝克夫人恨他？你认为贝克夫人的真实想法是什么？

3. 为什么贝克夫人让霍林开始读莎士比亚的戏剧？

4. 贝克夫人说莎士比亚的戏剧“敞开你真实的灵魂，就永远不会感到无聊”。她这句评论是什么意思？什么是“真实的灵魂”？

5. 霍林一开始欣赏的是莎士比亚的哪方面？他对《罗密欧与朱丽叶》又是怎么看的？

6. 霍林所读的莎士比亚戏剧对他的生活产生了怎样的影响？你认为贝克夫人从莎士比亚那里得到了什么经验？对比两人的关系在书的开始和结尾有何不同。

7. “神死去时，通常都死得很艰难。”对霍林来说，什么代表“神”？

8. 米奇 · 曼托拒绝给霍林的棒球签名，因为他打扮成了仙女。为什么他会扮成这样？霍林有什么反应？你有过你本来尊敬的人让你失望的经历吗？你有什么感受？请描述当丹尼把签好名的棒球还给米奇 · 曼托时，霍林的感受。

9. 霍林营救姐姐的经历如何改变了他们彼此间的关系？本书的结尾，他们怎样看待对方？讨论两人之间发生的使得他们关系非常亲密的事。

10. 讲一讲越战怎样影响了书中的人物，如比吉欧夫人、贝克夫人、胡佛先生、霍林、希瑟。

11. 你认为霍林的父母是怎样的人？霍林和他父亲的关系怎么样？生意和家庭生活，胡佛先生更看重哪一个？列出五个好父亲的特质，以此评估霍林的父亲。

12. 你觉得哪个章节特别有趣？是关于两只大老鼠、黄色紧身衣、奶油泡芙，还是其他什么？

13. 故事的最后，丹尼举行了成人礼，从男孩成为男人。虽然霍林不能拥有这样的宗教仪式，他也在书的最后成长了。讨论他所经历的哪些事使他成长。

14. 友谊、被高年级学生欺负、和家长的关系、和兄弟姐妹的关系、老师的期望等，这些七年级学生面对的问题，作者的描

写成功吗？

15. 为什么这本书的名字叫“星期三的战争”？请你再给这本书起个名字。你觉得哪个更合适？

三、延伸活动

为了延展孩子对这本书的兴趣，还可以做下面这样的活动：

1. 每月大事：这本书的每一章都详细地描写了每个月发生的事。把学生分成几个小组，每组挑一个月份，准备一张表，写上书中每月学校发生的重要事件，包括霍林从中学到的东西。

2. 莎士比亚：霍林喜欢上阅读莎士比亚的戏剧。它们教给了他生活的真谛。让孩子做个表格，填上霍林所读的戏剧，以及他从中学到的生活经验。让他们就其中一条经验怎样适用于自己的生活写篇短文。

3. 更多的莎士比亚：从霍林所读的莎士比亚戏剧中，选择一部在班上分享。可以选择其中一幕大声朗读给学生听。让学生根据现代生活改编其中一幕，并且表演出来。

关于莎士比亚戏剧

威廉·莎士比亚（William Shakespeare,1564—1616），英国文艺复兴时期杰出的剧作家及诗人。莎士比亚一生共创作三十七部戏剧以及大量的诗歌作品。他的戏剧被翻译成多种语言，被表演的次数也是其他剧作难以企及的。

《星期三的战争》中提及的作品有以下几部：

《威尼斯商人》

贝克夫人和霍林共读的第一部莎士比亚戏剧，是莎士比亚最著名的喜剧之一，但贝克夫人说它是悲剧。

威尼斯商人安东尼奥为了帮助好友向鲍西娅求婚，向高利贷者夏洛克借钱。因为生意失利，安东尼奥到期不能偿还，依约要向冷酷无情的夏洛克割肉一磅。聪慧的鲍西娅假扮法官来审案，挽救了安东尼奥，惩罚了狠毒的夏洛克。本剧是莎士比亚喜剧中具有社会讽刺意义的作品。

《暴风雨》

霍林一开始认为《暴风雨》比《威尼斯商人》好看，因为里面有很实用又凶狠的骂人话。比如“但愿一切癞蛤蟆、甲虫、蝙蝠都咒在你身上！”当然，贝克夫人要让他重读。

米兰公爵被弟弟安东尼奥篡夺了爵位并将他和女儿流放到一个荒岛上。公爵潜心研究魔法，解救了荒岛上的精灵。当安东尼奥乘船来到荒岛附近，公爵运用魔法唤起一场暴风雨。安东尼奥此时才知道生命远比权力重要，发誓重新做人。公爵携女回到米兰，恢复了爵位。

《麦克白》

莎士比亚最著名的悲剧之一。关于这部戏剧，贝克夫人说：“我们生来并不只为了权力，我们生来并不只为了欲望。傲慢和倔强碰到一起可能会成为一场灾难。和爱相比，仇恨是微不足道的。”

苏格兰将军麦克白杀死国王邓肯，篡位为王，并残忍地追杀

女巫预言会威胁到王位的班柯家族。后来，邓肯的后代与班柯的后代领兵来攻，麦克白被杀死。全剧描写了麦克白从屡建奇功的将军变为残忍暴君并最终殒命的人生悲剧，是莎士比亚作品中的心理描写佳作。

《罗密欧与朱丽叶》

莎士比亚最为著名的爱情悲剧。虽然霍林认为两位主人公很愚蠢，但拜这部剧所赐，他成功地和梅丽尔·李在情人节那天约会了；虽然约会带来一个意想不到的严重后果，但霍林得以发现《罗密欧与朱丽叶》的真正意义。

蒙太古和凯普莱特家族世代为仇。蒙太古家的独子罗密欧与凯普莱特家的千金朱丽叶却互相爱慕，私订终身。罗密欧误失杀人被流放。朱丽叶被父母逼迫出嫁前装死逃婚。罗密欧得知朱丽叶的“死讯”，服毒殉情而亡。当朱丽叶醒来，看到罗密欧身亡，也绝望地用罗密欧的佩剑自杀了。

《恺撒大帝》

莎士比亚最著名的悲剧之一。当恺撒大帝进入罗马时，预言者对他说：“留心三月十五日。”三月十五日，有些事也发生在霍林身上……

罗马元老院的众人密谋杀恺撒，布鲁图斯也在其中。杀死恺撒之后的布鲁图斯决定赴死，被人阻拦，后来却战败自杀，与恺撒的幽灵在战场相见。剧名虽为恺撒大帝，最重要的主角却是恺撒的养子布鲁图斯，莎士比亚用浓墨重彩描写了布鲁图斯在亲情、

友情、荣誉与国家利益之间的心理挣扎。

《哈姆雷特》

读《哈姆雷特》的时候，霍林的姐姐出走了，这部戏让他开始思考一些不一样的东西。

丹麦国王猝死，其弟克劳迪自行继承王位，并迎娶了哈姆雷特的母亲。国王的鬼魂要儿子为他报仇。恋人欧菲莉亚及其父因哈姆雷特而死。她的哥哥雷尔提与哈姆雷特相约决斗时，双双被毒剑刺中。此时王子的母亲因为误饮毒酒死去。愤怒的哈姆雷特杀死克劳迪，自己也倒地身亡。

《无事生非》

莎士比亚最著名的喜剧之一。贝克夫人说："喜剧就是，戏里的角色都敢于相信他们会有幸福的结局。"

年轻贵族克劳狄奥与希罗一见钟情，因小人作梗，二人的恋情几经波折。但故事最精彩的地方，在于筹备婚礼的时候，众人用圈套使得标榜单身的培尼狄克与贝特丽丝误以为对方爱着自己，上演了一出出令人啼笑皆非的喜剧。剧中多条线索巧妙穿插，培尼狄克和贝特丽丝从相互嘲讽到相爱，具有强烈的喜剧效果。

更多国际大奖小说

《周末图书馆》

一个关于如何在不友好的环境里生存下来的故事，能打动心底柔软的部分，融化内心深处的坚冰

作者：(美) 加里·施密特（Gary D. Schmidt）

出版社：南海出版公司

★《纽约时报》畅销书

★ 美国图书馆协会童书佳作

★ 美国国际阅读协会图书佳作

★ 美国国家图书奖决选作品

★《柯克斯评论》年度图书

小镇的图书馆只在周六开放，男孩道格每周都会来到这里，不是去读书或是别的什么，而是走近玻璃展柜，观察、临摹里面奥杜邦的《美洲鸟类》。可没过多久，这本鸟类图鉴竟一页页地消失了。

同学、老师、图书管理员……道格从他们那里寻到一条条线索，心底的一连串问题也渐渐有了答案。

《深夜小狗神秘事件》

一个给人希望的故事，让孩子学会和自己、和这个世界相处

作者：（英）马克·哈登（Mark Haddon）

出版社：新星出版社

★ 大英图书奖童书大奖　★《卫报》儿童小说奖

★《书单》编辑选择奖　★ 水石书店小说大奖

★《卫报》“一生必读的 100 本书”

我做了最喜欢的一个梦：地球上几乎所有人都感染了一种病毒，人们从电视上一看到已感染者就会被传染，然后成天坐在沙发上，什么也不干。最后，世界上只剩下跟我一样不看别人的脸或看不懂以下表情的人：

我叫阿弗。我和爸爸，还有我的宠物小老鼠住在一起。我能说出所有国家及其首都的名字，知道 7507 以内的全部质数。

我独自去过最远的地方是街角商店，但我知道我将来会成为宇航员，在距离地球几十万公里的外太空也不会惊慌害怕。现在我的目标是通过高级证书数学考试——我是学校里第一个参加这个考试的人。更重要的是，我要找到那个在深夜杀害了小狗威灵顿的人。

《洞》

这是专为孩子开设的训练营，只要让孩子们每天挖一个洞，他们就会学好

作者：(美）路易斯·萨奇尔（Louis Sachar)

出版社：南海出版公司

★ 纽伯瑞儿童文学金奖

★ 美国国家图书奖

★ 号角童书奖

★《纽约时报》年度童书

★ 纽约公共图书馆 100 年 100 部杰出童书

★ 英国 BBC“受欢迎的 100 本小说”

★ 美国图书馆协会青少年喜爱图书

翠湖营没有湖，它已经干了一百多年。现在，这里是专为坏孩子开设的训练营。都怪糟糕透顶的臭屁偷猪贼曾曾祖父，斯坦利的曾祖父、祖父和父亲就没顺过，这下轮到斯坦利了，因为偷一双臭球鞋的罪名，他进了翠湖营。那里所有的孩子都被要求每天挖一个深五英尺、宽五英尺的洞，训导员说这是为了改善品格。果然，在挖完第四十五个洞之后，一切都不一样了……

《乐琦的神奇力量》

不断尝试，努力行动，神奇力量会在不经意间悄悄降临

作者：（美）苏珊·帕特隆（Susan Patron）

出版社：南海出版公司

★ 纽伯瑞儿童文学金奖

★ 美国图书馆协会童书佳作

★《柯克斯评论》编辑选择奖

★ 美国童书联合会选择奖

★“全国百班千人读写计划”共读书目

在美国的加利福尼亚州，有个叫硬土镇的荒漠小镇，镇上只有 43 个居民。10 岁的小女孩乐琦和来自法国的布瑞琪一起生活在这里。乐琦从镇上的互助会上偷听来很多人的故事，那些因为各种问题跌入人生谷底的人，后来都借助神奇力量开启了新生活。乐琦很想知道怎么才能找到这种力量，来挽留住随时可能离她而去的布瑞琪，为此，乐琦积极行动起来……

《窗后的少年》

你不接受这个世界，世界就不会接受你，
勇敢走进去！

作者：（美）丽贝卡·斯戴德（Rebecca Stead）
出版社：南海出版公司

★《纽约时报》畅销书
★《卫报》首次授予外国作品儿童文学奖
★《出版人周刊》《号角》年度童书
★《学校图书馆期刊》《柯克斯评论》年度童书
★ 纽伯瑞儿童文学金奖得主作品

男孩乔治的七年级过得不怎么好：好朋友不理他，在学校被人欺负，爸爸失业，全家搬到了狭窄的旧公寓。一张陈旧的侦探俱乐部告示，让他认识了跟他差不多大的男孩塞弗。这个常常站在窗边往外看的男孩，为乔治推开了通向另一个世界的窗户，在塞弗家窗后讨论侦探线索成了乔治开心的时光。然而，乔治渐渐发现新朋友有一些古怪……

微信

关注爱心树童书
让每个孩子都成为爱书人

还有我在滑行的校车前撞开我姐姐时她的一声惊叫。

记忆中我看见她滚到马路边上，跌进了人行道边的雪堆里——这是我在空中看到的，因为校车右后保险杠正好撞到我身体上曾经粘满白色羽毛的部位，于是我以五英尺的高度飞过了李氏大道交叉口。

然后，我落在了戈德曼蛋糕坊旁边的雪堆里。

睁开眼睛的时候，我发现姐姐俯视着我，戈德曼先生俯视着我，道格·斯维塔克的哥哥和州立监狱预备囚徒们也俯视着我，校车司机俯视着我，丹尼俯视着我，盖里奇先生也俯视着我。贝克夫人正用双手托着我的脑袋。

“霍林，”她说，“受伤了吗？”

“你抱着的地方没事儿。”我说。

我姐姐哭了。

真的。

“霍林，”她说，“你救了我一命。”

“现在哭是无济于事的，”贝克夫人说，“把他从雪地里抬出来，我去开车。”

我翻了个身，开始感觉到冷，因为我保暖内衣包裹的封闭空间已经开始结冰了。“我觉得没事。”我说。

“你得赶紧去医院，”盖里奇先生说，“贝克夫人会送我们去。你的脚指头能动吗？”

当然动不了啊，我还穿着厚袜子呢。“不能。不过我觉得真没事。”

贝克夫人把车开了过来。“帮他上车。”她对道格·斯维塔克的哥哥说，“你们也来帮忙吧。”她又对那帮州立监狱预备囚徒说。

于是他们围在了我四周。

“贝克夫人。”我说。

“别说话。”她说道。道格·斯维塔克的哥哥和州立监狱预备囚徒们把我从雪堆里抬起来，穿过冰冻的路面，将我抬进了后座。盖里奇先生坐在我旁边，双手小心地托住我的脑袋——尽管那里根本就没有受伤，姐姐则坐在副驾驶座上。我们歪歪斜斜地沿李氏大道急驰而去，中间只停了一次，好让我姐姐回家告诉老妈我们要去哪儿。每到一个十字路口，贝克夫人就急切地按喇叭，几乎所有的转弯都是后轮打着滑摆过去的，在一个长长的侧滑后，终于差点撞上急诊室的大门。

我们走进急诊室——我只是有点一瘸一拐，可盖里奇先生一路都搀着我的右胳膊——贝克夫人找不到合适的词来描述我受伤的部位。莎士比亚也帮不了她。最终她决定说出“他的臀部”这几个字，护士才明白。

“你是他父亲吗？”护士问盖里奇先生。

“我是他的校长。”

“那你一定是他妈妈吧。”护士说。

“我是他的老师，”贝克夫人说，“是否可以先做一个X光检查呢？”

“你们想进行的程序我会告知医生的。”护士说，这是一个护士专属的笑话，比老师的笑话更糟，“但在采取任何措施前我们都必须先和他父亲或母亲取得联系。”

于是盖里奇先生搀着我回到候诊室，贝克夫人扶我躺在并排的三张椅子上——“就这样侧躺，别翻身”——然后给我爸打了电话。盖里奇先生把我的靴子脱掉，于是脚指头能动了，他又找来了一条毛毯——天知道是从哪儿弄来的——盖在了我身上。

贝克夫人回来时，表情凝重而严厉。“你爸已经在电话中和前台的护士说好了，他同意进行一切必要的程序，还说，既然好像没什么大问题了，也许他方便时就马上赶过来。”她理了理毛毯，在盖里奇先生旁边坐下了。

我们等啊等，等啊等，很显然，在这个急诊室，臀部被撞没什么大不了的。夜幕开始降临，我们还在等。护士走进来打开了角落里的小电视。一段新闻评论后，罗伯特·肯尼迪说他考虑参加总统竞选，将反对支持战争的约翰逊总统。接下来，沃尔特·克朗凯特非常严肃地报道了越南新闻。一些画面是军人们在丛林里披荆斩棘地前进，另一些是俘获越军战俘，还有一些是军人们站在补给品旁。

休息室里很暖和，而且不透气，毛毯很沉，我保暖内衣里结的冰已经融化，又热了起来。“我快睡着了。”我边打哈欠边对贝克夫人说。

可她没有回答。我费了好大劲才看到她在干吗——这并不容易，因为我躺着，还不能移动臀部——她站在那儿，双手掩面，死死地盯着越南的画面，好像在寻找认识的人。

更确切地说，像在寻找一个她牵挂的人。

她爱的人。

我和盖里奇先生没有打扰她。

后来护士来了，给我的臀部照了X光——我跟你说，我得按要求把持住臀部，这实在是很尴尬的事。又等了一会儿后，医生才出来告诉我们一切正常，只不过我还会酸痛个把星期，瘀青会变得又青又紫，好在我受伤的部位比较特殊，不要紧的。贝克夫人还签了一些文件，盖里奇先生帮我穿上靴子，先搀着我回到车上——为了让我暖和一点，他把毛毯也带上了。贝克夫人上车后，他便坐到前排去，一起送我回那完美的房子。他们一直把我送到家门口——“非常感谢你们在天气这么糟的夜晚把他送回来。”老妈说。然后我一瘸一拐地走进了厨房，站着吃我的晚饭。

橱柜上放着最新一期《小镇新闻》。

头版赫然一张照片——是我，霍林·胡佛，正在李氏大道和主大街交叉路口的上空高高飞翔，双腿伸展开来，好像真的在飞——我猜是这样的。下面是新闻标题：

救姐姐危在旦夕

小英雄霍林·胡佛展翅翱翔

照片上也可以看见姐姐，但几乎只有她的臀部。

医生说会酸痛真是千真万确。但有没有瘀青我就不知道了，我很难看到那个地方。不过这已经无关紧要，因为星期一我来到学校时，发现有人把小英雄霍林·胡佛展翅翱翔的照片上上下下贴满了整个大厅。八年级同学的柜子上、天花板的石棉瓦上、男卫生间和女卫生间里都贴满了；饮水池、教室门、消防通道门、楼梯间的墙上也都贴得密密匝匝，还有主大厅里侧的门上和体育馆的篮板上。

你走在学校大厅里，每个人一看见你就报以微笑，因为他们见到你很高兴，你能想象这情景吗？

正如麦克德夫拎着麦克白的脑袋走了进来，拿给马尔康看——我们都知道，马尔康是国王的儿子——麦克德夫可以重新做国王了，大家都开始欢庆。而麦克德夫却只有一个念头，那就是再也不用报仇了。

我跟你说，这真是美好的一天。

对汤姆·希弗来说也是美好的一天。纽约大都会队宣布下赛季付他两万四千美元，和艾德·克兰博一样。

你能相信吗？

二 月

二月的第一个星期五，我老爸错过了沃尔特·克朗凯特的节目及CBS晚间新闻，因为几乎一整天，他都在准备当晚在基瓦尼俱乐部举办的一九六七年企业家商会颁奖典礼上的正式演讲。事实上，我们都花了大量时间去准备，老妈和姐姐穿上了晚礼服，而我和老爸则穿起了燕尾服，既不舒服又不合身，鞋子也特别肥大。

姐姐的大部分时间都用来抱怨，尤其是基瓦尼俱乐部寄来的一朵紫罗兰她必须别在胸前。我说我还得在领子上别一朵白色康乃馨呢，相比之下紫罗兰还不错了。可这种劝慰也不管用。最后我说我还曾在屁股上粘满白色羽毛呢，但还是没用。

老爸说她不是想做佩花嬉皮士吗，现在机会来了。可这也没用。

“我相信并认真对待的事情，你都当作儿戏，是吗？”

她对老爸说。

“去把头发扎起来。”他说。

于是她回楼上卫生间去扎头发。

我跟在她身后。“你应该把你的紫罗兰扔进马桶冲走。”

她看着我。“你怎么不把你的康乃馨冲走？”

“没准儿我会。”

她用手指着马桶。“去啊。”

但是，我并没有来得及把花冲走，因为楼下完美的客厅里，那架小三角钢琴忽然响起一串重低音，之后随着一声巨响，刚粉刷过的崭新的天花板整个掉了下来，砸到小三角钢琴和罩着塑料膜的沙发坐垫上，压扁了那些假热带花。墙上一尘不染的镜子也碎裂了，闪闪发亮的镜片散落得遍地都是，还沾满了墙上潮湿的泥灰，而泥灰已经开始往地毯里渗透，再也洗不掉了。

我们四个站在客厅里，鼻孔里充满了恶心的霉味。

老爸满脸通红，怒骂修屋顶的木匠和粉刷匠，并信誓旦旦地说，他要减少一半小镇的生意，他边说边扯碎他的白色康乃馨。夏洛克被骗之后如果戴着白色康乃馨，大概也会这么做吧。这件事要是让一九六七年企业家商会的组委会知道了，也许就不会给他颁奖了，因为得奖的条件之一，就是必须为小镇带来更多的商机。

幸好那晚木匠和粉刷匠都不在基瓦尼俱乐部。

我们开车过去，一路默默无语。就要走进俱乐部时，我把我的康乃馨递给了老爸。他一语不发地接了过去，老妈帮他别在衣领上。我抓起我那没花儿的衣领，得意地向姐姐炫耀。

她给了我一个甜蜜的微笑。进场后，她马上去了卫生间，出来时紫罗兰已经不见了。她笑容满面地在我旁边坐下，低声说：“我扔进马桶里了，你这个小浑蛋。”

于是走进宴会厅时，我们俩都没有戴花，即使戴了也没有人看得见，那儿实在是太暗了。只有桌上的蜡烛、烟蒂、主席台上的小灯，以及墙上的镶板透出一点微光。老爸坐在主席台上，我们和基瓦尼俱乐部成员的夫人们一起，坐在下方的长桌旁。老妈竟然谢绝了香烟——看得出来这很不容易——然后她和基瓦尼俱乐部的夫人们聊起家常，我和姐姐则安静地吃饭，有烤牛排、土豆泥，还有黄油荷兰豆，然后是甜点——柠檬蛋白派，蛋白酥的分量比派多得多。接下来是开幕致辞和讲话，然后是老爸广受赞誉的演说。

演讲时，他的脸始终红着，看得出他的目光已越过在场的观众，直射远在天边的木匠和粉刷匠。然而，他竟一丝咆哮也没有就完成了演讲，他谈到多么高兴能为小镇蒸蒸日上、繁荣兴旺的商机贡献一份力量，希望以后给他儿子留下一个蒸蒸日上、繁荣兴旺的事业，让胡佛设计协会继续美名远扬。大家都鼓起了掌。主席台上的所有人都朝我看过来，我微笑着点点头，因为我就是那个将要继承胡佛设计协会的儿子。

姐姐在桌子底下踢了我一脚。

癞蛤蟆、甲虫、蝙蝠。

回家后，老爸立即给木匠和粉刷匠打了电话，说他才不管今天是星期五还是星期六，也不管现在有多晚，他们最好明天一早就来把天花板修好，而且由于房子的损坏都是他们的疏忽造成的，他们得把赔偿金一并带来。

于是第二天一大早，他们便过来了。

如果必须说点什么——当然事实上我并没有说，一修完我家的完美客厅，我就会叫木匠和粉刷匠抄起家伙，直奔卡米洛初中。原因在于，尽管盖里奇先生和文德拉瑞先生日复一日地尝试了一切方法——摆老鼠夹、撒毒药、设暗桩、挖陷阱、铺网、逼到角落、断肢致残、诡计引诱，或者说服老鼠自投罗网，都无法抓住希古拉斯和凯列班，于是我们班天花板的问题也就越来越严重。有八片石棉瓦已经凸出来了，这表明不是希古拉斯和凯列班越来越胖，就是天花板越来越摇摇欲坠了。每天早晨，贝克夫人都要抬头查看天花板上鼓包的严重程度。每一眼都令她更加紧张。

“设想一下，她正看着天花板时，它们刚好咬开了一个洞，跟她对上眼了。那会怎么样？”我对丹尼说。

“你知道那个校车司机快撞到你之前是怎么叫的吗？”

我想起了那个声音。

“比起贝克夫人来，那不算什么。”

我们满怀期待地等啊等，可那八个鼓包仍然完好无损。

二月初，贝克夫人把《罗密欧与朱丽叶》布置给我。我用三个晚上读完了它。

我跟你说，如果是在卡米洛初中，他们俩蹦跶不了多久，别看罗密欧穿着紧身裤——至少图片上是这样，可他着实不太聪明。朱丽叶也高明不了多少。我的意思是，一种喝下去就能看起来像死了一样的药水？她喝下了那瓶让自己看起来像死人一样的药水？谁会喝下这种药水呢？后来罗密欧喝下了让自己真的死掉的药水，因为他不知道她只是让自己看上去像死了一样？然后朱丽叶醒过来了，幸好她还聪明那么一丁点儿，知道罗密欧是真的死了，于是这次决心用匕首让自己真的死去，而不是看起来像死了一样。

难道这听起来不像两个找不着北的人吗？

是的。

然而，贝克夫人一点儿也看不到这些问题。因为她是老师，所有的老师都会如此。“发现了吗？这是个多么美丽动人的悲剧啊。”当我读完告诉她时，她这样说。

看到了吧？

“不一定吧。”我说。

“那你发现了什么？”

“愚蠢。”

“如果时间回到三百七十五年前，你该怎样评判？你觉得它‘愚蠢’的原因是什么？”

“因为他们根本就不应该那样做。”

“不应该爱上彼此？”

“最后那部分。”

“毒药和匕首。”她说。

“对。他们根本就不该那样做。”

贝克夫人想了想。“那他们应该怎么做呢？”

“一起去曼多亚。”

“那他们的父母呢？”

“别管他们。”

“我觉得生活没有那么简单。他们是经历坎坷的情侣，无法掌握自己的命运，必须去做已经安排好的事情。因此这部悲剧才如此美丽动人。”

看到了吗？美丽动人的悲剧又来了。为什么这不是愚蠢无知呢？

梅丽尔·李觉得我读《罗密欧与朱丽叶》是一件很不错的事，自从上次在长岛莎士比亚剧团假日盛典受了感染，她也开始读莎士比亚了。“难道你不觉得它很浪漫吗，霍林？”

“大概吧。”

“你还是在情人节前夕读的。”

“是啊。”

“一年中最浪漫的一天啊。难道你不喜欢阳台那一场吗？”她十指紧扣，抵住下巴，“噢，罗密欧！罗密欧！你在哪儿啊，罗密欧？”

“梅丽尔·李，我们一起过情人节吧。”

我转身看看背后，刚刚那句我脱口而出的话肯定是别人说的吧。

“什么？”梅丽尔·李说。

我还在想刚刚那句脱口而出的话。我想肯定是因为贝克夫人的那句“莎士比亚表达了人生的启迪”和口头禅“美丽动人的悲剧”，它们一起混合在空气中，你一旦吸入，就会说出我刚对梅丽尔·李说的类似的话。

可现在还能怎么办呢？于是我又说了一遍：“我们一起过情人节吧。”

她双手叉腰思考了片刻。然后说："不要。"

看到了吧，这就是悲剧。

"为什么？"

"因为你叫我瞎眼的鼹鼠，而且后来你爸爸赢得贝克运动商城的合同时你还装糊涂。"

"那都是三个月前的事了，我也没有装糊涂啊。"

"但你叫我瞎眼的鼹鼠了，你还希望——我想想是不是这么说的——你希望让不洁的沼泽的毒露倒在我身上。"

我确实说过这样的话，可我比罗密欧要聪明一点，知道什么时候应该闭嘴。

接下来，动人的一幕来临了。

"梅丽尔·李，"我说，"你的眼睛比他们二十柄刀剑还厉害；只要你用温柔的眼光看着我，他们就不能伤害我的身体。"

"二十柄刀剑？"

"是莎士比亚写的，"我说，"没必要计较是什么意义。那是前所未有的优美文字。"

"那么'鼹鼠'和'瞎眼'这两个词也是前所未有的优美文字？"

"如果是我写的，就天打雷劈。"

梅丽尔·李笑了。"好吧，我答应你。"

我没说错吧，这一幕多么动人。

即使现在我也不知当时是如何脱口而出的，可这也不能阻止一切变得动人。

那天晚上，我边吃晚饭边想，用我那积攒了三个星期才买得起奶油泡芙的少得可怜的零用钱，能带梅丽尔·李去哪儿。那一刻，我是如此绝望，甚至想去找戈德曼先生再演一出戏。不过也许这回是《罗密欧与朱丽叶》，而这就意味着还要穿紧身裤。我这辈子再也不要穿紧身裤了。

于是我问老妈："三美元七十八美分能带小姑娘去哪儿？"

餐桌上很安静。

"呃，"她说，"可以去吃个甜筒冰激凌。"

"现在是二月份。"我说。

"那可以去伍尔沃斯[①]买一个汉堡、一瓶可乐。"

"伍尔沃斯。"

她耸耸肩。"然后去看一场电影。"

老妈的算术不太好。

"你要带谁去？"我老爸问。

"梅丽尔·李。"

"她姓什么？"

"卡瓦尔斯基。"

"梅丽尔·李·卡瓦尔斯基，是卡瓦尔斯基设计协会的保罗·卡瓦尔斯基的女儿吗？"

"大概吧。"我说。

他哈哈大笑起来。"那你得抓紧时间了。"

"为什么？"

"如果我们签下了初中新学校的合同——我们一定能够做到的——卡瓦尔斯基设计协会也就存活不了多久了。"他

① 美国零售业巨头，曾经是世界上最大的连锁店。

再次大笑起来。

“带她去伍尔沃斯吧。”我姐姐说。

“真的吗？”

“真的。那样她就会知道你是个小气鬼，然后当场把你甩掉。”

如果你以为救人一命真如社会上鼓吹的那样，被救的人会对恩人感激不尽，生生世世报答他，那只是因为你不知道，当她臀部的照片被印在《小镇新闻》的头版上时，她就不会再对恩人有任何感激之情了。

老爸此时之所以十分狂傲，是因为他带了最新设计的学校模型回来，并认为自己胜券在握。模型放在餐厅柜子上，所有的餐具都挪到了边上，我想他说的也许没错。没有一根支柱，他强调。没有一块砖。没有对称布局。完全的创新，现代感非常强。墙壁和拐角都是弧形的。主大厅、体育馆、科学和艺术教学楼的屋顶是一系列玻璃圆顶。我说这个建筑不够方正，他说现在已经是一九六八年了，时代在变，建筑设计也应随之改变。他拉开椅子站起来，走向模型，把它的屋顶拿了起来。“看看室内设计，”他说，“开放的走廊向上三层楼的高度才是屋顶。从每一间教室都可以看到阳光灿烂的室外。以前从来没有人为一所初中提出过这样的理念。”

就像我说过的那样，它一定会赢。

可这改变不了我只有三美元七十八美分与梅丽尔·李共度情人节之夜的事实。

晚饭过后，我姐姐洗漱完毕，终于做了一件有良心的事。

“你和梅丽尔·李约会时送什么给她？”她问。

“不是约会，为什么要给她礼物？”

“这当然是约会啊。你得送她点什么，比如花啊糖果啊。你怎么什么都不知道啊，这是情人节。”

“我只有三美元七十八美分。”

“那就买一朵玫瑰吧。叫卖花的在上面系一根丝带什么的。不过你得意不了多久，梅丽尔·李还是会发现你是个小气鬼。”

“我才不是小气鬼。我只是没钱罢了。”

我姐姐耸耸肩。“那有什么区别吗？”

第二天，我问丹尼如果约别人一起过情人节会去哪儿。

“我真要去某处过情人节。”他说。

“和谁？”

“和麦琪。”

“和麦琪？”我重复了一遍。

他点点头。

“你们去哪儿？”

“去米勒瑞奇餐厅。”

“米勒瑞奇？”

你得知道，这是美国东海岸最贵的餐厅了。

“然后，我爸会送我们去看《英雄肝胆美人心》。”

“是吗？”

丹尼再次点点头。

“好极了。”我说。

你知道，有时候你也会恨你最好的朋友。我想丹尼做这些事起码得花掉十七八美元。而且他大概也会送她一朵玫瑰吧。

癞蛤蟆，甲虫，蝙蝠。

在小气鬼的情人节到来前的那个星期三，贝克夫人和我大声朗读了《罗密欧与朱丽叶》的最后两幕。写得还不错，不过罗密欧仍然是个笨蛋。

> 来，苦味的向导，绝望的领港人！
> 现在赶快把你的厌倦于风涛的船舶
> 向那巉岩上冲撞过去吧！

当然。如果我决定为爱而死，我想我能说出比这更美妙的话来。剩下的内容都还好，举着火把、握着宝剑走进坟墓什么的。莎士比亚应该多写点这种东西。

结束时，贝克夫人几乎要流泪了，这确实是部美丽动人的悲剧。“胡佛先生，你应该去看看真正的舞台表演。情人节那天会在假日剧场演出。去看看吧。”

幸好我没有去找戈德曼先生请求再演一出戏啊！我说过吧，下一出戏就是《罗密欧与朱丽叶》——还得穿紧身裤。这就叫先见之明，把我从又一次白色羽毛的迫害中拯救出来。

“我会和梅丽尔·李一起过情人节。”我对贝克夫人说。

“是吗？你要带她去哪儿？”

“去一个用三美元七十八美分买完系丝带的玫瑰花后，剩下的钱还够花的地方。”

“那你有点够呛啊。”

"我姐姐说，梅丽尔·李会认为我是个小气鬼。"

"关键不是你为一个女孩花多少钱，"贝克夫人说，"而是为她投入多少心思。"

"就像罗密欧那样。"

她点点头。"就像罗密欧。"

"可他死得很难看。"我说。

"不，"她说，"朱丽叶除了他什么都不要。"

"那就是莎士比亚所要表达的人生启迪吗？"

"呃，"贝克夫人说，"那就是你写《罗密欧与朱丽叶》读后感的很好的主题。下周三我们复习一下，再给你一周时间来写。没有一百五十个问题测试了。你已经用不着做那些了。"

我猜这是个好消息。

情人节那天，盖里奇先生在广播里通知大家，比吉欧夫人特地给同学们烤了情人节小蛋糕，下午一点，请每个班级派一位代表去找比吉欧夫人。我知道这不算什么新鲜事，可我跟你说，比吉欧夫人可是烤小蛋糕的超级高手。你永远也别想拒绝她的小蛋糕——况且它们全是浅粉色的，上面还用糖霜做了很多桃心。

我们一整天都惦记着小蛋糕，甚至闻到了烘烤的味道，那诱人的蛋糕香味从楼下飘上来。当表针指向一点零五分时，丹尼委婉地提醒贝克夫人蛋糕的事。他说，希望她没有忘记。

"哈普佛先生，你见我忘记过什么事吗？"贝克夫人问。

丹尼不得不承认，她确实什么都没有忘记过。

贝克夫人看了看表。“我相信比吉欧夫人会留出足够的蛋糕给我们。”接着她继续大声朗读阿尔弗雷德·丁尼生勋爵[①]的悲伤情诗——我猜他本人都不知道该怎么给这个名字加标点。

一点十四分。大家还在等贝克夫人派一个代表去拿蛋糕。头顶的石棉瓦上，希古拉斯和凯列班跑来跑去，大概它们也闻到了香味吧。

一点十七分。仍然在等。鼓起的石棉瓦开始震动了。

一点十八分。贝克夫人终于决定派我去找比吉欧夫人。丹尼叫我快点，因为他一直都很饿。

一点十八分又三十秒。我在走廊里狂奔。

比吉欧夫人正在等我来取最后一盘情人节小蛋糕。她把厨房桌子上的盘子向我推过来，然后又推了一个信封过来。

“打开它，”她说，“今天晚上你用得着这东西。”

我打开了。是假日剧场的两张《罗密欧与朱丽叶》的票。

“比吉欧夫人。”我说。

“这是季票，我今晚不想去看。如果你不去看就白白浪费了——我听说你需要这个——莫非你真的想做一个小气鬼？”

“谢谢你，”我说，“我收下。”

那天晚上，卡瓦尔斯基先生送我和梅丽尔·李去假日剧场，我们俩看着莎士比亚戏剧《罗密欧与朱丽叶》，共度情人节。我们的位子在第三排中间。梅丽尔·李紧紧握着我送

① 英文为“Alfred, Lord Tennyson”。

她的系着丝带的红玫瑰。扮演劳伦斯神甫的戈德曼先生在台上冲我眨了眨眼。最后一场毒药和匕首的戏很不错，但我仍然认为罗密欧很蠢。真应该让班柯的鬼魂冲上来告诉他们别死去活来的。凯列班也行。

但是，梅丽尔·李爱极了这出戏。直到谢幕她还在抽泣。“太美了！”灯光亮起来时，她说道。

“太悲惨了。”我说。

“是啊。”

在夜晚的灯光下，我们慢慢地走到伍尔沃斯，坐在吧台边要了两瓶可乐。

我跟你说，感觉棒极了。

我们凑到一起，贴得很近很近地重现了阳台那场戏，直到服务生开始露出想赶人的表情。我们只得又要了两瓶可乐，好让他高兴点——我还剩下一美元三十七美分呢，我可不想让梅丽尔·李觉得我是个小气鬼。

“你会再演一部莎士比亚的戏吗？”梅丽尔·李问。

我想到刚刚她抽泣的样子。

“当然了。”我说。

这可不是一个长老会教徒的谎言了，这简直就是弥天大谎。不过，在和梅丽尔·李重现阳台那场戏后，我不打算告诉她罗密欧是个笨蛋，以及如果我再上一次假日剧场舞台的代价——呃，我也没打算真的上。

梅丽尔·李看了看表。“我爸爸应该快来了，”她说，“希望他还记得。”

我抿了一口可乐。我希望他忘了。

“他成天就知道搞那个学校模型。一遍又一遍。这边拆掉一根柱子，那边又加上一根。‘不够经典，’他说，‘得像白宫一样。古典。’”

梅丽尔·李模仿她爸说话，眼睛睁得老大，抬起双手，压低声音。她真该站在假日剧场的舞台上。

“古典，古典，古典，”梅丽尔·李说，“他嘴巴里再也说不出别的词了。”

“我爸都不用柱子，”我说，“他做的整个模型都很现代。”

“现代？”

我点点头。“没有一根支柱，没有笔直的墙壁，到处都是玻璃，得有三个文德拉瑞先生才擦得过来。就是这种现代。”我向服务生要了一支铅笔——他犹豫了一秒钟，我猜是因为他不确定我们要干吗。不过他还是给我了，叫我保证归还。然后我画了起来：主大厅、体育馆、科学和艺术教学楼那一系列玻璃圆顶；弧形的墙壁和拐角；从每一间教室都可以看到阳光灿烂的室外。我全都画在了面前的白纸上。“以前从来没有人为一所初中提出过这样的理念。”我说。

梅丽尔·李目不转睛地看着我的画，又继续喝可乐。她头发是红褐色的——我跟你说过吗，在伍尔沃斯的灯光下，闪闪发亮。

卡瓦尔斯基先生终于来了。喝完可乐后，我把铅笔还给了服务生，梅丽尔·李收起了我的画当作纪念，我们手拉手上了车。卡瓦尔斯基先生送我回了家，坐在后排时我不知道该怎么向梅丽尔·李说再见。幸好她拯救了我。“天快要亮了，”她说，“我希望你快走。”

“但愿睡眠合上你的眼睛！”我说。

我不用看卡瓦尔斯基先生的表情，也知道他一定很吃惊。

这就是我的情人节。

接下来的那个星期，学校召开董事会，准备确定新的设计模型——这大概就是卡瓦尔斯基先生成天念叨“古典，古典，古典”的原因吧。下午四点，会议在学校行政大楼里举行。首先是卡瓦尔斯基先生介绍策划和模型，然后是我老爸，之后校董事会要私下讨论一段时间，最终决定新学校的建筑设计花落哪家。

我知道这些是因为老爸叫我一起去了。该让我开始学经商了，他说。我得亲眼看看竞标是什么场面，我得积累建筑设计提案的经验，我得亲身体验商场如战场的感觉。

这让建筑设计听起来好像演戏，麦克白一定能在这出戏中发挥得淋漓尽致。

会议在公共会议室里举行，我放学后到那儿时，校董事会的成员们全都坐在主席台上研究着手里的竞标小册子。卡瓦尔斯基先生和我老爸坐在两张课桌后面——这让整件事情显得有些奇怪。他们面前是一张长桌，上面放着两组新学校模型，但都用白布盖着，如同国家机密。

我坐在老爸身后。

首先是一大堆开场白、过去的案例、表决流程什么的。老爸一直冷静地坐着，偶尔看看手表或者把提案稿理平。卡瓦尔斯基先生紧张多了，好像嘴里的香烟从未离开过三秒钟。

“卡瓦尔斯基先生，请开始你的提案吧。”校董事会主席布莱德布鲁克先生说。他坐首席，威严得像个上帝，不过是个穿西装的上帝。他也抽烟，但没有卡瓦尔斯基先生抽得厉害。“你有八分钟时间。”他说。

卡瓦尔斯基先生拿起提案稿，拉开椅子，走到模型前面站定，转过身来，看了——不，不是我老爸，而是看了我一眼！

真的。

我老爸看着他。而他又看了我一眼，好像我知道接下来该发生什么似的。

可我不知道。我耸了耸肩。

“还有七分钟。”布莱德布鲁克先生说。

卡瓦尔斯基先生清了清嗓子，再次清了清嗓子。他看了看设计图，又清了清嗓子，接着又看了我一眼，这才开始。

“先生们，”他说，“虽然这样做有点不寻常，但在初稿之后我把学校的室内设计进行了重大改动。实际上，整个理念都显著地改变了，因此今天下午各位看到的策划提案也做了更改。我这里有新的室内设计策划复件，想请求各位多给我一点时间，让我把概念展示给大家。这可能会多占用一点时间，但我相信，一九六七年企业家商会不会介意施予卡瓦尔斯基设计协会几分钟时间，让我们调整提案，促进镇商业的发展。”

“确实不太寻常，”布莱德布鲁克先生说，“新概念对我们的预算有影响吗？”

“没有影响。”卡瓦尔斯基先生说。

布莱德布鲁克先生想了想。“好吧，如果胡佛先生同意，你多讲几分钟也没关系。胡佛先生？”

作为一九六七年企业家商会成员，他该怎么办？他耸了耸肩，然后点点头，可脖子根已经红得像被水煮过一样，我知道他真的很介意那几分钟。非常非常介意。

卡瓦尔斯基先生掀开了盖在模型上的白布，再次清了清嗓子。“正如大家所见，先生们，”卡瓦尔斯基先生说，“设计得相当古典，采用了我国建筑中最传统的设计，能够时时提醒我们的青少年继承美国的光荣传统。”

确实如此。看起来就像白宫。宽阔的台阶穿过一排柱子直抵中央大门。上面是一个遍布狭窄窗户的斜顶，那些窗户像伸展出的许多对翅膀。背后是尾巴似的狭长的体育馆，一排排明亮的窗户都是南北朝向，便于采光。

“不过现在已经是一九六八年了，先生们，”卡瓦尔斯基先生说，“正如孩子们需要继承伟大传统一样，他们是否也需要享受当代技术的优点呢？接下来，你们将会看到一种全新的室内设计，既现代又创新，把我们民族的过去与未来完美地融合在一起。”他把新设计的策划复件递给了董事会成员们，整个过程一直背对着我和我爸。然后他向我们展示了他的新室内设计，慢慢地。

没有柱子，没有垂直的墙壁。科学和艺术教学楼的上方是一系列玻璃顶。主大厅的屋顶有三层楼那么高，坐在每一间教室里都可以看到阳光灿烂的室外。再也不能比这更现代了。

“我相信，从来没有人为一所初中提出过这样一个融会贯通的理念。”卡瓦尔斯基先生说。然后他坐下了，还是没看我们一眼。他又点起一支香烟，边抽边把所有文件都胡乱塞进了文件夹。

校董事会成员们都惊呆了。其中三个人还鼓起了掌——但不是布莱德布鲁克先生，上帝是不鼓掌的。

老爸转过头来瞪着我，脸涨得通红，看得出他在努力克制自己。“霍林，你是不是有事瞒着我？”他小声地，一个字一个字地说。

我看着他。

“你以为这是游戏吗？这是胡佛设计协会的未来。我们全靠它了。我的未来，还有你的未来。你究竟干了什么？”

在家里，他用这种声音说话就意味着暴风雨马上要来临了，你最好有所准备。

可我跟你说，我真的不在乎他要说什么，或用多大的音量。我真的不在乎。

因为忽然之间，我发现了一件更糟糕的事。

跟我比起来，罗密欧简直是个天才。

情人节那天，我和梅丽尔·李在伍尔沃斯喝着可乐时，我根本就没注意她在做什么。我根本就没意识到，她是如何轻易地就得到了想要的东西：我老爸的学校设计稿。

让我向那巉岩上冲撞过去吧，给我一瓶毒药吧。我真是个笨蛋啊，我真该死了算了。我比米奇·曼托还要蠢。

在像一个一年级孩子那样号啕大哭之前，我站了起来。

“霍林。”老爸警告道，稍微大声了些，仍然一字一顿。

我离开了会议室。

红脸的老爸后来也没告诉我他的提案是如何进行的。大概他要求看一下卡瓦尔斯基先生的策划，然后提出疑义说他抄袭了胡佛设计协会的设计——并没有直接说，而是提出疑义，就像他明明知道事实如此却没有说破。然后会议开始争论卡瓦尔斯基先生是否应该收回他的提案，因为这和先前提交的不一样，讲诚信的企业家不应该做出这种事。大概就是这样吧，整个过程中我老爸的脸越来越红。

我敢打赌，如果你在场，就能亲身体会到什么叫商场如战场，麦克白也不可能比我老爸更血腥。

二月的长岛让人捉摸不定。积雪半融，化成了棕色的冰水，顺着阴沟流进脏兮兮的下水道。小草湿漉漉、黑乎乎的。一切都很潮湿，好像整个城市都在黑色的水里浸泡过，现在才刚刚开始晾干。而清晨大多是灰蒙蒙、冷飕飕的。

第二天我和梅丽尔·李在学校碰到时，正是这样的天气。遍地半融的积雪，潮湿、肮脏，黑乎乎、灰蒙蒙，并且很冷。我们没有看彼此一眼。午饭时分，我们坐得尽量远离对方，她还提早出去了——梅丽尔·李其实很少出去的。她没来上合唱课，于是我一个人跟着细高跟鞋维奥莱特小姐唱了女高音声部。下午，贝克夫人问我是否愿意和梅丽尔·李一组做句子结构练习，我说我更愿意和道格·斯维塔克一组。

到了星期五，一切仍然潮湿、肮脏，黑乎乎、灰蒙蒙的，很冷。梅丽尔·李戴着墨镜来上学，尽管天色依然阴沉。上课时，贝克夫人叫她摘掉眼镜，她说医生叫她一直戴着。也许，在剩下的这一学年里，她都得戴着。

我是班上唯一一个没有嘲笑她的人。

我看向窗外。

接下来的那个星期三，我把读后感交给了贝克夫人，内容是关于《罗密欧与朱丽叶》里莎士比亚表达的所谓人生启迪。读后感的第一句话是这样写的：

> 在《罗密欧与朱丽叶》里，莎士比亚表达的所谓人生启迪，就是对你相信的东西，最好还是得小心点。

最后一段话是：

> 如果罗密欧没有遇见朱丽叶，他应该还好端端地活着。可因为他命运坎坷，所以遇到了她，又因为她想出来一些计划却不告诉他，才使他最终喝下毒药并失去了生命，这一课非常值得我们学习。

全都拜梅丽尔·李所赐。如果她没做那些事，我永远不会领悟到莎士比亚隐藏在《罗密欧与朱丽叶》背后的深意，以及人生启迪。

我把读后感交上去后，贝克夫人读了两遍。“这么说，”她慢慢地说，“你觉得最后朱丽叶刺死自己是正确的吗？”

“是的。”我说。

“我明白了。”她说着把读后感插进文件夹里，放在了讲桌上。

但和朱丽叶不同的是，梅丽尔·李没有把自己刺死。事实上，那天下午她在学校门口等我，站在一堆被踩得快要化掉的冰旁边。

“不是我的错。”她说。

“你不是该去圣埃德伯特教堂吗？”

“我只是把你的画给他看了看，因为它很棒。我根本不知道他会用同样的设计。”

“那当然了，梅丽尔·李。”

“是真的。”她说。

“好吧，是真的。随便你怎么说吧，梅丽尔·李。你把我老爸的设计都告诉了他。所有的一切。几天后，他就画出一张一模一样的学校设计图。你和这件事一点关系都没有。”

“我没说我和这件事没关系，”梅丽尔·李说，“我是说我不知道他会用同样的设计。”

“你这墨镜戴得真好，梅丽尔·李。别人看不到你的眼睛时，说谎就更容易了。”

过了很久，梅丽尔·李摘下眼镜，越过我的头顶扔了过来。

我想她是要扔到我头上的。

然后她转身离开了——我终于明白她为什么要戴墨镜。

我捡起眼镜，装进兜里。

那天夜里，我一次又一次地看见眼镜朝头上飞来，还有梅丽尔·李那双红红的眼睛。一次又一次地出现。

第二天，梅丽尔·李没来上学。我一直盯着她空空的课桌。

午休时间，我在图书馆重新写了一份《罗密欧与朱丽叶》的读后感。第一句是这么写的：

> 在《罗密欧与朱丽叶》里，莎士比亚表达的所谓人生启迪，就是鱼与熊掌不可兼得——就像蒙太古家族和

朱丽叶一样，是不可兼得的。

而最后一句是这样的：

如果罗密欧没有遇到朱丽叶，也许他们俩都还活着，可他们为什么而活这个问题，便是莎士比亚要我们来解答的。

放学时，我把读后感交给了贝克夫人。她读了两遍，然后从讲桌上的文件夹里拿出我上次写的扔进了垃圾桶，又把新的放进去，最后把文件夹放回课桌里，注视着我。“那你现在打算怎么办？”她说。

那天晚上，我拿情人节剩下的七十九美分和周一的一美元零花钱，买了两瓶可乐和一支系着丝带的玫瑰花。我来到梅丽尔·李家，按了按门铃。卡瓦尔斯基先生过来开了门。

“你是胡佛家的孩子。”他说。

“梅丽尔·李在家吗？”我问。

他拉开门让我进去，犹豫了一下，然后说：“她的房间在楼上，正对着楼梯那间。”

我慢慢上了楼，感觉他的目光直戳在我背上，可我不想转身告诉他我的感觉。

我敲了敲梅丽尔·李的门。

“走开。”她说。

我又敲了敲门，听见她拖动椅子的声音，接着是她穿过房间的重重的脚步声。然后门开了。“我告诉过你——”她停下了，嘴巴还张着。

“我想你可能渴了。”我说。

她嘴巴还张着。

“你是不是……”

“是不是什么？”

“渴了。”

她看了看我手里的可乐。“是的。”

我递给她一瓶，从口袋里掏出开瓶器。我喜欢撬开瓶装可乐时，它“滋滋滋”地冒上来的声音。每次听到，我就会想到玫瑰花，想到和你在乎的人坐在一起，想到罗密欧与朱丽叶在某个地方醒来，彼此诉说衷肠：我们是不是笨蛋？这就是我听到可乐瓶盖打开时，想到的事情。

星期四，在校董事会决定竞标结果前，卡瓦尔斯基设计协会撤回了竞标。胡佛设计协会赢得了合同。

“手下败将，”老爸说，“他们不可能赢的。手下败将。”他摇了摇头，“他们现在肯定要破产了。没把握的事一开始就不要做。卡瓦尔斯基从来就没什么把握，我们胡佛设计协会却志在必得！”他像舞台上的夏洛克一样摩拳擦掌。

就在那时，我觉得某种东西改变了。我忽然想知道，老爸是不是真的很像夏洛克。不是因为他热爱金钱，而是因为他也许只是在扮演那个大家都期望他成为的人。我想知道他是否可以选择，是否感到被困住了。或者，他是否想象过另一种不同的生活。

拿下这个合同后，他便有了获得一九六八年企业家商会成员称号的资本。可能每个人都期望如此。

我这是第一次想知道，这是不是他真正想要的——或者，是否曾经有那么一次，他更想要其他东西。

再或者，我想要的是不是其他东西。

又或者，我们是否都是被命运愚弄的傻瓜——就像罗密欧一样。

星期五的句子结构练习课上，我和梅丽尔·李成了一组。我们还决定合作完成彼得瑞里先生的下一个地理作业：加利福尼亚淘金热与你。“要联系实际。”彼得瑞里先生说。接着，我们又在细高跟鞋维奥莱特小姐的课上一起唱了歌，放学后擦黑板时，我俩也是一起的。

正擦着黑板，盖里奇先生走进教室，递给贝克夫人一个信封——她从里面拿出一封黄色的电报，读过之后便扔在地上，冲出了教室，留下盖里奇先生愣愣地站在教室前茫然失措。

我们捡起电报，放在她的讲桌上。我和梅丽尔·李忍不住读了。上面的字触目惊心：

> 直升机在溪山坠毁。
> 行动中提伯尔特·贝克上尉失踪。

三月

每天晚上，由沃尔特·克朗凯特报道的溪山战事都越发残酷了。仍有五千名美国海军陆战队士兵被困，只能通过直升机把武器和补给品空投下去，每次空投都会遭遇到包围在那里的两万越军的猛烈攻击。士兵们躲进了覆盖着三英尺深泥土的壕沟，以躲避越军逐渐逼近的迫击炮弹袭击——每天大概要发射五百枚。不发射炮弹时，越军就挖掘地道，把炸弹放到里面。有报道说地道离溪山基地周围的铁丝网只有一百码远了。海军陆战队士兵已经开始使用听诊器和探测杖来探查敌情。

要知道，美国海军陆战队一旦开始用听诊器和探测杖，事情便不妙了。

但是，白宫依旧宣称敌人的力量已经消耗殆尽，溪山的伤亡人数很少，我们绝不会放弃那里的海军陆战队基地。

每天吃过晚饭，我们便一起看沃尔特·克朗凯特——甚至包括我姐姐。我们都沉默着，不仅是因为若有人敢打断沃尔特·克朗凯特的节目，老爸就会大发雷霆。有时候，就连他自己也会摇摇头，低声念道："五千人被困。天哪，五千。"我们看到士兵们的画面，他们躲在弯弯曲曲的战壕里，或者藏在深深的地洞里，全都用双手捂住头盔下的耳朵，因为外面是漫天爆炸的迫击炮弹。老爸拉起老妈的手，两人对视着。

我姐直挺挺地坐着——带着愤怒，我猜。她可能想说"我早就说过""如果约翰逊总统听取建议，及时把他们撤走""华盛顿没有一个人知道他在干什么"，或者诸如此类的话，可她什么也没说。士兵们只能躲在地洞里捂着耳朵，在他们头顶，每天都会落下五百个迫击炮弹，日复一日。这时，就连一个只求世界和平的佩花嬉皮士也只能静静地看，静静地祈祷了。

我也在电视机前祈祷着一线生机、一丝希望，关于提伯尔特·贝克上尉。可根本没有——无论是迫击炮弹、战壕、坠机，还是燃烧的直升机或者伤员，所有这些报道里，都没有他的消息。沃尔特·克朗凯特没有读完行动中所有失踪人员名单，所以也没有提到贝克上尉。可我还是要看，屏住呼吸，祈祷。

我觉得整个小镇一定都在做这件事。

特别是，贝克夫人一定正在做。

可在学校里你无论如何也看不出她在屏住呼吸。她镇定地走进教室，好像"溪山"只不过是等待着被划定成分的句子中的一个专有名词罢了。正是早春三月，我们是她的花园，她去年秋天在我们心中种下的球根和种子已经开始发芽，她扫走我们的枯叶，盖上新鲜的泥土，浇水，施肥。我们长得更快更高了。尤其是麦琪，她现在划分句子结构是七年级最厉害的——虽然听上去没什么，可对贝克夫人来讲，这真是件了不起的事。

课堂上好像没有任何事让贝克夫人烦心。

除了那八块鼓起的石棉瓦之外。现在那鼓包已经到了石棉瓦能够承受的极限，看起来就像鼓起的风帆。

我们还是不知道它们究竟怎么变成这样。也许是老鼠在那儿贮藏了食物，以备度过干旱的夏天。也许只是希古拉斯和凯列班长得越来越大了而已。可不管怎样，谁也不希望石棉瓦掉下来撒落一地的怪东西。就连丹尼·哈普佛也不希望。

直到三月的第一个星期三下午，贝克夫人在阅卷，而我刚开始读《恺撒大帝》——我跟你说，他可比罗密欧聪明多了，尽管最后结局也很惨——文德拉瑞先生走进了教室，肩上扛着一架梯子、八块新的石棉瓦，还有一把沉重的锤子。

贝克夫人看着他。

“锤子？”她说。

文德拉瑞先生挥舞着锤子，好像恺撒大帝本人。“你不知道一只野生老鼠在五个月内能长多大。”

贝克夫人抬头看了看鼓起的石棉瓦。“我略知一二。”

文德拉瑞先生把梯子竖在一个鼓包下面，固定好，右手握紧锤子，爬上梯子，左手慢慢伸向其中一个鼓包，然后拍打几下。我们都警觉地听着。

什么动静也没有。

他又推了推。

还是没动静。

于是他轻轻地用锤子敲了起来。

仍然没有一点反应。

他从梯子上下来，走到教室墙角拿过来一个垃圾桶，又回到梯子下。“等我弄掉那个鼓包时，需要有人帮我在下面接着，以防万一有东西掉下来。”

“万一有东西掉下来？”贝克夫人说。

“是的。”文德拉瑞先生说。

贝克夫人朝我看过来。

某些时候，我觉得她还是恨我的。

于是，我端着垃圾桶站在八块鼓起的石棉瓦下面，文德拉瑞先生开始用锤子敲其中一个。“站那么远你什么都接不住。”他对我说。于是我走近了一点儿。“站这儿来。”他指给我看，接着转过身，把一片石棉瓦往上一抬。我们等着听那两只大老鼠狂奔的声音。

可什么声音也没有。

于是文德拉瑞先生放心地把石棉瓦掀开了……一大堆残渣碎片“哗啦”一声掉了下来：家庭作业通知、家庭教师协会来信、蓝色复印件、火箭筒泡泡糖包装纸（是丹尼的）、啃过的二号铅笔、红黄蓝绿一大堆图画纸、食堂餐巾纸、一只不完整的黑色运动鞋（道格·斯维塔克的，他找了好几个月呢）、一张我穿着黄色紧身裤跃过舞台的残缺照片，还有梅丽尔·李的“密西西比河与你”的作业碎片。这些东西像潮湿的雪一样一泻而下。

“拿好垃圾桶！”文德拉瑞先生喊道。

我拿好了，可东西还是掉到了我的眼睛里、头发上，钻进我的衣服里。贝克夫人过来拿走垃圾桶时我已经开始尖叫起来。“也许你该用其他方法装垃圾。”她一边对文德拉瑞先生说一边帮我把身上的垃圾扫掉。

文德拉瑞先生去拿了块防水布。这时我颤抖的身体总算平静了一些。

然后他把锤子递给我。“拿这个干吗用？”我问。

“朝那大黄牙怪扔过去。”

“哦。”我平静地说，不知道这次是否比老鼠啃剩下的垃圾掉得满头满脸要好。

我又开始发抖了，不过还是把锤子扛在肩膀上，准备随时出击。你不得不承认，考虑到头发和后背上还有许多垃圾，我此刻不仅仅像吉姆·霍金斯那样勇敢、无畏、忠诚、悲伤、值得尊敬，而且相当引人注目。

结果我们竟然根本没见到希古拉斯和凯列班。文德拉瑞先生把鼓起的石棉瓦都换成了新的，然后从梯子上下来，往后退了两步。“完好如初。”他说。

“你确定吗？”贝克夫人问。

确定，我希望他这样说，确定，一定，以及肯定。

“确定。”文德拉瑞先生说。

“那么，”贝克夫人对我说，“你继续读《恺撒大帝》吧。”

我跟你说，你刚刚才把一把锤子扛在肩上，准备朝那大黄牙怪扔过去，文德拉瑞先生还在翻找其他瓦片看看有没有鼓包，你知道瓦片随时可能跟希古拉斯和凯列班一起从天而降，尽管它们不会乐意发生那样的事，在这种情况下，要读一部莎士比亚戏剧可并不容易。

我想站在桌子上读《恺撒大帝》，可那绝不是值得尊敬的吉姆·霍金斯会做的事。

文德拉瑞先生终于走了，说明天再来看看新石棉瓦的情况。“谢谢。”贝克夫人说，然后继续阅卷。我真想知道她是不是也想站在桌子上。

顺便一提，阅卷也是让我很难继续阅读莎士比亚的原因之一。老师就在离你几张桌子远的地方挥洒红墨水，你的试卷也在其中，也许很快就批阅到了，而你的非限制性定语从句试题可能答得不够好，这时确实很难读下去任何东西，即使像《恺撒大帝》这样的好东西：“你们这些木头石块，冥顽不灵的东西！”虽然不如凯列班咒人的话那么有杀伤力，不过也还不错。

而且贝克夫人还在一边阅卷一边不停地揉眼睛。她跟我们说自己得了重感冒，可其实没有必要解释。她双眼一直红红的，擤鼻涕的声音可谓惊天动地。有时她坐在那儿，会突然停下手里的事情，朝远方看去，好像整个人已经不在教室里了。

真是一场严重的感冒，持续了很多天，而且好像越来越糟糕了。梅丽尔·李说她一节课就能用完半盒抽纸，大概已经突破世界纪录了。

星期五，她宣布校董事会要过来听课，并根据老师和学生的表现进行评估，她的声音如此乏力，最后几乎听不见了。但不管怎样，她还得继续。

她可是贝克夫人。

“希望你们对校董事会成员们礼貌一点。希望你们表现出最好的状态。希望你们把过去这一年中学到的东西都恰当地展示出来。”

“他们什么时候来？”梅丽尔·李问。

在告诉你贝克夫人如何回答之前，我要说另外一件事，因为如果我不说，你是不会相信接下来发生了什么的。当恺撒大帝进入罗马时——他将遇到非常不幸的事——一个预言者出现了，他对恺撒大帝说了这么一句话：

留心三月十五日。

现在我来告诉你梅丽尔·李问过那个问题后发生了什么。

“留心三月十五日。”我说。

贝克夫人看了看我，眼睛张大了一些，视线停留在我身上，回答梅丽尔·李道：“从今天起，再过一周，卡瓦尔斯基小姐。”

那天正是三月十五日！

“你真是个预言者，胡佛先生。”贝克夫人说。

“有时候我会把自己都吓一跳。”我说。

“预言能力并非是一件纯粹的礼物，用的时候得小心点。”这便是老师的小伎俩，希望我能注意到“纯粹”这个词。我确实注意到了，可这并没什么意义。

那天后来发生的事更加诡异。

体育课上，昆特瑞尼教练说他正计划组建一支卡米洛初中越野队。因为越野赛是一种秋天的运动，所以这支队伍并不会是固定团队。他想从现在起训练七八年级的学生，选拔出一支代表队来，集训一个夏天，九月份正好去比赛。他希望每个人都参加选拔——每个人——我们得用节奏跑跑上两英里。

“什么叫‘节奏跑’？”我问。

“用比赛的步速跑。”他说。

“那能有多糟呢？”我对丹尼说。

“非常糟。”丹尼说。

昆特瑞尼教练先让我们做了三分钟伸展运动，在体育馆里练了四次短跑，接着又是两分钟伸展运动。然后，他带我们来到了田径场上——三月里的徐徐微风穿过我的 T 恤。我们站在起跑线，他拿出秒表，吹响了哨子。

丹尼说得没错。比赛步速非常可怕。

我不知道昆特瑞尼教练说了多少次“快一点儿”，如果字也会过劳死的话，这几个字早就像恺撒大帝一样死去了。他还喜欢在“快一点儿”的前后加一些废话，比如“赶紧”“行不行”“你们最好”，还有“该死的”。再比如以“你们这些没用的家伙”“你们这些废物”，以及“你们这些该死的废物”之类结尾的话。他完全可以在舞台上本色出演凯列班这个角色了。

后来，当我们全都累得弯着腰，努力想把空气吸进严重缺氧的肺里时，他告诉我们，所有人都得参加选拔，还信誓旦旦地说，选拔会比刚才难很多。

癞蛤蟆、甲虫、蝙蝠。

接下来诡异的部分来了。

我头脑中涌现出这句话：下周开始选拔，三月十五日。

刚冒出这个念头，昆特瑞尼教练便说：

“下周开始选拔，你们最好跑得比今天快很多，你们这些该死的废物。”

我怀疑自己体内是否存在着另一个人，我真的是一个预言者呢——虽然只有前半句是一样的。

接下来的周末我一直在跑步，并不是担心昆特瑞尼教练会认为我是个该死的废物，而是因为我确定如果不去跑步，三月十五日选拔赛之后，会有某些可怕的事发生在我身上。星期六我跑了三英里，星期天虽然是安息日，本应休息的，可下午我也跑了四英里。

事实上，我跑步还有另外一个原因，可能更容易理解一些。

老爸很生我姐的气，也就是说肯定也会不时地朝我发火。所以带着急切需要空气的肺去跑步，总比待在家面对一个朝我嘶吼的老爸强多了。

而且我跟你说，他生气的原因根本不在于我。

由于签下了设计新初中的合同，老爸的办公室需要招一个前台接待员，在工作日的下午和星期六上午上班，而他又不想出很多钱请人，于是决定让我姐来干这活儿，他支付每小时一美元三十五美分的薪水，不需要缴税。

星期五晚饭时间，他宣布了这个决定。

“我不干。”

我姐说着便把荷兰豆放下，看样子是不打算吃了。

“你必须得干，”老爸说，“你差不多该有一份真正的工作了。”

“我已经有工作了。”我姐说。

我们都看着她。

“什么工作？”老爸问。

“为罗伯特·肯尼迪工作。”她说。

“为罗伯特·肯尼迪工作？”

“戈德曼先生把蛋糕坊后屋借给我们当作竞选总部用。”

“罗伯特·肯尼迪？”老爸又重复了一遍，“罗伯特·肯尼迪就是一个鳕鱼角[1]的富家公子，他这辈子也没独立干过一件事。”

“罗伯特·肯尼迪可以结束战争，结束把我们国家一分为二的歧视，结束一个由几个肥佬控制的政府。”

我老爸——虽然还不是肥佬，可大概也想象了一下那种形象的自己——于是提高了音量。这可不是什么好兆头。“你也可以去为马丁·路德·金工作啊。”

“那也可以。这个国家就要乱成一团了，只有他和罗伯特·肯尼迪会关心。”

“他是共产主义者。”

“噢，真是很有深度的政治见解啊。他还在领导罢工的环卫工人们举行示威活动，所以他一定是个共产主义者。”

“就是这样，”老爸说，“下周一下午你就开始上班。”

接下来的对话如何进行，我和老妈如何头一次沉默着吃完甜点，你都该料到了。因此周末跑步对我来说真是有百利而无一害。

---

① 位于美国马萨诸塞州的一个半岛。

尽管这一切都与我无关。

不过，对于罗伯特·肯尼迪要竞选总统这件事，我还是很高兴的。每天晚上，约翰逊总统和他手下那帮胸前别满了军功章的将军们都会对大家讲，战事如何顺利，敌人就要投降了，他们剪辑下来的CBS新闻画面里，士兵们有的把来复枪举过头顶，蹚过齐腰深的水稻田；有的扛着鲜血淋漓的尸体；有的为了躲避迫击炮弹的袭击而蜷缩在溪山的地洞里，双手紧紧捂住耳朵。每天都要听到和看到这些事情，真的很让人难过。所以，你只是希望有个人可以讲出真相，也许罗伯特·肯尼迪可以。

我很高兴他去竞选总统。

也许，毕竟我也做了什么让老爸生气的事，只是没必要声张罢了。

星期一的体育课上，昆特瑞尼教练让我们跑了三英里，全都得用节奏跑。我跟你说，跑完两英里，还听了一路“跑快点行不行，你们这些该死的废物”，你真的会开始怀疑活下去的意义。还剩四圈，天空开始黯淡无光，空气越来越稀薄，双手已经麻木得感觉不到手指存在，两条腿就像灌了铅，肚子也痛得要命——大概身体就要爆炸了——但那并不重要，因为肺已经干得要裂开了，那种剧烈的疼痛使你无法注意其他任何事情。

“周五要跑五英里。”跑完后，昆特瑞尼教练说道。

三月十五日要跑五英里！

星期三下午，贝克夫人问我越野赛准备得怎么样了。

“死亡，最终的结局，”我说，“该来的时候就会来。”

贝克夫人笑了。“胡佛先生，你是不是觉得死亡会在体育课上越野跑时降临啊？”

“你知道三月十五日恺撒大帝身上发生了什么吗？”我说，“越野选拔赛会搞得和扬基体育馆开幕赛一样。”

“你跑步时挺得太直了。”她说。

“我挺得太直？”

“而且很紧张。你太紧张了。我看过你跑步，好像你的指甲都要抠到手掌里去了。”

没错，我就是这样跑的。

“你是说我能跑得更好吗？”

她放下手中的《恺撒大帝》，从下面的抽屉里拿出一双白色运动鞋，穿好。“恺撒应该勇往直前。”她说。

“去哪儿？”我问。

“去田径场。”

“就我们俩？”

“你是不是怕没我跑得快，会很没面子啊？”

“那倒不至于，贝克夫人。”

“不一定哦，想想恺撒大帝低估周围的人时，发生了什么。”

于是贝克夫人穿着她洁白的运动鞋，和我一起来到了田径场。

真的。

“就从你的站姿开始吧，”她说，“往前倾斜一点儿，这样跨出每一步时惯性都会带你往前冲，而不是往后拽。就这样。”

我照做了。

“跑五十步然后回来。”

我再次照做。

“再来一次。”

我又照做。

“用节奏跑。”她说。

我仍然照做了。

“不错。你要像分析句子结构一样轻松上阵。现在，手臂就位，脑袋就位，我们来学习呼吸诀窍。”

那个下午结束时，贝克夫人重塑了我跑步的方式。“我看起来真像个蠢货啊，”我说，“如果罗密欧是跑步运动员，也会跑成这个样子。”

“你其实很像，”她说，“杰西·欧文斯，他在一九三六年奥运会上赢得四块金牌时，跑步动作跟你一样。”

于是，考虑到没必要跟四块金牌过不去，那天夜里，我像杰西·欧文斯一样跑在三月漆黑的街道上。身体前倾，手和腿有节奏地摆动，昂着头，双手放松，控制好呼吸。

在星期四的体育课上，我还像杰西·欧文斯一样跑起来，超过了丹尼，超过了很多八年级学生。整个过程里，我只听到了一句“跑快点儿，你这个废物”，只听到了一句。

像杰西·欧文斯一样跑步的确管用！

于是那天下午，所有人都回家后，我来到贝克夫人的办公桌旁。

“明天对于咱们俩来说都是个大日子。”贝克夫人说。

“三月十五日。”我说。

“希望我们都能激流勇进，顺利突围。”

你发现了吗,老师的小伎俩又来了——吸引我去注意“激流勇进”这个词。

“贝克夫人，”我说，“在跑步方面你帮了我很多。”

“谢谢，胡佛先生。”

“所以我想报答你。”

“报答我？”

“嗯，明天董事会成员们就要来了，我可以帮你准备一下。”

“你是想教我怎么教学吗，胡佛先生？”

“是的。”

“你做过七年级的英语老师吗？”

“没有，可你也没当过跑步运动员啊。”

贝克夫人扬了扬眉毛。“那你有什么建议啊，老师？”

“别讲那种老师的笑话，”我说，“一点都不好笑。”

“好吧……不讲老师的笑话。”

“也别这样抱着胳膊，”我双手交叉抱在胸前，“就好像如果我们不照你说的做，你就会朝我们开火。”

“你说得对。”贝克夫人说。

“还有，就算有人真的说了很蠢的话，也别翻白眼。”

“我从来都不翻白眼。”贝克夫人说。

我看着她。

“好吧，”她说，“不翻白眼。还有别的吗，老师？”

“有人做了好事时，你该用某种暗号，让他们知道。”

“你的意思是，有人做得好时——得遵循语法[1]——我们就用一个暗号。那用什么暗号呢？”

“呃，做得好时，可以说‘杜鹃’；做得非常好时，就可以说‘菊花’。”

“谢谢，胡佛先生。暗号我们还是省掉吧，有人表现出色时，我会用简洁精确的英语夸奖。至于老师的笑话、抱胳膊，以及翻白眼，我会考虑你的建议。”

我点点头。

“还有，老师，你走之前，”贝克夫人说着，从抽屉里拿出一个木头盒子来，“打开看看。”

我打开盒子。暗红色天鹅绒上，静静地躺着一枚银色的奖牌。上面写着：第十六届奥林匹克运动会－墨尔本－一九五六。

贝克夫人往椅子后背上一靠。“这是女子四乘一百米接力赛的奖牌。别那么吃惊好吗？你不会以为我教了一辈子书吧？”

这时我忽然意识到，我确实曾经那么以为。难道不是所有老师都在讲桌后出生、成长，然后握着一支红水笔批阅一辈子试卷吗？

“现在回家吧，胡佛先生，”贝克夫人说，“明天要像杰西·欧文斯一样跑。”

三月十五日是星期五，天空泛着绿棕色，就像即将干涸

① 霍林说的是“when someone does something good”，贝克夫人纠正了他的语法错误，应为“do something well”。

的水塘那种颜色。整个早晨，天色都很阴沉，有时褐色和绿色的云会翻滚起来，轰隆隆作响，像不祥的预兆般笼罩着一切。

我们都窃窃私语，等着天上会发生什么。

或许，是石棉瓦上面。

而一味地等待很快就令人厌倦，因此我决定在学习非限制性定语从句和规则变化动词之间的空当，和丹尼说说恺撒大帝被刺时的场景——比朱丽叶自杀的场景壮观多了。我还要绘声绘色地演出来，这是我的拿手好戏。你还记得吧，我曾经演过莎士比亚的戏剧。

不知是因为绿棕色天空，还是因为感冒，抑或别的什么原因，贝克夫人过来时就像是勃鲁托斯就要去刺杀恺撒大帝一样。

"胡佛先生，"她说，"过去这五个月来我教你读莎士比亚的著作，可没想让你演得好像它们都是讲互相残杀，这对莎士比亚的作品完全是一种贬低。"

我觉得这不公平。

"可事实如此啊，"我说，"他们一直都在互相残杀。麦克白杀了邓肯，麦克德夫又杀了麦克白，勃鲁托斯杀了恺撒大帝，然后又自杀了，就像罗密欧自杀后朱丽叶也自杀了，只不过罗密欧还没把提伯尔特杀掉——"

"这就是你从莎士比亚的著作里学到的全部吗？"

我觉得这也不公平。

贝克夫人伸出手。"把书给我。"

我掀开桌板。

“莎士比亚的作品表达了善良、诚实和正直的力量，”她说，“表达了饱含着深情的爱。还表达了军队、战争、枪支的软弱无力和……”她停下了，嘴巴一张一合，“和持久的爱。”她轻声说道，“把书给我。”

我把书递给她——这时候教室门打开了，盖里奇先生走了进来，跟布莱德布鲁克先生和董事会的其他两位成员一起。

“贝克夫人。”盖里奇先生说。

贝克夫人朝他望去，我们俩的手都还放在莎士比亚的书上。

“贝克夫人，布莱德布鲁克先生你认识的，他是校董事会主席。这位是斯密诺先生。西曼夫人你也认识，她已经疗养归来了，现在调进了校董事会工作。”

贝克夫人朝每个人点了点头。“你回来可真好，西曼夫人。”

西曼夫人笑了。她悄悄扫视了一下四周，仿佛在提防着什么可怕的事情发生，却不愿让人看出来。

“贝克夫人是我们最好的老师之一。”盖里奇先生说。

“现在她有机会向我们证明她的实力了。”布莱德布鲁克先生说道，然后把目光移到了我和贝克夫人一起拿着的那本书上。“你都教这位年轻人什么了？”他问。

贝克夫人看了看我，又看了看布莱德布鲁克先生。“这是一部莎士比亚戏剧。”她有点虚弱地说道，松开了手。

布莱德布鲁克先生走过来，瞥了瞥这本书。然后从我手中接过去，掂量了几下。他看着书的金边，摸了摸书脊上红色的缎带。“看起来我们学校买这书花了不少钱吧。”

“这书是我自己的。”贝克夫人说。

于是布莱德布鲁克先生松了一口气，看着我说：“年轻人，你会喜欢读大师的作品吗？”

“我已经很喜欢了。”我说。

“我像你这么大的时候，”布莱德布鲁克先生说，“多长的段落我都记得住，而且随时背得出来。你若读过大师的名言，也许也会下意识地记住一些。甚至有一天你也可以自由发挥。”

“我已经可以了。”我说。

“要不让贝克夫人帮你挑出一些句子来。你高兴学上一句半句吗？”他拍了拍我的脑袋。真的，他伸出手拍了拍我的脑袋。

丹尼·哈普佛差点从他的椅子上掉下来。

“他已经记得不少了。”贝克夫人说。

“是吗？”布莱德布鲁克先生露出惊讶的表情，“那就背给我们听听吧。”

贝克夫人朝我看过来。很难用语言表达她眼神里的意思。我一开始想大概是死亡威胁吧，但大概我已经对此习惯了，要么就是她不是那个意思。

“霍林·胡，你会不会背？”盖里奇先生问道。

我差点就脱口而出：“你们这些木头石块，冥顽不灵的东西。”不过，无论贝克夫人的眼神里有多少信息，有一点我可以确定，这么说是不合适的。

大概凯列班骂人的话也不可以吧。

于是我说了点别的。

在他们那一群中间，他是一个最高贵的罗马人；
除了他一个人以外，

所有的叛徒们都是因为妒忌恺撒而下毒手的；
只有他才是基于正义的思想，
为了大众的利益，而去参加他们的阵线。
他一生善良，
交织在他身上的各种美德，可以使造物肃然起立，
向全世界宣告："这是一个汉子！"

梅丽尔·李鼓起掌来。

连道格·斯维塔克也鼓起掌来。

我向贝克夫人望去。

"杜鹃。"她平静地说。

"这段话什么意思？"布莱德布鲁克先生问。

"表达了善良、诚实和正直的力量，"贝克夫人说，"现在，请您和盖里奇先生就座吧，我们开始上课。"她走到黑板前。

"这是需要你们分析结构的句子。"她说完，便在黑板上写了起来：

你们这些木头石块，冥顽不灵的东西！

她转过来问道："谁能找出隐含的动词？"

接下来的一个小时里，我们和贝克夫人配合得非常好。她提出的所有问题我们都回答了，就连道格·斯维塔克都发言了——就是他回答了那个隐含动词的问题。贝克夫人也表现得很好——没有讲老师的笑话，也没有抱起双臂。而道格·斯维塔克在答对了那个隐含动词的问题后，把阿尔

弗雷德·丁尼生勋爵——你不得不承认，这个名字真的很古怪——叫成了阿尔弗雷德·网球[①]，即使这样贝克夫人也没有翻白眼。一次也没有。

这一个小时实在太激动人心了。我跟你说，我们简直可以当选一九六八年全美模范班级了。贝克夫人非常高兴，居然还让我表演了恺撒大帝被刺的那一幕——大概她已经把预言的事全丢在脑后了。她真不该忘，因为当我演到“勃鲁托斯，你也在内吗？那么倒下吧，恺撒”时，西曼夫人头顶上一块没有鼓起的石棉瓦突然崩塌，倒下的并不是恺撒大帝，而是希古拉斯和凯列班，它们直直地掉在了西曼夫人的大腿上。

她大概是班上唯一一个没有尖叫的人——甚至连布莱德布鲁克先生和盖里奇先生也没能保持绅士风度。我们推倒椅子，推翻桌子，全都跑到教室另一边去了，只有西曼夫人一个人留在那里。她坐在课桌后，腿上站着两只大老鼠，老鼠摇着头，好像想弄清到底发生了什么事。

然后，它们伸长嘴巴，把黄牙咬得“咯咯”作响。

没错，我也很惶恐。已经在布满鼓包的石棉瓦下生活了很久的我们，几乎相信它们永远也不会出现了。可现在，站在我们面前的，就是这两只皮肤结痂、露出黄牙、愤怒的巨大老鼠，它们的眼睛因愤怒而充血，变得鲜红。我们所能想到的，就是离它们越远越好。我想郑重声明一下，是校董事会成员首先爬上了贝克夫人的桌子。大家扔开挡路的东西，纷纷爬上了书架、窗户边的架子和暖气片。

---

①丁尼生英文名为“Alfred, Lord Tennyson”，道格误以为是“Tennis”，“Tennis”是“网球”的意思。

除了两个人。

其中一个是麦琪，她站在自己的课桌旁，脱下了一只鞋子，准备朝大黄牙怪抡过去。她看上去非常勇猛。

另一个便是西曼夫人，我猜在卡米洛初中，没有什么事是她应付不了的。

她抓住两只老鼠的后脖子——那确实很不容易，因为它们实在太肥了——把它们从腿上提起来，举在空中。它们仍然张牙舞爪，嘴里不停地发出吓人的“吱”声，大黄牙拼命地咬着，可西曼夫人一点都不在乎。她抓着它们站了起来，就像麦克德夫提着麦克白的脑袋一样。

这时，越来越大的尖叫声把文德拉瑞先生引来了。

“把它们扔到哪里去？”大获全胜的西曼夫人问。

“地下室里有个笼子。”他说。

“带路。”西曼夫人说。

于是他走在前面，一路把所有的教室门都关上。但我希望学校的每一个人都能看见这一幕，校董事会最了不起的成员——西曼夫人手里蠕动着两只老鼠，气势凌人地走向地下室，准备处决溃败的敌人。

然后，校董事会去盖里奇先生的办公室召开紧急会议，而我们则努力整理贝克夫人的教室，经过刚刚那场骚乱，几乎所有的课桌都被掀翻了。那一天，我们剩下的所有时间几乎都用来收拾残局。有人——我觉得就是布莱德布鲁克先生——把贝克夫人讲桌上的地球仪踢到了地上，使喜马拉雅山脉出现了一条前所未有的大裂谷。红皮的桑代克词典也得好好修补一下了，好多本封面都掉了下来，当时我们为了爬得更高直接踩在了上面。至少有两张课桌英勇就义，桌腿都歪了。

恺撒大帝的军队渡过卢比肯河时，都不会留下那么混乱的局面。

那天下午，昆特瑞尼教练举办了他的越野选拔赛。希古拉斯和凯列班的事情已经传遍了整个学校，我们本以为选拔赛会推迟，刚刚经历了两只大老鼠从天而降的噩梦，也许有点人性的教练会把下午的选拔赛推迟吧。但昆特瑞尼教练恰恰认为，这件事能给我们动力。

“大‘M’，”他说，“动力[①]。如果不是发自真心，你就跑不快，而真心想跑快就是你的动力。大‘M’。”

他给我们设置的路线超出了人类忍耐的极限。我们要从体育馆门口出发，绕过停车场——希古拉斯和凯列班正在那边的笼子里“吱咯吱咯”地叫着，等待被除虫公司的人装进卡车——然后经过网球场的围栏来到李氏大道，跑过戈德曼蛋糕坊，绕过学校大厅，经过小学后面，最终回到体育馆门口。

“四圈，”昆特瑞尼教练伸出四根手指，“整条线路，跑四圈。用节奏跑。前七名将入选代表队——我想，应该全都是八年级学生吧。其余的进预备队——如果跑得够好，你们这些废物。”

一番鼓励过后，昆特瑞尼教练吹响了哨子，比赛开始。

天气不算好。泛着绿光的棕色云朵扭曲到一起，越压越

① 英文为“Motivation”，以 M 开头，意为“动力”。

低，空气中蒸腾着水汽，我们好像是在越南丛林里跑步，吸进肺里的水多于空气。我身体前倾，手臂和手掌放松，没有猛冲。经过希古拉斯和凯列班的笼子时，我踢了一脚，跟它们说再见。它们疯狂地发出“吱”声，朝着我的方向狠狠撞击笼子。我可以感觉到体内流动的湿润气流。第二次经过这里时，我已经慢了很多，八年级的所有人——还有很多七年级的——都把我远远抛在了后面。

你感觉就要淹死时还得像杰西·欧文斯那样跑步，这真的很困难。

第三圈情况好了一点。梅丽尔·李站在学校大厅旁，我经过的时候，她挥了挥手里那朵系着丝带的干枯玫瑰。

我跟你说，一个女孩冲你挥动手里的玫瑰时，你就会跑得更快。

第四圈开始，我追上了丹尼，甚至超过了几个八年级学生，终于又能看见领跑者了。我跑过体育馆门口，“跑快点行不行？”昆特瑞尼教练说。然后，我跑到停车场，这时，除虫公司的人已经把希古拉斯和凯列班弄出来，准备放进新笼子。

天色更加压抑阴沉了，世界看起来像潜入了水底，泛着绿色的雾气。就连声音都变得瓮声瓮气，我的脚步声听起来格外遥远。

尚且清晰的声音来自于我身后：除虫公司员工的尖叫、大笼子摔到地上的巨响、随之而来的又一声尖叫，还有大黄牙“吱咯吱咯”的声响。我回头一看，那两只恶魔般的老鼠正张牙舞爪地朝我扑来，眼睛里也写着大大的“M”——杀死你[①]！它们每跳一步那尖尖的脑袋就会上下摇动。我连叫都叫不出来，因为肺里根本没有足够的空气。我只能跑。可我跑得越快，它们就越发愤怒，我回头看了很多次，每次它们都在全速朝我冲来。因为速度太快，它们粘在一起的脏胡须都摆到了后面，大黄牙仍然不停地“吱咯吱咯”咬着。我能想象那些牙齿咬进我脚后跟的感觉，正如刺客的匕首刺进恺撒的身体。我跑得更快了。

如果网球场没在前方，我就可以直接冲过去。可没办法，我冲进球场，一脚踢上了身后的铁网门。希古拉斯和凯列班冲到门口，把长嘴探进铁丝网孔里。

然后它们开始翻越铁丝围栏。千真万确。整个过程中，那充血的红眼睛始终没有离开过我。

恐惧可以激发大“M”。我穿过球场，在它们爬上正面的围栏前，我已经爬上了另一侧围栏。

这时，盖里奇先生已经听到了这些叫声，他想叫除虫公司的人进网球场抓老鼠，可那人死活不愿意靠近。“看到那些牙齿了吗？”他钻进卡车，开出去一段安全距离。

而希古拉斯和凯列班此时正紧跟在我身后，爬上另一侧围栏。在它们翻过围栏之前，整个操场已经空无一人——我是最后一个，是丹尼·哈普佛把因恐惧而近乎瘫痪的我从那里拯救了出来。

后来的事就完全是道听途说了。

希古拉斯和凯列班翻过围栏，跑到停车场四处找我，这时，一辆校车回来了。司机说她看见两只老鼠后想急转弯，

---

① 英文为“Murder”，以 M 开头，意为“谋杀”。

但它们用后腿一跃而起，突然出现在她眼前。她赶紧猛踩刹车，校车在光滑的柏油路面滑了一阵，终于停了下来。而那两只坚守阵地的老鼠——举起的爪子，收起的长嘴，乱咬的牙齿，恶魔般放着凶光的眼睛，全都变成一堆压扁的东西，什么也分辨不出来了。

除虫公司的人走了，因为这里也没他什么事了，那泛着绿光的棕色天空终于打开了一个缺口，一场暴雨倾盆而下，把车道迅速冲刷得干干净净。大约经过绕卡米洛初中跑两圈的时间，雨停了，绿色的天空也消失了，这就是三月十五日……一个美好的春日。

那天下午，长岛的所有学校中——也包括高中，诞生了新的三英里跑纪录，人们都说从没见过一个七年级学生竟然能跑那么快。

于是，我加入了代表队，在大“M”的鞭策下继续奔跑，尤其是在三月其余的日子里，天气都很不错，白天越来越长——老爸和姐姐从胡佛设计协会回家吃晚饭时，天居然还亮着。每天下午放学后我都和代表队的其他队员一起训练，我是唯一一个七年级学生。金色的太阳暖洋洋地照耀着，晴朗的天空飘着薄薄的云彩。我身体前倾，手和腿有节奏地摆动，昂着头，双手放松，呼吸控制得很好。

我像杰西·欧文斯一样奔跑着，带着大“M”。

与此同时，老鼠的故事越来越夸张。人们到出事地点参观。道格·斯维塔克的哥哥声称他有两颗凯列班的牙齿，如果你肯花二十五美分，他就会展示给你看。

西曼夫人是这个故事中最传奇的人物，就连一年级的小朋友都把她抓着希古拉斯和凯列班穿过卡米洛初中大厅时的场景画成了图画。在这些图画里，她就像爱丽尔希望成为的勇士那样，威严而又充满力量。一个三年级的学生给她画了一身盔甲，脚下还踩着两只死老鼠。查尔斯，那个写得一手好字的五年级学生，在下面题了词："去死吧！"其中字母"D"[①]画满了卷曲的花纹。

这些故事中唯一一个结局惨淡的人是麦琪，说句老实话，这我不是很明白。那天所有人都尖叫着逃窜时，只有麦琪一人留在了西曼夫人身边。然而，大家非但没有给她画上盔甲，把她变成勇士，还四处议论她，不仅在背后，甚至当面议论，故意让她听到。他们说越南人吃老鼠，说她只是想要一顿美餐罢了，说她看见的是两个大老鼠汉堡包，诸如此类。

直到有一天，窗外的黄色连翘摇曳着身姿，水仙摆弄着它们的小喇叭，丁香也结出让人眼花缭乱的花蕾来，我们排着队领取午餐，比吉欧夫人给了麦琪一份金枪鱼砂锅作为惊喜，而一个八年级的囚徒预备班成员大声地对比吉欧夫人说："怎么不弄些老鼠肉给她？"接着他又转向麦琪说："你怎么不回家自己抓几只吃呢？"麦琪哭了，定定地站在那儿哭。丹尼把自己的一整盘食物——一份金枪鱼砂锅、两杯巧克力奶和蜜桃果冻——直接拍到了那个囚徒预备班成员愚蠢的脑袋上。然后，在他睁开眼睛看清楚是谁之前，丹尼狠狠地揍了他一顿，把他那愚蠢的鼻子都打歪了。

---

①"去死吧"英文为"To The Death"。

这件事导致丹尼被停学四天。

这四天里，哈普佛先生和太太带他去华盛顿玩了一趟，因为他们为他感到骄傲。

丹尼在回校那天的午休时间，告诉我们他爬上了华盛顿纪念碑；游览白宫时，还看见汉弗莱坐在一辆高级轿车里朝大家挥手致意；他还一步三级冲上国会大厦的台阶，绕着纵横交错的围栏用节奏跑跑了一圈——那些围栏是警察用来控制马丁·路德·金的示威活动的，他下个月会来华盛顿，走到约翰逊总统面前，和他握握手——除了结尾部分，我们都确信无疑。

但接下来这一部分可不是谎言：午休结束后，我们回到教室，比吉欧夫人和贝克夫人各端着两个盘子，盘子里摆满了炸香蕉。千真万确。炸香蕉浸满椰汁，裹着碎榛子，又淋了甜酱。热乎乎的甜酱。你能想象这四种东西聚集在一起会散发出怎样的味道吗？甜甜的、水果的清香、浓郁、温暖、黏黏的、奶香十足，所有味道都一齐涌来——我能描述出来的只有这些了。这种香味让你想想都饥肠辘辘，垂涎三尺。

贝克夫人庄重地端着盘子，就好像端着一盘黄金、乳香和没药[①]。“这是越南菜，”她说，“比吉欧夫人特地做给我们吃的。”我们欢呼着。“甜酱叫作‘nuoc mau’。我说得对吗，黄麦琪？”

麦琪耸耸肩，笑了起来。贝克夫人也笑了，然后她和比吉欧夫人在教室里穿梭，让我们每个人都拿了一个裹满甜酱的炸香蕉。

① 乳香和没药均为非常名贵的香料。

比吉欧夫人走到麦琪旁边时停了下来，将盛着一个炸香蕉的盘子放在她的桌上，说道：“我非常抱歉，麦琪。真的非常抱歉。”

那天夜里，沃尔特·克朗凯特照旧报道了溪山的战事。越军挖的一些地道已经通达海军陆战队周围五十码以内了。更多的迫击炮弹不断地投进来。地洞里士兵们用双手捂住耳朵的画面多了起来。伤亡人数很少，白宫发言人说。

在卡米洛初中，我们吃了裹着“nuoc mau”的炸香蕉，还学了麦琪教的一首关于香蕉的歌——不过也许是关于大象的，没人说得清，因为我们只认识这两个越南词。吃完后，比吉欧夫人和麦琪紧紧地拥抱在一起。在我们看来，她们俩仿佛难舍难分。

四月

接下来的那周，西曼夫人在早间广播里宣布了卡米洛初中越野赛代表队的名单。

“很高兴这七位同学被选拔出来，”西曼夫人说，“尤其是霍林 · 胡佛同学，他代表的是七年级。在选拔赛中他跑了第一名——比八年级同学还要快将近一分钟。祝你们好运，小伙子们！”

这太可怕了。其他队员都是八年级的，也就是说，我必须和他们一起待在更衣室里。这时我多么希望，再有一个七年级的也好啊。

而在我们班上，也没有谁能帮我。

“我想知道为什么霍林跑得最快，”广播过后丹尼说，还刻意提高了音量，“会不会是因为那两只穷凶极恶的老鼠在追他呢？”

“可能有一点儿关系吧。”我说。

“一点儿！”丹尼说。

“一点儿！”梅丽尔·李说。

“一点儿！”麦琪说。

“一丁点儿。”我说。然后每个人都不约而同地从本子上扯下一张纸，揉成一团向我扔来——这太不公平了，就算有三头六臂我也无法同时招架二十二个纸团啊。

我说过贝克夫人不在教室，你应该记得吧。早间广播之前，她就被叫到办公室接电话去了，让文德拉瑞先生看着我们。

贝克夫人回来时，我的桌子周围落满了纸团。通常情况下，这意味着我是罪魁祸首，肯定得把纸团一个个捡起来。这个世界就是这般无奈。

而这次却不一样。

因为电话是美国陆军打来的。越军放弃了溪山，两万美军正前往营救海军陆战队，并搜寻失踪士兵，比如贝克上尉。“这次行动叫作，”贝克夫人对我们说，“飞马行动。现在，有谁能说出这个典故的含义吗？”

她一点没提那些纸团的事。

你或许也注意到了，早间广播是西曼夫人讲话，而不是盖里奇先生。那是因为盖里奇先生走了。贝克夫人告诉我们他“接到了一个行政调令”，总之，他走了。西曼夫人成了我们的新校长。千真万确。我猜是因为校董事会发现，既然西曼夫人能够轻松拎着两只大老鼠的脖子穿过大厅，那她就一定能轻松掌控我们。可能真是这样。

没人见到盖里奇先生离开，大概他还在寻找一个小国来实施独裁统治吧。

与此相反，西曼夫人上任的第一天，每个人都见到了她。她站在主大厅里看着我们进来。每个人的名字她几乎都知道，她一定说了三百次“早上好”。她站得笔直，双臂交叉抱在胸口——任何一个老师的老师都会告诉你，这个姿势老师最好不要用，但也许校长用着还不赖。

我听说她竟然把道格·斯维塔克哥哥的气焰都压下去了。

就在西曼夫人新官上任的同时，林登·贝恩斯·约翰逊总统放弃了他在白宫的职位。三月的最后一天，沃尔特·克朗凯特宣布，约翰逊总统说他不想因政党政治而分心，“如今在那遥远的战场上，美国人民的孩子正忍受着煎熬；如今在我们的家园里，美国的未来正面临着极大的挑战。”他决定不再为继任总统而奔忙。说这些话的时候，他整张脸都耷拉着。

“他不想受到羞辱，”那天晚上插播第一个广告时，我姐姐说，“他知道自己赢不了罗伯特·肯尼迪。”

“是赢不了理查德·尼克松，”我老爸说，“要不是身后的无数战争。”

“无所谓，他退出是因为怕输，而不是因为关心美国的未来。”

老爸长长地叹了口气。“佩花嬉皮士就是这么做判断的吗——这么武断？”

“这叫果断。”我姐说。

节目重新开始了，适时结束了他们俩的争论。

我好像看见约翰逊总统那张拉长的脸贯穿了接下来的整个节目。在班柯被麦克白害死之前，猛然意识到自己期盼的一切都已土崩瓦解时，可能就是这副表情吧。

后来，CBS 晚间新闻结束后，我们发现约翰逊总统并不是唯一一个放弃事业的人。

“卡瓦尔斯基也完蛋了。”老爸说。

我们都不解地看着他。

“什么意思？”老妈问。

“完蛋了，”老爸说，“完蛋了。结束了。垮了。彻底失败了。我跟你们说过，他没把握。再过个把星期就会宣布了。再也没有卡瓦尔斯基设计协会了。我们将是镇上唯一一个建筑设计公司。”他看着我，“我和你说过的，如果我们拿下了学校这笔单子，就能发达了，没错吧？”

我点点头。他确实说过。

“那卡瓦尔斯基他们怎么办？”我问。

老爸耸耸肩。“建筑设计行业是一片血腥的战场。”

第二天午休时，我和梅丽尔·李在一起待了很久，却一句话也没有说，直到她打破沉默。

“我可能要搬走了。”梅丽尔·李说。

我吃惊地看着她。

“我可能要搬走了。”

“搬到哪儿？”

“我奶奶家。在金斯敦。”

我点点头。

又是一阵沉默。

我知道我该说点什么。大概把莎士比亚的所有著作都读过后，我就知道该说什么了。可现在我一个字也说不出来。

梅丽尔·李又一次打破了沉默。

“癞蛤蟆，甲虫，蝙蝠。”她说。每个字都精确到位。

梅丽尔·李不知道自己还能待多久。也许只有两三个星期吧。于是我们决定假装这就是永远，我们只字不提，也不去想。但总有那么一些时刻，只要看着对方的眼睛，我们就会望穿彼此的心思，即使都缄口不语。也许罗密欧与朱丽叶也是如此吧。

这让我跑起步来更专心了，专心到根本无暇思考其他任何事情，全身动脉都扩张到极限，不停地寻找氧气，氧气。因为肺里的氧气永远都不够用，况且身边还有一个变态的教练，发明了让凯列班都自愧不如的词语来鞭笞“更快”这个词。我们每天跑的比城里大部分上班族开车的路程还要长，可能都跑出拿骚县了。我们跑过其他初中，被热身跑后一下午都在打棒球的男孩们讥笑。我们跑过圣埃德伯特教堂前的红色郁金香和伯特利教堂前的白色丁香。我们跑过戈德曼蛋糕坊，新出炉奶油泡芙的香气穿过窗户，飘进我们的鼻孔。有一天我们跑到了琼斯海滩，如果不是西曼夫人安排了一辆校车来接，我们肯定已经瘫倒在木板路上死去了。

不过我跑得越来越快了，真的。虽然始终跟在八年级学生的后面。

我跟你说，作为七年级学生却非要跑在八年级学生前面，这可是极其不理智的。我试过一次，结果跑着跑着，他们就把我的短裤拉到了脚踝。

我可不想让那样的事发生两次。

于是只能跟在后面跑。当你前面的人要往路边吐痰时，你慢慢就明白了这个警示信号。

丹尼也明白这一点，因为他在预备队里也一直跑在八年级学生后面，暴躁的八年级学生。暴躁又爱吐痰的八年级学生。

贝克夫人却不明白我为什么跑在最后。她决定这个月不再让我读莎士比亚了，而用这些时间来训练。她说锻炼身体和开发头脑是同样人道的、具有教育意义的活动。每个星期三，她都帮我计时，每次我都能进步几分钟。但没有超过希古拉斯和凯列班追我的那次，我想那次应该能把杰西·欧文斯都比下去了。我身体倾斜的角度更好了，贝克夫人说，手臂也放松了很多。可她还想帮我练一练呼吸，于是跑完三英里之后，我们又练了若干次短跑，搞得我差点吐了——这样你就想马上掌握好呼吸的要领。

每个星期三下午放学后我都要跟昆特瑞尼教练进行常规训练，可贝克夫人并不在乎。“想要更好的成绩，就得跑，”她说，“跑再多也不嫌多。”——这句话我不信，大概又是老师的某种策略吧。

梅丽尔·李不明白我为什么老是不停地跑，因为这意味着我没有做“加利福尼亚淘金热与你”的作业，而她已经把我们报告的所有要点都写好，并且开始画等高线图了。

“别以为一朵玫瑰、一瓶可乐就能把这个搞定。”她说。

这我早就知道了。记得吗，我可不是罗密欧那样的笨蛋。

于是，一天下午，我来到梅丽尔·李家的厨房，和她一起完成“加利福尼亚淘金热与你”。这时，卡瓦尔斯基先生回来了，说在车载收音机上听到一个消息：马丁·路德·金在孟菲斯领导工人罢工时，遇刺身亡了。他死了，卡瓦尔斯基先生说，就在他刚刚请一个朋友祈祷“上帝啊，请抓住我的手”时。

梅丽尔·李拉起我的手，我们来到客厅。沃尔特·克朗凯特刚刚结束新闻播报，他说这是真的。我觉得他在颤抖。

“一切都不一样了。”卡瓦尔斯基先生说。

梅丽尔·李紧紧地抓住我的手。非常用力。

那天晚上，姐姐没有下楼来吃晚饭。老爸也没去叫她。他的脸拉得和约翰逊总统一样长。每过一段时间，他就抬头看看楼上我姐的房间，然后又继续盯着他的荷兰豆。“这怎么可能呢？”他说。

第二天，暴动发生了，芝加哥、萨凡纳、华盛顿、托莱多、底特律、匹兹堡和纽约都爆发了骚乱。“我们要分裂了。”老爸说。

星期二，老爸从公司赶回家打开电视，我们也在学校体育馆里的电视上看到两头佐治亚骡子拉着一辆破旧的农用小货车穿过亚特兰大的街道，车上躺着马丁·路德·金的尸体。晚饭时，老爸一个字也没说。姐姐也是。

那天夜里我睡觉前，提醒老爸明天要去扬基体育场看开幕赛——你还记得我怎么拿到票的吧——他答应送我过去跟丹尼父子、道格父子一起看比赛，另外还会帮我写一张字条给昆特瑞尼教练，请他批准我不参加当天的训练，以便在放学前能够离开。

“现在局势一片混乱，你还非得去城里看棒球比赛不可吗？”

“明天是开幕赛。”我说。

老爸摇摇头，没帮我写字条。于是我自己写了一张，第二天早上让他签了名。我对他说得在中午十二点准时来接我，因为比赛两点钟开始。“好吧，好吧。”老爸说——当我把字条拿给昆特瑞尼教练时，他也这么说。

“你想让我相信这是你老爸写的吗？”

“是我写的。他签了名。”

“签名之前他看过吗？”

没有，你这个派桶，你这个瞎眼的鼹鼠，我真想这么说。他没看过。我拿给他什么，他就签什么，就像签一张小数点左边有许多位数字的空白支票。

“看过了。”我说。

昆特瑞尼教练把字条揉成一团，扔到我身上。“下次训练我不会放过你的。”

好像对此我没有心理准备一样。

贝克夫人认为既然我要提前走，就应该在上午把全天的事做完。我说丹尼和道格都没来上课，他们一整天都放假，现在可能已经坐在扬基体育场里，观看霍瑞斯·克拉克和乔·佩皮通练习把球击出一英里远了。贝克夫人却说我这句不间断的句子是不合适的，我应该好好做非限制性定语从句的作业了。于是我开始做作业，因为想到扬基体育馆的开幕赛，非限制性定语从句也尚能忍受。况且很可能这样的事明天丹尼和道格也得做一遍。

到了中午，我两只手全都沾满了新鲜的蓝色墨水。我做完了所有的非限制性定语从句、阅读理解，甚至还做完了“加利福尼亚淘金热与你”的报告，我用华丽的辞藻提出了“对金钱的渴望与热爱也需要冒险”的观点，在其他人都出去吃午饭的时候，交给了贝克夫人。

“不如你自己拿给他吧？”她说，“等你上来时，你爸爸就到这儿了。”于是我照做了。彼得瑞里先生让我站在旁边，等他看完，等他指出非限制性定语从句的强大作用，建议我不要用太多陈词滥调，并更正了好几个历史错误。这个过程中我一直焦灼不安，想象着老爸已经穿着他那身三件套西装站在贝克夫人的讲桌旁，庄重而正式，一九六七年企业家商会成员——大概一九六八年也会是。

彼得瑞里先生终于结束了，我急匆匆地赶回班上，不知道该不该希望老爸庄重而正式地站在那里。

可我根本没必要那么急，因为当我走进教室时，老爸根本就不在。

我和贝克夫人同时抬头看了看钟。

十二点十一分。

十二点已经过去好多分钟了，他却还没到。

我跑到行政管理办公室给胡佛设计协会打了个电话。“对不起，”他的秘书说，“胡佛先生一整天都在新学校现场，他要到两点半才回得来。”

“他两点钟有一场棒球比赛。”我说。

“不，四点半他和企业家商会有一个重要会议，他是不会为了一场棒球比赛而失约的。”

她说得没错。他不会。

我挂上电话，回到了班上。

贝克夫人在读莎士比亚。“噢。”她抬头看看时钟。“噢。”她又说了一次。

梅丽尔·李回来了，站在门口说：“你不是——”然后住口了。因为很显然，我没有。

午休后同学们一个接一个地回到教室，一个接一个地看看我，然后便明白发生了什么事。还有什么好说的呢？

我坐回课桌后，感觉就像约翰逊总统不幸落败于罗伯特·肯尼迪那般懊恼。我的心脏在胸腔里怦怦狂跳。真奇怪，竟然没有一个人听得到。

我想在我的生命里，总有一些比现在更悲惨的时刻，只是我想象不出具体是什么了。

直到一点五十五分，大家都前往圣埃德伯特教堂或伯特利教堂了，贝克夫人说：“胡佛先生，我想我可以带你去看比赛。”

这真是有史以来最贴心的话了。我差点儿就哭了。

我从衣服口袋里把两张票拿出来，攥在手里。“你看过扬基队的比赛吗，贝克夫人？”

“没有特地去看过，”她说，“给你妈妈打个电话吧，看看有没有问题。”

于是我给老妈打电话，可她不在家。所以我给姐姐打了过去。“你往我学校打电话干吗？我干吗要关心你几点回家？”她说。我想这样的回答也差不多了。

接下来，我和贝克夫人上了长岛高速，直奔纽约市而去。

我差不多每三分钟就看一次表，而贝克夫人却在时速六十英里的车道上稳定地保持着四十五英里的速度。

“开到六十五英里也不会被开罚单的。”我说。

“会被逮住的，我可不想试验到底能超速多少。”

“上次去医院你开得快多了。”

“是啊。可那是去医院。今天我是去看棒球比赛。”

“是开幕赛，这场比赛太重要了，”我说，“还有，我刚刚看见你又翻白眼了。”

“我从来都不翻白眼，”贝克夫人说，“但如果我翻了，那一定是在某个恰当的时刻。”

一路上，她始终没有超过四十五英里的时速。还在白石大桥为了一点找零折腾了半天。然后又在停车场折腾了半天，因为她想找一个两边都没有车的位子，而附近三英里之内都没有那样的停车位，所以可以想象我们停得有多远——跑到扬基体育场都需要七分钟，我跟你说。

于是，当我和贝克夫人抵达包厢时，比赛已经进行到第三局末了。我们的座位就在一垒界线旁，紧邻着扬基队的休息室。他们球衣上的每一道条纹都能看得清清楚楚，就那么近。哈普佛先生起身让我和丹尼、道格一起坐在前面，他、贝克夫人，以及斯维塔克先生坐在我们后面。丹尼压根儿没问贝克夫人怎么会过来，可我知道他很想搞清楚。不过，这一切我都不在乎了，因为这是四月，扬基体育场的开幕赛，加州天使队目前是外野手，轮到扬基队击球。

比赛果然不负众望。紧随霍瑞斯·克拉克的一个双杀，乔·佩皮通又接杀了一记高飞球。弗兰克·菲尔南德斯在第二局打出了唯一一个本垒，分量足以赢得比赛，不过我们错过了。梅尔 · 斯托特梅尔四投完封，米奇 · 曼托得到了两分，这样我和丹尼就没法如愿地嘘他了。第七局霍瑞斯 · 克拉克踏上赛场时，扔了三个球给我们，米奇 · 曼托险些锦上添花又送我们一个，只可惜那个犯规球打在包厢的扶手栏杆上从我们头上弹飞了。哈普佛先生和斯维塔克先生给我们大家——包括贝克夫人，每人买了一个德国泡菜热狗，接着是更多的泡菜热狗，以及浮着冰块的瓶装可乐，还有两只手那么大的椒盐卷饼，后来又是泡菜热狗。当那个讨厌的裁判恬不知耻地判罚乔 · 佩皮通三击未中出局时，我们全都狂喊起来，而在梅尔·斯托特梅尔连续击退了十个投球手时，所有人，就连贝克夫人都站起来和我们一同欢呼。

实在是妙极了。

接下来发生的事——也非常美妙。

比赛结束时，乔 · 佩皮通和霍瑞斯 · 克拉克朝我们的包厢大喊起来！“嘿，丹尼，霍林，道格！”他们喊道。就是那样。“嘿，丹尼，霍林，道格！”在这声音所能覆盖的范围内，没有一个孩子不希望成为我们中的一员。

“嘿！”我们喊着回应。

“你们想下来看看吗？”霍瑞斯·克拉克问。不需要回答，因为我们已经开始翻越围栏了。

这时，乔 · 佩皮通看见了贝克夫人。

“你就是去年十二月叫我们去学校的那个女人。”他说。

我跟你说，我不确定以前有没有人当面叫过贝克夫人“那个女人”，但我敢肯定她现在不大高兴。

贝克夫人双手交叉抱在胸前——尽管我已经教过她不要这么做了。“是的，”她说，“是我大伯联系你的。”她的声音异常冰冷，几乎能在半秒钟内让整个七年级全都安静下来。

不过乔·佩皮通却没有注意到。他走近一步。“你不就是在墨尔本跑步的那个女人吗？女子四乘一百米。你最后一棒，对吗？”

我非常确定，从来没有人在紧接着的两句话里叫贝克夫人两次“那个女人”。

“是的。”她说。

“我看了那场比赛。你接棒时在第五名，最后一百米内竟然差点就反超了。好像最后只比第一名落后了十分之三秒。”

“是十分之二。”贝克夫人说。

“嘿，霍瑞斯，”乔·佩皮通说，“你知道这是谁吗？把胡克叫过来，看他还记不记得墨尔本那场四乘一百接力赛中，最后一棒的那个女人。把考克斯也叫过来。”

于是，比赛结束后，当摄影记者们过来拍照时，发现扬基队的大部分队员都围在了那个女人周围，而那个女人曾在墨尔本运动会上仅仅一百米就差点赶超了四个名次。和扬基队员们赛跑了五次后，她问他们可不可以带我们看看体育场，他们答应了！真的。乔和霍瑞斯带我们去了露天看台、贵宾座，进入更衣室（贝克夫人没有进去）、办公室、球员休息室，最后又回到赛场。站在那里的人们看着我和丹尼向乔·佩皮通投球，杰克·吉布斯做捕手。贝克夫人一次白眼也没有翻。

后来，我绕垒狂奔，从本垒到一垒、二垒、三垒，又回到本垒。然后我跑到外野场从右向左狂奔，接着又朝相反的方向跑。此时，青草味和黄色球场扬起的灰尘飘进了我的鼻孔，扬基体育场上空的斜阳照在我身上，霍林·胡佛，作为扬基队的中外野手，等待着清脆有力的击球。

当你拥有在扬基体育场外野场上奔跑的机会，而不知道是否仅此一次，你就会尽情享受现在的所有。

我奔回去最后一次投球。乔·佩皮通把球击飞时，太阳已经快落山了，贝克夫人站在本垒处仔细考察着，好像在琢磨要不要把这球场买下来一样。“那边的脚手架是做什么用的？”她问。

也许她真的考虑要不要买下来。

“维修，”乔说，“体育场的很多地方都需要维修了。等老板找到建筑设计师就可以开工了。”

“建筑设计师？”贝克夫人问。

“要比较经典的，老板说。真正的经典。”

“我想见见他。”贝克夫人说。

“如果你能打中我的快球，”梅尔·斯托特梅尔说，“我就带你去见他。”

贝克夫人看看我，翻了个白眼。“把我的球棍拿来，胡佛先生。”

那天晚上，哈普佛先生送我和丹尼回了家。贝克夫人留下来见老板。

两天后，贝克夫人的照片出现在了《小镇新闻》上，她身边是丹尼、道格，还有我，扬基队的队员们微笑着围在我们身边。我穿着乔·佩皮通的外套去上学，丹尼戴了他的帽子，道格戴了霍瑞斯·克拉克的帽子。三个六年级的小鬼要我帮他们在棒球上签名，我签了。

昆特瑞尼教练可不想要签名。他说话算话，之后那次越野跑练习的难度相当于两次相加。鉴于他信奉民主，他说，他认为所有人都该进行同样的越野跑训练，于是我们七个队员都得像正在被人追杀的勃鲁托斯和凯歇斯一样不要命地奔跑。

然后，八年级的队友们狠狠"宠爱"了我一番。他们把我所有的衣服都扔到了淋浴喷头下，我只好湿淋淋地一步一步走回家。

宛若来自天国的细雨降临人间，春假终于到来了。春假！还有别的什么词比这两个字更动听吗？

春假。我跟你讲，天气暖洋洋的，万物生机勃勃。每天下午，我和丹尼、麦琪，还有梅丽尔·李都去伍尔沃斯碰面。我们把零用钱花光，买可乐和汉堡。

春假。高中也放假了，我姐的心情一直非常非常好。她交了一个新朋友，名叫切特——是真名——他开着一辆黄色的大众甲壳虫，上面印着亮粉色和橙色的花朵。他长胳膊长腿长头发，每天下午都过来，一来就和我姐钻进地下室，听她的半导体收音机，又到楼上大声唱《黄色潜水艇》，笑得满地打滚。然后，切特会把自己塞进那辆黄色甲壳虫里，我姐姐也钻进去跟着去兜风。

春假。暖洋洋、生机勃勃的日子。你知道不会持续多久，可一旦开始，就好像突然过了一周的夏天，仿佛是给初中生活的一份礼物。这意味着棒球场开始散发出青草和灰尘的味道，第一阵清新的海风由长岛海峡吹向内陆，一片片枫叶染上嫩绿。这意味着应该检查一下整个冬天挂在车库里的网球拍有没有变形。你可以看见第一只兔子跑过草坪，邻居们把第一个“免费小猫寻领养”的告示牌摆在门口。

这便是春假。假期结束之后，你会发觉冬天已悄悄溜走，夏天的前奏已经吹响，你发觉自己还能坚持到六月，因为吹进窗户的暖风是如此祥和与幸福。

昆特瑞尼教练让我们以自己以后的第一个孩子的性命担保，春假期间我们会努力训练。他信誓旦旦地说，就算偷懒一天——仅仅一天——他也会发现的，我们将为此付出昂贵的代价。

一返校上课，他便通知开始训练：所有人都必须比我被老鼠追赶那次还要快三十五秒。无一例外。

这次也没有老鼠帮忙。

我跟你讲，八年级的队友们都很不高兴。刚开始跑，他们就不停地随风往路边吐痰，我不得不一直提防着。而且，我一直都跟在他们后面，因为会路过住宅区，那里有些小孩认识我，我可不想被扒掉裤子站在他们家门口。

真庆幸道格·斯维塔克的哥哥不在队伍里。不然谁知道会发生什么事啊？

我们刚跑回来，在体育馆门口站定想喘口气，昆特瑞尼教练又宣布了第二件事：为了给秋季的比赛营造气氛，这个春天将举办一场长岛初中越野跑友谊赛。

“比赛就在本周六，你们都得早点起床，也看不成卡通片了，”他说，“真是太可怜了。太惨了，我都想哭了。呜呜……七点钟到这儿集合。咱们的车七点零一分走。比赛地点是索尔兹伯里公园。以节奏跑跑三英里。第一名将获得一百美元储蓄债券。不过我可不指望你们这些小娘儿们能赢。”

癞蛤蟆、甲虫、蝙蝠。

那天晚饭时，我提起了比赛的事。

“挺不错的。”老妈说。

“好极了。”我说。

“你们的教练是谁？”老爸问。

“昆特瑞尼教练。”我回答。

老爸想了一会儿。“他叫什么名字？”

我摇摇头。“大家都叫他昆特瑞尼教练。”

老爸耸耸肩，接着吃饭了。

“你得跑多远？”我姐姐问。

我告诉了她。

“你会死的。”她说。

“不会的。”

“你会跑得喘不上气，然后猝死。”

“又不是没发生过，”我说，“公交车那次。”

她假惺惺地笑了起来。“霍林·胡佛，小镇英雄。你想来场游行吗？”

“你还有多久才去上大学？”我问。

她又假惺惺地笑了。“早着呢。”

“她不上大学。”老爸说。

大家都安静了，这话吸引了所有人的注意。

“什么？”我姐姐说。

“你不上大学，”老爸又说了一遍，“你已经有一份好工作了，你哪儿也不用去。”

又是一个漫长的停顿。

“你们知道罗伊·怀特的安打率是百分之四十二点九吗？”我说。

“我要去上哥伦比亚大学。”姐姐说。

老爸把叉子往盘子里一按，压扁了一颗荷兰豆。“哥伦比亚？”他说，“哥伦比亚。让我想想。不就是罢课抗议战争的那个学校吗，那里没什么课好上吧？”

“学生们罢课是为了反对战争和种族歧视。”

“这个世界太疯狂了，”老爸说，“再也没有比大学更疯狂的地方了。你得继续干你的工作，这才安全。”

“哪里不安全了？你觉得？”

“你得待在家里。”老爸说。

姐姐的目光久久地定在她面前的烘肉卷上。

插一句，罗伊·怀特的安打率真的是百分之四十二点九，比他上赛季的平均水平上升了百分之二十点五，我觉得其重要性足以在晚饭时讲。

星期六早上，我出门去参加越野跑友谊赛时，他们都还在睡觉。事实上，我也半睡半醒。我想我是凭本能来到学校的。有点冷，还有点雾蒙蒙的——那种能浸透你身体的雾。

一切都湿淋淋的，丝丝寒意渗入肌肤，让你忍不住想念自己那张温暖的床，离开它完全是自找的。要是出门前穿上保暖内衣就好了，为什么大家都宁愿自作自受呢？终于，看见站在大巴旁边的昆特瑞尼教练了，他冲面前的每个人大声喊叫着。为什么大家都宁愿自作自受呢，这个念头更加强烈了。

抵达索尔兹伯里公园时，雾没有变薄，气温也没升高。地上已经长高的草湿漉漉的，雾气从树木嫩绿的叶子上坠落。呼出的气清晰可见。尤其是昆特瑞尼教练，他呼出的气更明显，因为吸进去很多——他告诉我们去哪儿放东西，在哪儿等着，在哪儿热身，在哪儿放松，在哪儿排队。我猜这就是他保持温暖的办法。

总共好像有二十余所初中的选手，有些居然还穿着校服。而我们大部分人都只有教练发下来的号码牌，别在衣服上。我的号码是一一三，不太吉利。丹尼·哈普佛的是二十五号——你知道的，这是乔·佩皮通的号码。我求他换给我。

“如果我是一一三，你是二十五，你会跟我换吗？”他说。

“毫不犹豫。”

“骗子。”他说。

可当预备队比赛开始时，我还是给他加油了。我站在场外，身边是哈普佛先生和夫人，以及一堆小哈普佛，还有梅丽尔·李和卡瓦尔斯基先生，他们都在星期六清早特地来看我们跑步。

这便是梅丽尔·李对我的情意。

开始时在人群中找到丹尼并不容易，因为大概有三百人站在起跑线后，而且大部分都穿着白 T 恤。后来他们跑进了索尔兹伯里公园里的小树林，震耳欲聋的脚步声逐渐消失了，我们便跑到跑道的一个弯道处，等他经过。他夹在一堆大个头中间，都是八年级学生。

“手臂放松！”我喊道。

“好的，教练。”他回答，然后又冲进了树林里。

“别说话。”我在他背后喊。不过他可能没听见。

我们又跑到下一个拐弯处。他跑过来时，已经跑在那堆大个头的前面了，而且跑得很不错。他冲我摆了摆放松的手臂。

“加油，丹尼！”梅丽尔·李喊道。

“跑快点儿，你这该死的废物！”我喊道。

于是他开始加速。从下一个弯道出来时，他已经在冲刺了。

然后我们奔回起跑线，当他跑在前十名内经过时，我们疯狂地尖叫着。接着他又冲进了树林，开始了第二圈。

之后还有三圈。

为了能随时看见他，我们到处跑——我、哈普佛全家，还有梅丽尔·李和她爸。

第四圈时，他第一个冲过起跑线。

我们全都异常激动。就连昆特瑞尼教练也激动万分——像小哈普佛那样蹦蹦跳跳。

丹尼再次消失在树林里，将后面的八年级学生甩了很远。我们又跑到第一个弯道处——这是第五次了——等待着丹尼出现。

可先出来的却是八年级的学生。

接着是一大串其他选手，全都在冷冰冰、雾蒙蒙的空气里大汗淋漓，双颊通红。

“是我们眼花了吗？”梅丽尔·李问。

可我们没有。一大半选手经过之后，丹尼才一瘸一拐地出现了。他两个膝盖都流着血，没有朝我们看一眼。

哈普佛夫妇用手捂住了嘴。所有的小哈普佛都问道：“丹尼的膝盖怎么了？”

“我猜他一定是被绊倒了。”哈普佛夫人说。

她不知道当八年级的讨厌鬼抓住跑在前面的七年级学生时，会发生什么事。

我们跑向下一个弯道，等待着。丹尼落得越来越远了。

当他终于冲过终点线时，虽然不是最后一名，但也差不多了。

哈普佛夫妇在那儿等着他。他老爸搀起他一只手臂，老妈搀起另一只。我和梅丽尔·李站在后面，丹尼几乎要哭了。可能不只是因为膝盖很痛吧。当他爸妈把他送回车里时，他都没有看我们一眼。跟在身后的小哈普佛们，有的哭了起来，“丹尼的膝盖能好起来吗？”

我想，越野跑真是一项血腥的运动。

接下来代表队的比赛开始了，我排在八年级后面。离他们远远的。“到线上去。”昆特瑞尼教练喊道。于是我往前挪了半英寸。

也许正因为这样，哈普佛先生才轻而易举地在这一百四十个选手中找到了我。“我帮丹尼带个话给你，”他说，“不知道你明不明白。”

“说说看。”我说。

“他说，‘给这些派桶点颜色看看。’你知道是什么意思吗？”

我点点头。

“那么我自己还有一句话要对你说，”他边说边靠了过来，“给我好好修理他们。”

但要好好修理一百三十九个选手，还真不是一件易事，尤其当发令枪响起后，心跳都会被他们的脚步声淹没了。有那么一瞬间，我觉得姐姐是对的：我会跑得喘不过气来，然后猝死。于是我钻到跑道旁边，争取在道路变窄之前，冲到前面去。当我第一次到达第一个弯道时，已经跟在卡米洛初中那群八年级学生后面了；到达第二个弯道时，我们学校的选手已经超过了大部分人。到达起跑线时，我们七个已经远远地跑在前面了——实际上是他们六个在前，我是跟在他们后面的。

在起跑线，我看到哈普佛夫妇和所有的小哈普佛站在丹尼身后。他没有回家，却拖着那两条流着血的腿站在那里，一边使劲地大声喊叫，一边挥舞着手里的白 T 恤。

昆特瑞尼教练再次热血沸腾，好像要飞起来一样。

梅丽尔·李静静地站着，卡瓦尔斯基先生站在她身后，我经过时她便举起那朵系着丝带的干枯的玫瑰花。

贝克夫人穿着运动鞋，也站在她旁边。

我们又奔进了索尔兹伯里公园的小树林，空气里弥漫着松针的潮湿气味。

似乎就只有我们几个在跑——我们七个来自卡米洛初中的代表队队员。我回过头，只看得到几个选手在我们后面，等跑第三圈时，我们已经超过了某些还在跑第二圈的选手。雾已经散开，气温也升高了，我不时闭上眼睛，让双脚在依然潮湿的青草里奔跑。

然后，我发现自己太接近那些八年级的讨厌鬼了，他们回过头瞪我，于是我又慢下来。

最后一圈时，昆特瑞尼教练看起来好像有点生气。我不知道他在嚷嚷什么，甚至不知道他说的是不是英语。我跟你说，不管是什么，都不会是莎士比亚的名言。小哈普佛们都还在蹦蹦跳跳，丹尼依然在挥舞他的白 T 恤，梅丽尔 · 李摇着她的玫瑰花——有几片花瓣已经掉了——贝克夫人在尖叫。真的。

我们最后一次跑进了小树林。在树林寒冷的阴影下，我又朝前追了一点。

跑到第一个弯道时，贝克夫人等在那里。独自一个人。

“霍林。”她喊道。

我看着她。

“超过他们！”她说。

我照做了。

再次跑进树林时，我向旁边挪了过去，贴着变窄的小路，掠过一些厚厚的矮树丛。经过一片松林后，道路再次变宽，八年级的讨厌鬼们回头看见我，一字排开挡住了路。

于是我绕开他们，离开跑道，跑进了松林，枯萎的树枝戳到我脸上。我踩着松针，深一脚浅一脚地朝前跑——再次回到跑道上时，我已经在他们前面了。我们都开始冲刺。不同的是，他们只是在索尔兹伯里公园的越野赛道上冲刺，而我却是在扬基体育场里那酷毙了的外野场草地上冲刺，等待我去追逐的，正是乔·佩皮通那完美一击打出的球。我跑得如此之快，简直是脚不点地，拉尔夫·霍克摇了摇头。“这孩子真棒。”他说。

接下来，扬基体育场里的每一个人都站了起来，他们疯狂地尖叫，此刻加利福尼亚天使队正在奋力追逐我打得老远的球，而我绕过了一垒、二垒、三垒，丹尼·哈普佛在本垒上冲我挥舞着他的白 T 恤，我一到达，雷鸣般的欢呼声便爆发出来，贝克夫人过来扶着我，告诉我要继续走一走，但欢呼声太大了，几乎淹没了她的声音。梅丽尔·李递过来的带刺的花朵我也几乎拿不稳了。

不过，我能感觉得到她靠近了我的脸庞，然后……

呃，我没必要把一切都告诉你吧。

五 月

五月初，西曼夫人就开始不停地在广播里提醒，这个月是“原子弹知识月”。

你也许以为这能吸引我们的注意，可事实上没有。卡米洛初中每年五月都是“原子弹知识月”，而这正是草长莺飞的日子。因此很明显，想要激发起我们对原子弹的热情非常困难。

不过西曼夫人今年却下了决心——可能是第一年当校长的缘故吧——她要给我们一个大 M。

“我们离纽约市很近，”她说，“如果苏联发起攻击，卡米洛初中很可能成为原子弹投放的目标，所以我们宜于做好准备。今天下午就开始进行演习。警报拉响后，我希望你们每个人都乖乖遵从政府的演习程序。”

“宜于？”丹尼说。

“就是应该，哈普佛先生，”贝克夫人说，“在‘提问之前宜于先举手’这个句子中，谁能告诉我形容词形式是什么？”

这就是老师。总是情不自禁。

我觉得我们谁也不会相信勃列日涅夫真的会坐在漆黑幽深的克里姆林宫里，筹划着扔个原子弹到卡米洛初中来。即使如此，那天快放学时，警笛一响还是有点叫人心慌。贝克夫人站起来，向我们拍拍手。我非常肯定她在控制着自己不要翻白眼。她叫我们躲到桌子底下去。不能说话！绝对安静！她让我们用手抱住头，均匀安静地呼吸。真的，好像我们忘了该怎么呼吸。终于安定下来后——梅丽尔·李非要先找一张干净的海报铺在地上才肯坐下，这耗了一点时间——贝克夫人打开教室门，拉上窗帘，关了灯，然后沿着走道踱来踱去。

我打赌这会儿她一定翻白眼了。

当你蜷缩在桌子底下，双手抱头均匀安静地呼吸时，很快就会领会到如下三件事情：

第一，脊椎不应该这样弯曲。

第二，腿再不伸直就要痉挛了，接下来就会麻木，可能很长一段时间都不能走路了。

第三，随时可能呕吐，因为丹尼·哈普佛常年把火箭筒泡泡糖粘在课桌下面，而你现在正好看得清清楚楚，那玩意儿已经烂得像蜂窝一样了。

不过，我们还是乖乖地遵照政府的演习程序，在桌子底下待了整整十八分钟，直到所谓的第一波放射性粒子被风扫去，冲击波从我们头顶越过，蘑菇云把一切都熔化——除了我们，因为我们双手抱头躲在黏糊糊的桌子下，均匀安静地呼吸着。

西曼夫人朝我们教室里张望，说我们做得很好，我们这才爬了出来。

我猜这是种安慰——我敢打赌，这样做会让勃列日涅夫不寒而栗——特别是当他的目标真的是卡米洛初中时。

事实上，这些天以来，很多人都需要一点安慰——尤其是越野跑代表队的八年级学生们。索尔兹伯里公园的比赛他们确实全力以赴。我的意思是，我们比长岛的任何一支队伍排名都靠前。昆特瑞尼教练给我们放了两个星期的假，以示庆祝。我们捧着奖杯的照片登在了《小镇新闻》上。他们还想怎么样呢？

但是显然，他们想要的还有很多很多。

我跟你说，你肯定不想一打开体育馆的衣柜，就发现有人在里面喷满了刮脸的泡沫；也不想发现运动鞋的鞋带要么消失，要么被打成死结，得花上一天半才能解开；更不想短裤被挂在体育馆的房梁上，或者被泡在——来历不明的液体里。

我想，一个人开始读八年级时一定会遭遇点什么。就像道格·斯维塔克哥哥的基因突然启动了，然后就变成了一个浑蛋。

这可能也是丹麦王子哈姆雷特面临的问题，说起来他的名字听上去很像桑尼赛早餐厅的特色早餐——一种两片火腿加三个蛋的煎饼。①他可没那么聪明，没明白若有人不辞劳苦从坟墓里爬出来告诉他自己是被人害死的，宜于多加留意——这便是形容词形式。

总之，这些天来，我训练时仍然跟在八年级的后面。他们不吐痰了，不过我发现一旦想要超过他们，他们可能就会

①“哈姆雷特”的英文为“Hamlet”，很像“Ham（火腿）”与“omelet（煎蛋饼）”的组合。

把我血淋淋的尸体扔在路边。

但是，跟我老爸比起来，他们带给我的烦扰简直不值一提。老爸着实需要一些安慰，因为五月三号的《小镇新闻》报道了一件事。

标题如下：

本地建筑设计公司将重修扬基体育场

不用我说，那所谓的本地建筑设计公司并不是胡佛设计协会，而是卡瓦尔斯基设计协会。报道里用了这样的文字："数百万美元的工程""为期三年""本地公司的最高成就""卡瓦尔斯基一定会夺得一九六八年企业家商会成员称号"——所有这一切都让新初中的工程相形见绌。

一连几天晚饭都沉闷无比。大部分时间老爸都盯着荷兰豆发呆，直到姐姐指出，晚饭天天吃荷兰豆会把实验室的老鼠都吃死，更何况是我们。

"看到了吗？"老爸抬起头，"不上哥伦比亚大学，你也能学到各种有价值的东西。很好，反正现在也没人去上哥伦比亚大学了，对吧？以后也没有，因为他们不上课了，他们的学生觉得生命的意义就在于去大街上喊口号，而不是努力工作获得应有的回报。"

"我一读完高中马上就去哥伦比亚大学。"

"等荷兰豆会飞，你就能去哥伦比亚大学了。"

老爸话音刚落，我姐就示范了荷兰豆其实是会飞的：它们飞过桌子，飞过我的脸庞——差一点就打到我了，最后落在新初中的建筑模型上。

癞蛤蟆、甲虫、蝙蝠。

那天，是我姐姐最后一次在楼下吃晚饭。之后的每个晚上，她都把盘子拿回房间里，一边吃饭，一边听披头士和他们的《黄色潜水艇》。

可能她一颗荷兰豆都没吃。

后来，老爸终于找到了他想要的安慰：荷兰豆会飞事件发生后的第二天，他把一辆崭新的福特野马敞篷车开回了家。车身是白色的，里面是红色的皮革，还有一个调频收音机。真的！ 390 大气缸 V8 引擎，四挡手动变速，可以飙到时速一百六十英里。整辆车闪闪发光，前格栅上的反光正好晃进眼睛里时，得赶快避开才行。它发出的声音……是阵阵轰鸣。

总之，这简直就是世界上最漂亮最完美的车。

每天晚上看完沃尔特·克朗凯特的节目后，老爸老妈就会开着它出去兜风。他们慢慢地倒上车道，然后老妈大笑着朝我们挥手，好像又回到了他们高中时代的约会。老爸则全神贯注地盯着路况，他可不想让自己的福特野马离其他车太近而被溅到沙砾。

白天，他把车停在车道上——大概是觉得这辆车停在完美的房子前特别相配吧，也可能是为了不让切特把黄色大众甲壳虫停在这里。老爸不会让大家以为那辆印着粉色和橙色花朵的甲壳虫是他的，一九六八年企业家商会成员绝不会开那种车。到了晚上，天色变暗，看不清完美房子前面的福特野马有多么炫目时，他便把车库里的旅行车开出来停在车道上，再把福特野马开进去，以免它受到夜晚露水的侵蚀。他真的很爱那辆野马，小心翼翼地照看着它，如同照看着自己的名誉一般。

我幻想着开那辆车的感觉：打开调频收音机，把顶棚拉下来，迎面吹来的风很大。我左手打着方向盘，右手控制手动挡，看看是否真的可以达到一百六十英里时速。

但是，在我姐姐离家出走，前往加利福尼亚寻找自我之后的每一个夜晚，我不知道这辆崭新的福特野马敞篷车是否还能为老爸带来安慰。

姐姐离家出走后的第二天早上，我们才发现。老爸已经上班了，老妈去叫我姐起床，发现床上有一张纸条。

> 你们看到这张纸条的时候，我已经在某条高速公路上，和切特一起朝落基山方向去了。必要时我会给你们打电话。别担心。也不要来找我。

这就是全部内容。

晚饭时，老妈只摆了三套餐具。她没有再烧荷兰豆，也没说一句话，而老爸则反复唠叨说，既然我姐下了决心，她就得自己承受，他一分钱也不会给她——一分不给——万一她出了事，也最好别找他，因为他会告诉她自己对这事的看法。难道她没意识到，这样做对他的信誉或者那个卑鄙的卡瓦尔斯基觊觎已久的一九六八年企业家商会成员名额会有影响吗？还有，今晚怎么不烧荷兰豆了？

那天晚上，老妈没有和老爸一起开野马出去兜风。他自己去了，连沃尔特·克朗凯特的节目都没看。

碗是我一个人洗的。

我很想知道和毛发旺盛、缩成一团的切特挤在一辆黄色大众甲壳虫里，朝着日落的方向奔去，离开我们寻找自我，姐姐是什么感受。我很想知道她究竟会找到什么。我还想知道，如果开着一辆390大气缸引擎的福特野马敞篷车去寻找自我，会不会更容易一些。

家里变得特别冷清。老爸不再给屋外的杜鹃花浇水了，它们开始凋零，慢慢死去。楼上再没有音乐了。晚饭也再没有荷兰豆了——我跟你说，这其实并没什么好难过的。不过大家却连话都讲得少了。每句话之前都必须字斟句酌，因为实在有太多东西是我们都不愿提及的。

有点类似于克劳狄斯、乔特鲁德和哈姆雷特之间的关系。你不确定你一直在揣测的事是不是别人不想让你知道的，因为你害怕这些事会让你在忧惧与好奇中备受折磨。

你应该知道了，贝克夫人让我在五月份读完《哈姆雷特》——我想这是对四月放假的一个惩罚。这部戏如此冗长，而且连罗密欧也比哈姆雷特强得多。鬼魂还可以，盗墓者也还行，不过在塑造某些唠唠叨叨的角色时，表现话多的唯一途径便是给他们一大堆台词，这种做法非常烦人。于是每当看到哈姆雷特或者波洛涅斯，或者随便谁又开始一通长篇大论，我便迅速略过，还觉得一点情节都没落下。

我把这个读莎士比亚的秘诀告诉了梅丽尔·李——对了，她不搬家了。她现在也知道米奇·曼托是谁了，甚至连扬基队所有队员的名字都能倒背如流。

“我觉得这个办法不怎么样。”梅丽尔·李说。

“为什么？”

“你不可以跳过无聊的部分。”

“我当然可以。”

“你连看都没看，怎么知道它很无聊？”

“我分得出来。”

“那就不能说你读完了整部戏剧。”

“梅丽尔·李，我觉得如果略过《哈姆雷特》里面那些无聊的部分，我依然可以过得快快乐乐的。”

“谁知道呢？”她说，“也许不行呢。”

我也把这个秘诀告诉了贝克夫人。

“我明白了，”贝克夫人说，“不过，对于你的新方法来讲，这部戏是否有一个特别的问题呢，胡佛先生？”

“什么问题？”

“这部戏里没有无聊的部分，这是莎士比亚最伟大的戏剧。”她看着我，差点就又把手臂抱在胸前，幸好在最后一秒停下了。

“我想这是个问题。”我说。

“全部读一遍，”贝克夫人说，“包括波洛涅斯。”

“万一无聊呢？”

“不会的。”

“已经很无聊了。”

“那你就重新读一遍。这个故事讲的是父亲被别人残忍杀害的儿子，现在要为父报仇，但已经不确定是否可以相信家里的任何人。这种情况下你会怎么做？”

“我会开着福特野马去把仇人碾碎。”

“不能那么极端。”

“呃，”我说，“那我就找找看身边有没有人可以信任吧。”

贝克夫人点点头。“现在，开始读吧。”

第二天午休后，卡米洛初中的上空再一次响起原子弹警笛。我猜勃列日涅夫还阴魂不散。

我们再次躲到桌子底下，双手抱头。

不能说话！绝对安静！均匀安静地呼吸！

“烂透了。”丹尼·哈普佛说。

“别说话。”贝克夫人说。

“我有个问题。”

“结束后再说。”

“很重要的问题。”丹尼说。

贝克夫人叹了口气。“什么问题，哈普佛先生？”

“你不躲到桌子下面来，难道没有危险吗？”

“谢谢你的关心。我愿意冒险。”

“可是如果真有一颗原子弹正从卡米洛初中的上空落下来呢？”

“那么，”贝克夫人说，“今天下午你们就不用做句子结构练习了。”

“那还是值得的。”丹尼小声说。

如果丹尼听起来有些焦躁，那只是因为他的成年礼就快到了，比起原子弹他更害怕成年礼。就算有人试着鼓励他，他也还是很害怕。

“你都已经为此学了一年希伯来课程了。”我提醒他。

“很多年了。”

“那还怕什么？”

“怕什么？怕什么？你的犹太牧师就站在身边，你父母和爷爷奶奶都注视着你，还有一群叔叔阿姨表兄表弟——其中一些你从未见过，两个一九一三年从波兰移民过来的姑奶奶，一个从沙皇手里捡回半条命的姑爷爷，所有人都注视着你，一边吵吵嚷嚷一边等你犯错。如果你犯了错，他们就大声地喊出正确的字句，使劲瞪着你，好像你羞辱了全家，让他们再也不能踏入犹太教堂一步了似的。如果是这样，你说你怕什么？”

“也许你躲在桌子下，均匀安静地呼吸，”我说，“会有点帮助。”

“也许把这个口香糖塞到你鼻孔里，”他说，“会有点帮助。”

我、梅丽尔·李和麦琪决定找一个比把口香糖塞进我们鼻孔更好的办法来帮助丹尼。于是之后五月的每个午休时间，我们几乎都坐在一起听他背诵仪式上要说的话，即使根本不知道他说得到底对不对。

而每天午休结束时，他都有要逃往加利福尼亚的冲动。

“我做不到。”他说。

“你可以的。”我们说。

“我不想做这件事。”他接着说。

“你想做。”

“我一点都不在乎。”他又说。

“你在乎。”

就好像演戏一样——你知道的，这方面我有一些经验。

一天天就这样过去了。

你能看出来，我们一点心思都没花在原子弹演习上，这真是太糟糕了，因为整个五月，没有哪一天不进行演习。躲在桌子底下的大部分时间里，梅丽尔·李和麦琪都在唱《英雄肝胆美人心》里的歌，而贝克夫人却好像毫不在意，尽管本应保持绝对安静。丹尼继续演练他的希伯来教义，不得不说的是，当你双手抱头时这很不容易。我朝他丢纸团，双手抱头时这更加不容易。道格·斯维塔克睡着了，他睡着的时候，就是真的睡着了。我跟你讲，你肯定不想在读七年级时被人听见自己鼾声如雷，因为你醒来后就会听到大家的嘲笑。虽然没有黄色紧身裤和屁股上的白色羽毛那么严重，但也够丢人了。

五月中下旬一个星期三的下午，原子弹演习照练不误，而扬基队的安打率正好达到百分之十八点七，保住了第九名的位置——和去年一样。那是夏季到来前一个又热又闷的日子，预示了六月将会是什么样。躲到桌子下面时，我马上感觉到空气闷湿，很快就会汗流浃背——事实确实如此。太不公平了，其他所有人都去伯特利教堂或圣埃德伯特教堂了，就剩我一个。

我想贝克夫人也同意这一点。

“胡佛先生，这真是太荒谬了。”她说——仍然没有躲到桌子下。

我探出脑袋，但双手还抱着头。

“贝克夫人？”尽管现在应该安静地呼吸，可我还是说话了。

"嗯。"她说。

"可以不叫我'胡佛先生'吗？听起来就像跟我老爸讲话一样。"

贝克夫人在丹尼的位子上坐下。"你还在为开幕赛那天的事生气啊。"

"我只是不想变成他而已。"

"可是你们很相像啊。梅丽尔·李给我看过你的画。画得很好。大家都能看出你有做建筑设计师的潜质。"

"也许吧。"我说。

"但你想自己做决定。"贝克夫人说。

我点点头。我想自己做决定。

"但你害怕，"贝克夫人说，"怕你没有机会。"

"我怕我没有机会看到，面对命运暴虐的毒箭我能做些什么。"我说。

"没几个人有这样的机会，"贝克夫人说，"哈姆雷特也等了很久啊。"

警笛又响了起来，好像在提醒我们要保持绝对安静。

"太荒谬了，"贝克夫人又说了一次，"我们现在读到第三幕了，却必须抛开莎士比亚，为了什么原子弹演习而蜷起身子躲在桌下。我算了一下，这是你第十六次躲在桌下了，好像有人真需要练习躲在桌下似的。"

她翻了个白眼，然后似乎突然做了个决定。

她走进更衣室，好像在翻什么东西。忽然间，有什么摔了下来，液体飞溅，整间教室立即充满了高个子约翰·希尔弗和他的水手们一起嚷嚷着畅饮的朗姆酒的味道。很多瓶朗姆酒。

贝克夫人的声音从更衣室里传了出来。“好像是卡巴柯弗夫人朝圣日带来的苹果酒坛子从架子顶上掉下来了。麻烦你赶紧去叫文德拉瑞先生好吗？”

我去了。他一进教室就瞪圆了双眼。“闻起来像啤酒厂一样。”

“确实，”贝克夫人说，“打扫完碎片后，还要拜托你把味道散一散。”

“味道太重了，你们不能待在这儿了。”他说。

“是吗？”贝克夫人朝我看过来，“那我们可以去进行实地考察了。”

“实地考察？”我说。

“让我们去看看本地建筑的特色所在吧。”

我想了想。

“有吗？”

贝克夫人从抽屉里拿出她那双白色运动鞋，然后看着我说：“有。”

我们一起来到行政管理办公室——那里所有的文员都躲在桌子底下——贝克夫人向西曼夫人解释说我们的教室闻起来就像啤酒厂，她确定不能让任何一个学生留在那儿，于是想在文德拉瑞先生收拾教室的时间里，去进行实地考察。

西曼夫人向上扬了扬一边的眉毛，一句话没说，而贝克夫人却把双手交叉抱在了胸前，你该明白这多么有说服力了吧。于是西曼夫人同意了，贝克夫人填了一张表格，一个文员从桌子底下爬出来，给我老妈打了电话。然后我们就上了贝克夫人的车，她载着我，去四处领会那些本地建筑的特色所在了。

我们穿过长岛高速公路，来到小镇北边，然后沿辅路曲折前行，最后来到了教友聚会所。“这是一六七六年建成的。想想看，霍林，那时人们还生活在莎士比亚年代呢。一百五十年前，它曾经是地下铁路的一个车站，逃出来的黑奴们都躲在这里。”

我们继续沿辅路曲折前行。“这是长岛的第一所监狱，”贝克夫人说，“只有两个牢房，一个关男人，一个关女人。第一个被关进来的男人偷了一匹马。第一个被丢进来的女人拒绝付教堂税，因为她不是教堂成员。她想为自己争取自由。你可以看见窗户上那些栏杆，设想一下，她可能曾经在那里凝望外面的世界。”

我们又来到小镇东边，绕着希克斯公园开了一圈。“多年来，这里发生了翻天覆地的变化。这里曾经是希克斯公地，小镇的第一批定居者就是在这里放牧牛羊的。那些巨大的橡树——不，是那几棵，霍林，在那儿——那时可能都还是小树苗呢。公园后面那个建筑——那个隔板建筑，就是圣保罗教会学校，独立战争时期英国士兵曾住在这里。存放于这里的银圣杯是保罗·里维尔制作的，被这里的第一代希克斯家族藏在了地下室，才在战争中幸免丢失。”

在小镇南边，我们路过以马利教堂。“这座教堂重建了三次，”贝克夫人说，“第一次被雷电击毁，第二次因为这里的宗教集会支持革命而被英国士兵摧毁，第三次被人放火烧了。尽管历经劫难，放有托拉法典的经壁龛仍然完好无损，今天依然保留着。”

在西边的远郊，我们路过一些看起来像是花园棚舍的房子。“这是第一所废奴主义者学校，”贝克夫人说，“黑人奴隶的小孩可以来学习读写，摆脱奴隶制强加于他们的愚昧。就在那儿，霍林，是奴隶制瓦解的真正开始。”

我从来不知道建筑竟然有那么多内涵。

在这样一个美好的晴日里，地平线上没有原子弹爆炸，高高的云朵好似印在蓝色的帆布上，郁金香整整齐齐，亭亭玉立，杜鹃花恣意怒放——除了我家那完美房子前面的那些，小狗们冲着每一种新鲜的气味吠叫，我像一个初来乍到的旅人般第一次认识了这个小镇，恍如大梦初醒。每天你都会看见和经过这些房子，却视而不见，很少留意到它们的存在，大概因为你还有许多其他事情要关注。可当你真正关注小镇时，一切都改变了，你看见的不再只是一所房子，而是在你出生前房子里发生过的故事。那天下午，我跟着贝克夫人，见证了美国独立战争，见证了奴隶们的逃亡，见证了废奴主义者的努力。

也见证了我自己。

一种责任感油然而生。

回学校之前，我们路过了圣埃德伯特教堂。“大约一个世纪前，由意大利移民捐资建成。”贝克夫人说。

“我们进去吧。”我提议。

贝克夫人顿了一下。“你父母同意吗？”

“这也是本地建筑的特色所在。”我说。

于是我们进去。

这是我到过的第一所天主教教堂。长老会教徒认为天主教堂里立满了神像，空气中香气弥漫，让人因昏昏沉沉而屈尊跪下祈祷，这是长老会教徒无法接受的。不过事实却完全不是这样。我们进去后，贝克夫人往募捐箱里塞了一些钱，然后我们沿着主道走下去。下午的阳光从高高的窗外斜射进来，上方天花板附近隐约晃动着许多金色光斑。我们脚下却幽暗而温暖。我伸出手摸了摸深色的长凳，被磨得非常光滑。里面没有铺地毯，因此我们走向圣坛的时候，可以清晰地听见自己的脚步声。圣坛上悬挂着耶稣受难像——面色惨白的耶稣基督，身上带着鲜红的伤口。

一百多年来，人们聚集在这黑暗里，均匀安静地呼吸着，我想。一百多年。我浮想联翩。

“贝克夫人。”

“嗯，霍林。”

“我有个问题。”

“嗯？”

“不过和本地建筑的特色没有关系。”

“不要紧。你说吧。”

“那天扬基体育场的比赛之后，梅尔·斯托特梅尔带你去见老板了，你是不是建议他让卡瓦尔斯基设计协会接手修缮，这样梅丽尔·李就能留下来了？”

一阵沉默。

“我是否说了什么，你都无须知道，霍林。”

“那我还有第二个问题。”

“和本地建筑特色有关吗？”

“是的。”

“什么问题？”

“如果原子弹落在卡米洛初中，我们今天看到的一切都会消失，是吗？”

又是一阵长长的沉默。

“是的。”她最终说。

“而我们躲在桌子底下，双手抱头完全没用的，对吗？”

“是的，”贝克夫人说，“没用。”

“那我们为什么还要练习？”

她想了想。“因为那能带给我们安慰，人们总是愿意相信，如果有所准备，就不会发生糟糕的事了。我们之所以练习，也可能是因为除此之外也没有什么别的能做了，有时候我们都好像被命运暴虐的毒箭支配着。”

“那还有什么可以做吗？”

她笑了。不是老师的那种笑。

“两件事，”她说，“第一，学会分析句子结构——翻白眼是不礼貌的，霍林。学习你能学的所有事情——一切事情。然后用所学的知识武装自己，长大后成为一个有智慧的好人。这是第一件事。第二……”

那天下午，我第一次在天主教堂里点燃了一支蜡烛。我，一个长老会教徒，在圣埃德伯特教堂那温暖、幽暗、弥漫着香气的空气中点燃了一支蜡烛，放在贝克夫人点燃的那支旁边。我不知道她祈祷了什么，而我祈祷的是，原子弹永远都不要落在卡米洛中学、教友聚会所、老监狱、以马利教堂、希克斯公园、圣保罗主教学校或者圣埃德伯特教堂。

我还为贝克上尉祈祷了。他在溪山附近的越南丛林中失踪，至今仍未被发现。

我还为丹尼·哈普佛祈祷了，他此时一定正在希伯来学校里汗流浃背呢。

我也为姐姐祈祷了，她正乘着一辆黄色甲壳虫，驶往加利福尼亚寻找自我——或许她已经到那儿了。

真希望一支蜡烛够为那么多人祈祷。

那天下午我回到家时，旅行车不在，野马也不在，整个家都空空荡荡的。

除了一张给我姐姐的罗伯特·肯尼迪的竞选传单之外，连信箱也是空的。传单上说他会在纽约初选之前来一趟长岛。如果我姐知道了，一定会高兴得蹦起来。

我意识到，家里显得空荡荡的最重要的原因，在于姐姐走了。也许你第一次知道真的在乎某样东西的时候，就是当它消失不见，而你如此想念的时候。你这才意识到——真真切切地感觉到，空虚包围着你，无处不在。我们往往在享有某件东西的时候，一点不看重它的好处；等到失掉它以后，却会格外夸张它的价值，发现当它还在我们手里的时候所看不出来的优点。

那是我第一次知道，我真的很爱姐姐。可我却不知道自己是希望她回来，还是希望她能找到想要寻找的东西。

看到了吧，读《哈姆雷特》，你会开始思考这些。你甚至不自觉地变成一个忧郁症患者——即使你要在假日剧场的舞台上出演这个角色，至少是一个披着黑色披风的王子，而不是穿黄色紧身裤的仙女。

那天夜里我姐姐来电话时——在老爸老妈入睡很久之后，她知道这时候接起电话的只有我——我立刻哭了起来 。

她也哭了。

我们俩什么都没说，只是对着电话哭。

真蠢。

我一边哭一边了解到，她现在在明尼阿波利斯——应该是在去加利福尼亚的路上——她一个人，口袋里只剩四美元了，不知道该怎么办，因为一张回纽约的汽车票需要四十四美元五十五美分，还有，我绝对、绝对、绝对不能告诉老爸老妈她来过电话，因为她无法忍受他们会说的那些话，不知道万一他们说了什么后，她该怎么办。

我猜她没有找到自我。

“你在哪儿？”我问。

“在汽车站。不然我怎么知道回纽约的票价是四十四美元五十五美分？”

“那边有西联汇款的窗口吗？”

“当然有。所有的汽车站都有西联汇款的窗口。”她停顿了一下。我猜她在四处张望，“霍林？”

“嗯。”

“我没看见这里有西联汇款的窗口。”

然后接线员告诉我们剩余的时间不多了，如果再打三分钟，请再投入三十五美分硬币。

“我身上没有硬币了！”姐姐吼起来。

“明天一早去最近的西联汇款，”我飞快地说，“我会——”

电话被切断了。全都是因为那愚蠢的三十五美分硬币，好像午夜里一个明尼阿波利斯和长岛之间的通话，就会导致贝尔电话公司倒闭一样。

我不知道姐姐有没有听清最后一句话。第二天，我一大早便来到了商业银行——我没开玩笑，就是商业街的商业银行，十点钟开门的那家。虽然听起来没什么了不起，可你若知道商业街距离李氏大道仅仅一个街区，而我得躲开多少双疑惑的眼睛——好奇我怎么还不去上学——就会觉得我其实很不容易。

我把自己在索尔兹伯里公园赢来的一百美元储蓄债券交给了柜员。

“你不是应该在上课吗？”她说。

“我担心天上会掉下来原子弹。”我说。

“白天学校能出什么事，”她说，“这张储蓄债券你想怎么办？”

“我想换成现金。”

她看了看日期。“如果现在换成现金，你就只有五十二美元。如果留着呢，过几年就值一百美元了。”

“我等不了几年了。”

“因为原子弹吗？”

“不是。”

她把储蓄债券翻了一个面，又看了起来。“你父母知道你要提现吗？”

“是的。”

我知道，我知道。你用不着告诉我。

柜员捻了捻储蓄债券。“好吧，”她终于说，“五十二美元。希望你用这些钱做点有价值的事。”

我点点头，她数了数钞票，递出来。

商业街再往里走便是西联汇款。我把钱放在了柜台上。

“我要把这些钱汇到明尼阿波利斯。”

“要去旅行，是吗？”西联汇款的人问。这比老师的笑话还要无趣，甚至比护士的笑话更无趣。

“我得把钱汇给我姐姐。”

西联汇款的人数了数钱。“这不是个小数目呢，要汇到具体哪个地方？”

“寄往离明尼阿波利斯汽车站最近的西联汇款。”

“哦。”他说着抽出一本地址簿，用大拇指飞快地翻阅着，花了半个小时才找到明尼阿波利斯。

“呃，”他把眼镜摘下来，慢慢地说道，“好像那边有两个汽车站。一个在希瑟大道，另一个在拉赛里。”

“希瑟大道，”我说，“寄到希瑟大道那里。”

西联汇款的人又把眼镜戴上。“要花一美元七十五美分的手续费。”他说。

“好的。”

“收款人的姓名是什么？”

我告诉了他，他收起钱，把五十美元二十五美分寄往明尼苏达州的明尼阿波利斯、希瑟大道上的西联汇款网点，我甚至都不知道我姐姐在不在那儿，或者她是否知道钱已经寄过去了。我想象着她独自坐在某个人来人往的地方，或者游荡在明尼阿波利斯的街道上，想找一条路回到那个没有她就变得很空虚的家。

有点像哈姆雷特，想找到一个家的愿望超过了一切——因为他肯定找不到自我了。

整整一个下午我都在小镇上躲来躲去——这并不容易，因为小镇不大，要摧毁它远远不需要动用一个原子弹，况且看见我的人都会向一九六七年企业家商会成员或者贝克夫人告状。万一他们听说……好吧，还是让我被炸死算了。

那天晚上我一直等着我姐的电话。但始终没有任何来电，直到星期五的深夜。这个电话是从芝加哥打来的。

她在路上了。

星期六吃早饭的时候，我告诉爸妈，姐姐会在十点五十分到达纽约港务局。

他们吃惊地看着我，好像我刚刚赞美了希伯来人。

“十点五十分她会抵达港务局？”老妈重复道。她用手捂住嘴巴，眼睛瞪得溜圆。

“是的。”我说。

“她怎么从那儿回家？”老爸问。

“我想她是希望你去接她一下。”

“是嘛，”老爸说，“让我放下所有事情去接她。我一定是吃饱了撑的。”他站起来，“她乘着黄色甲壳虫出去的，也能乘着黄色甲壳虫回来。”

“她现在是一个人。”我说。

“你是不可能看到我在星期六开车进城去的。她可以坐火车。”

“她可能没钱了。”

“好吧，这是谁的问题？”

“是谁的问题并不重要。她回不了家，除非你去接她。”

他看着我。“你以为你在跟谁说话？”

“她需要帮助。”

“那你去接她啊，霍林。车钥匙就在我衣橱里。”他哈哈大笑。

“好啊。”我说。

“好。”他说完便出门把割草机发动起来。

我到楼上找到了车钥匙。福特野马车的钥匙，而不是那辆旅行车。

“霍林，”下楼时老妈说，“我觉得他在说反话。”

我来到衣柜，取下外套。

“霍林，你在干什么？”

我举起车钥匙。“我要开车去纽约，到港务局汽车站接我姐姐。”

“你不知道怎么开车。”

“我在电影里看过。”

我来到前门。

“霍林。”老妈喊。

我转过身。

“你不能独自开车。”

“那你和我一起。”

她回头看了看后院。“我们谁也不能去。”她的声音如此寂寞、失落、悲伤。

我走进车库，坐进野马。红色的皮革闻起来还像新的一样。方向盘的触感好极了。

我以前也不是从没开过车。老妈让我绕着停车场开过那辆旅行车——就在琼斯海滩上那些很大的停车场，一连开上两三英里，都不会撞到任何比海鸥更危险的东西。我挂了若干次一挡，甚至还有两次三挡。野马比旅行车更小更灵便，大概只要掌握转弯就行了。

但是，要从长岛高速公路开到纽约市，和绕着琼斯海滩停车场开车有很大区别。还有，即使我上了高速，也不知道该从哪个出口下去。

癞蛤蟆，甲虫，蝙蝠。

我失落地回到屋里，把钥匙扔在橱柜上。老妈正在把烟灭掉，开始做中午吃的奶油蛋糕。

屋外，割草机在草坪边缘轰鸣着。

我走进客厅，坐在沙发上。

梅丽尔 · 李打来了电话。

因为她老爸现在要去扬基体育场。

“愿意一起去吗？”

“我可以从扬基体育场去港务局吗？”我问。

梅丽尔 · 李问了问她爸。

“太远了，不过他说如果现在就出发，我们还有足够的时间送你过去。”她停顿了片刻，“我觉得他似乎像欠你什么似的。”

我走进厨房。

“我需要两张火车票的钱。”我说。

“火车票？”老妈问。

“还有两人份的午饭钱。”

她注视着我。

“大餐。”我说。

她上楼去拿钱包。

十点五十分来自芝加哥的汽车到站时，我已经赶到那里了。

港务局非常嘈杂，人群熙熙攘攘。汽车排放出的尾气在空气中弥漫。飞驰而过的车辆发出刺耳的刹车声，广播变了调，报童们大声地清着嗓子，吵吵嚷嚷的人群比其他任何建筑里的都要多，这一切让这里时刻充斥着无比嘈杂的噪音。至于地板上，就像屋顶被掀开，从天而降过雨点般的票根、报纸和贝比·鲁斯的包装纸，再也没有比这更混乱的场面了。

但当十点五十分来自芝加哥的大巴停稳，一切似乎都静止了。人群的嘈杂、巨大的噪音、刺耳的刹车声——全都停止了。真的。就像勃列日涅夫扔了一颗原子弹，把一切都抹去了一般。

直到姐姐下了车，一切才又恢复了运转。她从车上奔下来，跑向我，我们抱在一起，我们都不再空虚了。

“霍林，”她说，“我真担心找不到你。”

“我就在这儿呢，希瑟，”我说，“一直都在这儿。”

午饭时，我们在港务局的一个柜台边喝了可乐，吃了干酪三明治，还有巧克力炸面包圈，出去后又从一个小贩那里买了椒盐卷饼，然后走到中央公园，手拉着手。我们躺在绵羊草原上，听她讲西行的故事，阳光照着每个人的脸庞。我们又走到池塘边，站在树林旁凸出的岩石上。周围流淌着你无法想象的各种绿色，不时有几株亮粉色的花树映入眼帘。所有的颜色混杂在一起，倒映在水面的涟漪上。顺着兰博小道走上去，就像站在加利福尼亚的山峰上。然后我们穿过贝萨斯塔·特伦斯喷泉，坐在石墙上，用手指描画着那些雕像，直到有人嚷嚷着叫我们离开。我们又来到高大榆树掩映下的大厅里，路过——不是开玩笑哦——威廉·莎士比亚的雕像，他严厉地看着我们，大概是因为穿着紧身裤，在众人面前有点不好意思吧。

我们走得很慢，说得很少。我告诉她我们的原子弹演习和小镇的故事，还有《哈姆雷特》。她告诉我明尼阿波利斯的事情，她怎样离开那辆黄色甲壳虫，再也不回去；切特如何开车离开；她如何去西联汇款取到买票的钱；还有在前往芝加哥的汽车上两天以来第一次睡着了。但大部分时间里，我们都没说话。在春天的中央公园里，能和姐姐待在一起已经足够了。

我们坐火车离开了纽约市，又从火车站走回了家。到家时，老妈给我们做了烧烤干酪三明治晚餐，不过也没关系。家里不再空旷的感觉实在是太好了。

晚餐时，老爸只说了一句话。

“你找到自我了吗？”

“什么？”姐姐问。

“你找到自我了吗？”

“她找到我了。”我说。

《哈姆雷特》的结尾，雷欧提斯被刺死了，皇后中了毒，国王也中了毒，然后被刺死——哈姆雷特的结局也差不多。剧终时，舞台上全是横七竖八的尸体，虽然霍拉旭仍在祈祷天使降临，用歌声抚慰哈姆雷特安息，不过难以想象他真的能够安息。也许他早就知道这一点。也许这就是他一直穿着黑色衣服的原因。也许这就是他永远不幸福的根源。也许他一直在一个错误的地方寻找自我。

或许从来都没有人告诉过他，他其实不必寻找自我，而只需要让自己被找到。

我认为，这就是《哈姆雷特》里，莎士比亚想要表达的人生启迪。

说起被找到这件事，贝克上尉也被找到了！

千真万确。

在越南丛林里待了将近三个月后，他终于被找到了。

五月最后一个星期三的下午，那是一个寒冷忧伤的日子，西曼夫人拿着一个信封走了进来，交给贝克夫人。她接过来，双手颤抖着慢慢撕开信封，手拿着电报站在那里，却无法打开阅读。

“需要我帮忙吗？”西曼夫人问。

贝克夫人点点头。

“那我把霍林带到我的办公室，这样你可以独自待一会儿。”

贝克夫人看看我，我知道她不想把我送到西曼夫人的办公室自己待着。你不会把和你一起点燃蜡烛的人送走。

“不用了。”贝克夫人说。

西曼夫人拿过信封，展开电报递给贝克夫人。

可贝克夫人紧紧闭上了眼睛。“你读吧。”她轻声说。

西曼夫人看看我，又看看电报。

然后她开始读：“亲爱的……句号。”

试想一下你憋了很久很久，终于可以长呼一口气时发出的声音吧。试想一下你知道的最快乐的声音：春假第一天破晓时的声音；可乐瓶打开的声音；领先冲刺时众人欢呼的声音。试想一下寒冷的空气中，水凝结在石头上的声音；五月末的下午，中央公园里和风吹过绿树的声音。试想一下你爱的人乘坐的汽车进站时的声音。

然后把所有的一切相加。

这都不足以与那天贝克夫人听到电报第一句时，发自内心深处的声音相提并论。

然后，她开始哽咽、哭泣、大笑，西曼夫人把电报放下，紧紧抱住贝克夫人，然后朝我点点头，带她出去喝杯水。

我知道我不应该，可还是拿起了那封电报，上面是这样写的：

> 亲爱的。已走出丛林。安好。
>
> 会在草莓成熟的季节到家。爱你的提伯尔特。

莎士比亚也写不出这样动人的文字。

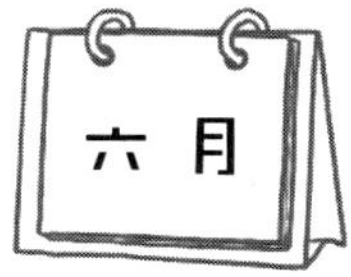

贝克夫人讨厌野营。

为了庆祝这一学年结束，我们班决定去野营，而每当提到这个词的时候，她就开始翻白眼——尤其是最近这段日子。我们要去卡斯奇尔山露营两天两夜，具体地点是茂密丛林中的一个瀑布旁。

“泥泞的土地。”贝克夫人说。

“超棒啊！”丹尼说。

“还有蚊子。”贝克夫人说。

“蚊子？”梅丽尔·李说。

“要睡在石头上。”贝克夫人说。

“太爽了。”我说。

“到时候我们身上全是露水。”贝克夫人说。

“真棒！”道格·斯维塔克说。

“我们还是分析句子结构吧。”贝克夫人说。

你可能觉得奇怪，既然贝克夫人认为野营就是泥泞的土地、蚊子、睡在石头上和露水，干吗还要带我们去。自从在卡米洛初中任教以来，每年六月她都会带她的班级去野营。以前贝克上尉也一起去——大概是因为他热爱野营吧，所以看在他的分上，贝克夫人也就只好忍受泥泞的土地、蚊子、睡在石头上和露水了。今年她想去或许也是因为他应该会想去而已。或许她认为，如果保证每件事都像过去一样按部就班地发生，他就真的会在草莓成熟的季节回来了。

因此，贝克夫人要带我们去野营，即使她讨厌野营。

我跟你说，贝克夫人本应该更讨厌野营的，但她却在所有课上一直带着笑容——即使在翻白眼的时候，双手抱胸的时候，或者抱怨文德拉瑞先生的时候——他还是没有把打翻的苹果酒彻底打扫干净，走近更衣室时，你就会感觉脚底黏黏的。

无论如何，她依然微笑着，因为贝克上尉就要回家了。

所有的报纸都报道了此事。就连沃尔特·克朗凯特也在六点半的新闻里谈到了它。贝克上尉的直升机是如何被击中的；在直升机坠毁前，他是如何逃生的；他的一条腿如何被损坏的螺旋桨压住；他如何藏在溪山附近的丛林中，一面保持伤口清洁，一面吃随身带的巧克力棒维持生命；他如何沿着河流往前走，直到再也走不动为止；他如何被一个女人发现，那女人的两个儿子都死了，她不想再看见任何人丧生，便把他带回了家；他如何在那里藏了三个月之久，直到美军直升机到来，找到了他；还有那些军人如何带他脱身。

沃尔特·克朗凯特说，这真是一次奇迹般的救援行动。

我猜这就像普洛斯彼罗为国王拉开幕帘，国王本以为腓迪南王子已经死了，却发现他正与米兰达一起下象棋。或许，也有点像你姐姐深夜里打来电话，她不再想去寻找自我，她只想找到你。

贝克夫人整天喜笑颜开，因为没人能对一场奇迹无动于衷。

野营将在六月第二个星期的星期四和星期五进行。之前的一切，贝克夫人说，都是学习。就像我们从来不知道学习似的去学习。让我们累趴下的学习。让我们祈求上天怜悯的学习。

她说这些话时一直笑嘻嘻的，很难让人感到烦扰。不过她确实让我们像从来没有学习过那样学习了一番。句子结构分析，约翰·斯坦贝克写的小故事，以拉丁文结尾的副词和形容词的拼写及结构，不规则动词的变化，接着又是几个约翰·斯坦贝克的小故事——他写了特别多小故事，之后还要写一篇一九〇〇年之前任意三首诗歌的读后感，因为贝克夫人觉得在那之后的诗都不值一读。

这些都得在两个星期里做完。还不包括彼得瑞里先生“西部大开发与你”的报告。也不包括萨莫维兹先生的初等代数期终考。

当然，也不包括《无事生非》，这应该和其他所有学习一样困难，因为它号称是一部喜剧——但我告诉你，根本就不是。

“当然不可能总是很滑稽啊，”贝克夫人说，“你怎么会觉得喜剧就是要滑稽呢？”

“贝克夫人，如果这是一部喜剧，就应该很滑稽。喜剧都是这样的。”

“不是的，霍林，”贝克夫人说，“喜剧比滑稽可深刻多了。”她又笑了。

不管它有多么深刻，《无事生非》还是一点也不好笑。也许间或会出现一两句滑稽的台词，但除此之外，就没什么好笑的了。我的意思是，完全胡扯。克劳狄奥和希罗——莎士比亚真的很不擅长起名——在到达罗密欧与朱丽叶的那一步前，费了很多功夫。开始他们相爱，然后又不爱了；接着希罗装死——听起来是不是很熟悉？难道你不觉得莎士比亚需要点新素材了吗——克劳狄奥在她的坟墓旁憔悴不堪；后来希罗活过来了，他们又相爱了，就这样。真的。

你相信这种事吗？

因为你不是莎士比亚，而你知道，在这个现实的世界里，事情并不会那样发生。在这个现实的世界里，人们的感情是逐渐疏离的，而不是在忽然之间。他们不再注视对方，不再说话，也不再烧荷兰豆了。沃尔特·克朗凯特的节目结束后，有人乘坐福特野马去兜风，另一个则回自己的房间。家里总是冷冷清清。深夜来临时，悲伤的声音萦绕在房门外漆黑的走廊里。

这才是这个现实世界里会发生的事。

有时，现实世界就像哈姆雷特一样，并不总有欢笑，而是有一些惶恐、不确定，还有一些愤怒。有时你希望某个根本不可能实现的愿望能变成现实，甚至像天上掉馅饼那样能坐享其成，可这样的想法本身就是愚蠢的。

有时现实的世界更像罗伯特·肯尼迪。他为民主党的竞选孤注一掷，他也许能成为美国总统并结束这场战争，却躲不过近处的一颗子弹。

我姐姐得知这个消息后，把自己关在房间里不肯出来。她播放披头士的歌《艾莲娜·瑞比》，一遍又一遍地放，却用很小的音量，我在门外几乎听不见。

大概放了十五遍之后，我敲了敲门。“希瑟？”

没有回答。歌曲又重新开始了。

我又敲了敲门，可她干脆把音量调大。披头士唱着那些寂寞的人哪，他们来自何方，归向何处。好像我们都不知道似的。

我继续敲门，直到音乐最终停了下来，门“吱嘎”一声打开。我以为姐姐要把我的头拧下来，而她没有。在她身后，是披头士的歌声：麦肯锡神甫手上沾着来自坟墓的尘土，慢慢踱离。

我拉起希瑟的手，一起走出家门。

我们来到圣埃德伯特教堂，排起长队，点亮了两支蜡烛，纵然失声痛哭——所有人都在痛哭——我们仍然紧紧握着彼此的手，念了同一段祈祷词。

但是，奇迹并不是随时都可能发生的——我们好像忘了这一点。

第二天早上，罗伯特·肯尼迪去世了。

我们一起在半导体收音机上听到了这个消息，我和希瑟。她哭了，我抱着她，也哭得肝肠寸断，除了相互依偎，根本不知道还能做什么。幸好贝克上尉即将回来的消息，让奇迹有机会成为现实，否则，我可能真的会对我那长老会教徒的一切感到绝望，就像恺撒大帝对勃鲁托斯感到绝望后，便撒手人寰一般。

接下来那个星期四一大早，我们全班同学便乘大巴车前往卡斯奇尔山。我们挖苦了一番还在教室里上课的其他七年级学生，跑上大巴车占好座位，一部分人又下车去帮忙拿热狗、小面包、辣椒罐头、水瓶、果汁粉、棉花糖、更多棉花糖，以及长面包，每人一条羊毛毯外加一条备用的，然后冲上车确认座位没有被抢走，接着又下车上一趟厕所，因为目的地的厕所是露天的。这样，费了好大劲儿，贝克夫人、文德拉瑞先生及西曼夫人——她说她是来给贝克夫人提供精神支持的——才终于把我们全部赶上车。汽车发动了，我们驶出学校，来到李氏大道。

大巴在长岛高速公路上飞驰时，我们唱着歌。我们唱“老姑娘欧里瑞提着油灯去牛棚”，又唱“海底有个洞，洞里有块木头，木头上有个鼓包，鼓包上有只青蛙，青蛙上有颗痣，痣上有根毛，毛上有个跳蚤在飞”，以及“牛蛙的脚趾被绊了一下，然后掉进水里”。到达斯罗格斯吊桥时，道格·斯维塔克开始唱“墙上有一千瓶啤酒”，直到贝克夫人沿着过道来到他身边，一句话不说，把双手抱在胸前。

一个非常不祥的开始。

一小时后，汽车下了高速路，驶上快速公路，又过了一小时，离开快速公路，到达一条双车道马路，然后上了一条沙砾路，接着是一条土路。最后，我们来到一条只够一辆车通行的小路上，路非常窄，大巴车可能都不能掉头。抵达路尽头时——我跟你说，这着实费了番工夫——我们爬出车厢，贝克夫人给我们分配背包，西曼夫人则努力想把我们聚拢在一起。

贝克夫人给丹尼的背包里装满了辣椒罐头，重得丹尼脸上的笑容马上凝固了。

她给我的背包里装了四个辣椒罐头——大罐的，还有所有餐具。“如果这个背包出了什么意外，”她一边帮我举起来，一边说道，“我们就要用手抓着吃东西了。”

“能出什么意外啊？”我说。

“希罗的父亲在婚礼日期确定下来的时候大概也是这么想的。”她说。

如果你最近没有读过《无事生非》，那就没办法了，因为这就是贝克夫人回答问题的方式。

我们组成小队，跟在贝克夫人后面，走上一条小路。几乎大部分都是上坡路，还有很多树根凸出来，足以把我们绊个人仰马翻。没过多久我们的队伍就分散开来，走得越远，队伍拉得越长、越凌乱。

不过，这仍是六月里美好愉快的一天。山上的叶子仍是刚萌发时那种鲜嫩的颜色，盎然绿意和六月的阳光融合在一起，如此美妙。我们头顶飘着大朵大朵的云彩。一路走来，身边的树木由枫树变成了白桦，头顶的云朵也随着高高在上的风渐渐堆积，树冠的枝条相互摩擦着，除了队伍前面同学“拿破仑的五万大军爬上了半山腰”的歌声，只听得见它们发出的沙沙声。他们大概没有背沉重的辣椒罐头吧。

我是队伍的最后一个。我跟你说，没过一会儿，我就感到备受折磨。走在后面的并不只有我一个人。西曼夫人就在我前面，一路捡起那些从前面背包里掉出来的运动衫和水壶，手里拿不下了就递给丹尼和梅丽尔·李。但如果你把全班的所有餐具和四大罐辣椒罐头都放在一个包里，那背起来可就相当吃力了，只能走得很慢。况且，这是一个旧背包，散发出陈旧的味道。因为背带扣不紧，我还必须时不时拉紧它，而每次一拉，包里的刀叉就戳在我的脊梁骨上。你一边这样做，一边爬坡，肩膀都被背带勒出深深的印痕，这时发现道格·斯维塔克背的却只是一包棉花糖，那你的情绪一定不会很好——即使在六月里不用上学的这一天。

道路起伏不平，时而穿梭在古老的白桦树林里，时而进入阳光明媚的空地。我们穿过几块裂开的岩石，感觉越来越热，于是当云遮住阳光、温度逐渐下降时我还挺高兴的。然后我们爬进一片矮矮的松林，风吹过来，让人感觉后背凉飕飕的。就连背包也似乎轻了许多，拉紧背带时，刀叉也不再戳我的背了。

我们组终于抵达营地时已经是午后，不得不说，贝克夫人挑的地方可真是太棒了——尽管也许是贝克上尉多年前发现的。高高的松树下，奔流的溪水边，正好有一块鹅蛋形的空地，空地的一边是瀑布，水流冲刷着长满青苔的石头，落入一个小小的深潭；另一边则是我们的营地。土地并不泥泞，也没有蚊子和很多石头，我向贝克夫人指出。

“等着瞧吧。”她说。

贝克夫人开始给我们分配任务。她给了道格·斯维塔克一把铲子，让他挖一个火坑。我用河床里的石头把火坑围了起来。麦琪和丹尼生起了火，贝克夫人在火堆边摆了两只大锅准备装辣椒。西曼夫人叫其他人去拾柴火，并把捡回来的木头按照大小一堆堆分开。接着贝克夫人用长树枝圈出了睡觉的地方——女生们睡在火堆一边，男生们睡在另一边。当大家挑地方铺开睡袋时，她和西曼夫人在中间搭起了一个大帐篷。

帐篷搭好后，贝克夫人朝我和丹尼挥挥手。“辣椒罐头。”她喊道。于是我们把背包拿过来，放在她旁边。梅丽尔·李把热狗放进平底锅，拿到火堆上的烤架上。热狗马上开始发出“嘶嘶”的响声。

你不得不佩服贝克夫人。她虽然厌恶野营，却知道该做什么。她甚至在树林里建了公厕，把两个分别写着“男生”和“女生”的小手形状指示牌，立在两条渐行渐远的小路前。当热狗还在烤架上作响时，我沿着那条“男生”指示牌的小路向前走，一直来到山脊上，穿过一片干涸的河床，又来到另一条山脊，最后到了一块足有卡米洛初中那么大的石头背后。真是安宁舒畅啊。道格·斯维塔克用铲子在一片鲜绿色的藤蔓中挖了一个坑，还在坑边的三条枯树枝上套了三卷卫生纸。绕在树上的藤蔓几乎把卫生纸都遮住了。他把铲子留在了土堆上——以备不时之需。

就是这样一个地方，你可以只是静静地坐在绿色藤蔓中，看看这个绿色的世界是多么生机盎然。

这时传来了西曼夫人的咆哮声：“霍林·胡佛！”

你知道发生什么事了吧？

我跟你讲，真的不是我的错，是贝克夫人给了我一个旧背包，而背包裂开来也不能怪我。况且，当你痛苦地拉扯着一个旧背包，徒步走在陡峭的山路上时，根本不会感觉到东西掉了。

“难道你没发现越来越轻了吗？”西曼夫人问。

“呃，”我说，“我只是发现没有变重而已。”

她扬起一把调羹。“这就是我们唯一的餐具了。”

“可以用来拌辣椒。”我说。

“开罐器也在你背包里。”西曼夫人说。

贝克夫人拿起四个罐头，递了两个给我。“跟我来，霍林。”我们来到河边。“找一块大一点儿的石头，边缘锋利的。”她说。

我们是这样把罐头打开的：用石头砸，我想西部大开发时人们就是这样做的吧。一开始，罐头盒只是被砸弯，陷进去，不过再接着砸几次它们就裂开了，辣椒四处飞溅。我和贝克夫人开完罐头之后，都像是刚刚被人用辣椒砸过一样。

可贝克夫人却大笑个不停，你根本看不出来遇上了麻烦或者是她讨厌野营。

我们回去时，西曼夫人嘀嘀咕咕地抱怨个不停，不过再抱怨也没有用，她试图把砸扁了的罐头底上粘着的辣椒挖出来，便伸手去掏，结果三个手指的指尖都被罐头锋利的锯齿划伤了。她每划伤一个手指，就恶狠狠地瞪我一眼。我想此时的她绝不是在想如何用智慧和知识来教育学生。

经过长途跋涉后，这顿午餐真是特别香，尤其在不用上学的日子里。你可以拿两个热狗，一手一个，中间抹上辣椒，一起塞到嘴巴里。这样吃时身体要前倾，辣椒才不会滴到身上，但西曼夫人似乎不太明白这一点。

再次声明，这不是我的错，是她穿了自己最喜欢的衣服，而辣椒滴下来的那一条条印渍与芒果色的衣服非常不配，无论如何也不应该穿这种颜色的衣服来野营啊。

可能就因为如此，我成了饭后必须收拾残局的人，要把所有锅碗瓢盆都拿到溪水边去刷干净。

梅丽尔·李来帮我的忙，她本来没必要这么做的。所以，其实也没那么糟。我们一起刷锅，刷着刷着她朝我泼了一点儿水，我也回敬了她一点儿，后来我们干脆就把锅放在一边，打起水仗来，最后两个人浑身都湿得好像掉进了水塘。我身上的辣椒也全洗掉了。而对西曼夫人的衣服，我实在是无话可说。

等全部刷好，一阵风从溪水上游吹来，感觉有点凉。我们把锅堆在剩余的食物旁边，自己则站在火堆旁。西曼夫人好像也不介意我再添一些柴，让火烧得更旺一些。但我们还是湿淋淋的。这样烤火还有一个问题，就是身体的一面永远都是冷的，而另一面则永远滚烫。因此你得不停地把身体转啊转。

下午本来要去游泳，但风更大了，我和梅丽尔·李只好待在火堆旁。天上的云积得很厚很厚，完全遮住了阳光，于是我们开始玩“抢旗”。我们组赢了，因为丹尼作弊，把我们的旗子藏到了一棵松树上大约有三层楼高的地方。后来我们爬下来经过瀑布时发现了一只鹿的脚印，跟踪了一段距离，结果在瀑布顶上发现了一座废弃的石室。岩石底下应该有响尾蛇的，但我们没有看见。

等回营地时，天气更冷了，于是西曼夫人叫我们再去拾些柴火，贝克夫人则帮我们煮好了一壶热巧克力——在野外树林里喝起来的感觉比在其他任何地方都好。西曼夫人把汉堡包的肉饼取出来，又瞪着我，因为不知道能否只用一把调羹把这些肉饼翻烤好。

谁都知道不能，因此当她剩下的七个完好的手指中又有四个被烫伤时，我觉得就连贝克夫人也意识到全都怪罪在我头上是不对的。

我跟你说，她真是小题大做。

晚饭过后，我又和梅丽尔·李一起把锅洗了。

不知不觉中，夜幕降临了。火焰蹿得非常高——几乎跟丹尼藏旗子的地方一样高了——松脂“噼里啪啦”地燃烧着，偶尔溅出一些火花，就像上升的星星。云已经非常厚了，没有落日可以看，和风阵阵吹来，连一只蚊子也不敢飞出来。

“等着瞧吧。”贝克夫人说。

可那天晚上我们一直在唱歌，蚊子也没有现身。看来就连贝克夫人也有失误的时候。

唱完歌后，西曼夫人讲了几个鬼故事，校长讲鬼故事简直不可想象。我的意思是，你不可能成天待在行政管理办公室，然后希望用一个无头鬼的故事把别人吓傻吧，你根本没机会尝试。她试图把声音压得低沉颤抖，但听起来却像是麦克莱伦牧师在圣安德鲁教堂里哼圣歌。故事结束时，她大叫一声，本想把我们吓得魂不附体地尖叫起来，但根本没达到这种效果。于是她坐了回去，瞪着我们，就好像要让我们全都重读一遍七年级似的。校长那种特有的气质已经从她身上散发出来，即使她只当了两个月，却已达到这一境界。

接下来西曼夫人宣讲“丛林生存注意事项”，我们都没太注意听。毕竟，老师和校长跟你一起来野营总会这样，你会听到五花八门的灾难，例如被蚊子咬、被蜜蜂叮，还有如果被石头绊倒膝盖流血该怎么办；他们会告诉你晚上不要走得离营地太远，要在能看见火光的区域内活动——好像真会出什么事一样；他们会提醒你公厕在哪里，不要浪费卫生纸，因为带的不多，以及铲子是用来干什么的，诸如此类。

但当她讲到蛇时，终于能抓住我们的注意力了。

“这附近有很多毒蛇，”她说，“如果被它们咬了，你的腿就会肿起来，脚踝变得像哈密瓜一样大，小腿像西瓜一样粗。那时，你必须把这个东西迅速吞下去，”她举起一小瓶药水，“这样才能够撑到医院。必须在三十秒之内吞下才有效。但即使你在三十秒之内吞下了，也不保证完全平安无事。所以除了这瓶药之外，我还必须把被咬过的地方切开，”她举起一把小刀，是高个子约翰·希尔弗会引以为豪的那种，“让毒液能够和你的脓血一起流出来。”

我突然觉得嗓子有点干。梅丽尔·李握紧了我的手。

道格·斯维塔克呻吟了一声。

“她应该把这些放在鬼故事里讲。”丹尼说。

“所以说，钻进睡袋之前，得先好好检查一下，”西曼夫人说，“以防万一，把它们里外翻个个儿也许是好主意。还有，千万不要直接睡在矮树枝下。蛇会爬树，有时它们会爬上树枝，然后掉下来。你可不想在睡得正香时，一条蛇突然掉在脸上吧。”

她讲完了，大家都沉默不语，一动不动。道格·斯维塔克吓得差点晕死过去。

“我今天晚上熬夜得了。”丹尼说。

“我们可以让火一直烧着。”麦琪说。

“我来帮忙。”我说。

梅丽尔·李紧紧地握着我的手。非常用力。

其他人都把睡袋里外翻了个个儿，抖一抖，又翻回去，钻进去拉起拉链，包住脑袋。漫漫长夜里，只剩我、丹尼、麦琪、梅丽尔·李、道格和贝克夫人——我猜她也被关于蛇的部分吓到了——还围坐在火堆边。火光渐渐退去，蓝色和金色的余烬就像宝石一样闪耀着璀璨的光芒。我们挨得很近，背上披着毯子。

谁都没有说话。我们彼此依偎着围着火堆，安静地看着宝石般的光芒变幻莫测，一会儿是亮闪闪的钻石，一会儿是蓝宝石，一会儿又变成了红宝石。贝克夫人有时会起身添一两根柴火，火星飞溅，不断地飞升、飞升，直到梦一般地消失。风把头顶的树枝吹得左摇右晃，远处的水流奔涌着，坠落到池塘里。

这大概就是在宇宙里，你能到的离那座完美房子最远的地方。

我们大概可以熬一整夜——如果没有开始下雨。

事实上“开始”并不精确。这场雨不像平常那样——刚开始只能偶尔感觉到一两滴，之后雨滴更为密集，就该找个地方去躲躲了，因为一分钟之内，雨就真的要落下来。这一次，前一秒空气中还冒着上升的火星，后一秒便已是瓢泼大雨了。估计挪亚方舟的门关上的一刹那，就是这种情况。

我们赶紧把毯子扯上来盖住头，但已经太迟了。毯子紧紧地裹在身上，寒风随雨水一起，灌进衣服里。地上的尘土瞬间变成了泥浆，并且越来越多。所有同学都从睡梦中惊醒，开始叫喊，一边拼命想避免已经湿透的睡袋变得更湿，一边惊慌地问蛇会不会在雨中跑出来。我和丹尼添了更多的柴火，以确保火不熄灭。

这基本上就是那天后半夜我们忙活的事情——叫喊，把睡袋拧干，持续不断地添柴火。除了贝克夫人，她和西曼夫人一起待在帐篷里。

黎明终于到来了——我们都盼望已久，我跟你说，营地周围每一寸土地都是湿的。每一寸。到处都是小水坑。走起路来吱咕作响，虽然有时也不好分辨是不是我们的运动鞋在响。

贝克夫人从帐篷里走了出来，半睁着眼看着我们。“一片泥泞，对吧。”

为什么野营时老师就可以住帐篷呢？

西曼夫人走出帐篷，从头到脚套着一身深绿色的雨披。她环顾营地四周悲惨的状况：我们膝盖以下的部位都沾满了泥水，很多人把睡袋挂在头顶的松枝上，水滴落下来。

“你们就跟难民似的。”她说。

“也许我们该做早饭了。”贝克夫人说。

西曼夫人点点头，对我们说：“昨天晚上烧了不少柴火嘛。”

“我去拿鸡蛋。”贝克夫人说。

那天早上，我们吃了用松树皮做调料的炒鸡蛋，松树皮是从搅拌的棍子上掉下来的。橙汁里也有泥，因为我们用罐子盛水的时候，被雨搅浑的河水还没有沉淀干净。面包也有一股泥土味，我们在上面抹了蜂蜜，卷起来吃，这样才不会太难下咽。

西曼夫人把剩下的辣椒罐头热了热，提供给需要的同学。只有道格·斯维塔克吃了——他后来发现，这真是一个错误。

如果雨继续下，我们可能都要钻到西曼夫人的雨披下面一起走回家了。但当我和梅丽尔·李把所有的锅提到河边时——我们提着锅蹚过小河，反正全身都已经湿透了——云破日出，阳光投射下来，每一道都刺入股股寒风中，直到它们一一呜咽着死去。整个天空开始变黄，我们扔掉了湿淋淋的毯子——再没有什么比湿透的羊毛毯更难闻了——然后在营地周围"吱咕吱咕"地跑着捡更多柴火，直到突然间暖和起来，有人说："我们去游泳吧。"于是大家一路小跑来到公厕，换上短裤，再回到河边，小心翼翼地试探了一下，还是很冷，但丹尼却一下子跳入水中，随瀑布急流落进了水塘。露出水面时，他大笑着，鼻子里喷出水来。

"太爽了！"他说。于是我们都冲进瀑布，鼻子里冒着水泡浮出来。

包括梅丽尔·李。

包括麦琪——拉着梅丽尔·李的手。

一个上午几乎就这样度过了，贝克夫人和西曼夫人站在上面看着我们。

看得出贝克夫人也有点跃跃欲试。此刻阳光直射，站在瀑布上方的开阔岩石上可能已经很热了。树林里的一切都雾蒙蒙、亮闪闪的。蕨类植物、松树、叶子、苔藓——一切，包括老师。

做老师可真不容易，不能跳进清澈的水塘里，也不能开怀大笑，让鼻子里喷出水花来。

午饭是鸡肉沙拉三明治和黄瓜条，吃这些用不着餐具。之后我们又回到水边，丹尼跳水，其他人想赢过他，但都做不到。他可以空翻一周半，然后头朝下落入水塘，消失在一圈白色的水花中。有一次他转体七百二十度，没有任何一个人可以做到这一点，冒出水面的时候他一边大笑，鼻孔里一边冒水，都差点喘不过气来了。

我们差不多这样度过了整整一个下午。再也没有句子结构分析。热的时候就泡在瀑布中游泳和跳水，直到最后爬上岸回到营地，贝克夫人开始给我们布置任务。

现在，你知道我们已经在这儿待了一天半，道格·斯维塔克始终都没有遵从“男生”指示牌的指示，去两条山脊上方上厕所。很明显他想去。事实上，非常明显。可他说他不愿意用林中的坑，即使坑是他自己挖的。

而且头天晚上吃了辣椒罐头，今天早餐也吃了辣椒罐头，实在不能再憋下去了。就连道格·斯维塔克也知道这一点，这就是他终于投降的原因。他别无选择。

他消失了很长一段时间。谁也没说什么，但大家都朝小路那头望去。

他笑嘻嘻地回来时，谁也没感觉到惊讶——你明白吧。

他可能一点都不知道自己被什么东西盯上了，有东西正跟着他。

就连我们也分辨不出来。

“好像是烟。”麦琪说。

“可是在跟着他啊。”丹尼说。

贝克夫人叹了一口气。“不是烟。”

“是蚊子。”我说。

贝克夫人翻了个白眼。

我们全都四散逃走。道格·斯维塔克还没明白是怎么回事，直到有一群蚊子落在他身上。他低头一看，发现手臂上全是，只差没飞进眼睛里了。他开始飞奔，一路撞上的树木不计其数。

蚊子像小飞机一样紧跟着我们。你可以听到它们发出的“嗡嗡”声。

我们跑进水中，朝它们泼水。

它们在我们头顶盘旋，大声嘲笑着我们。

我们跑进树林里，用松树枝拍打它们。

它们更加狂妄地嘲笑起我们来。

然后我们跑向火堆，因为贝克夫人说它们怕烟。

其实它们一点也不怕，躲在烟里以求自保，就像躲在桌子底下避开原子弹的袭击一样徒劳。

“保持运动状态，几个人一组待在一起。”贝克夫人说。如果你漂浮在海洋上，被一群鲨鱼包围，也得采取同样的战略。也就是说，落单的那个人就会牺牲。所以我们轮换着靠里——但我把我的机会让给了梅丽尔·李，因为她帮我一起洗锅。她说我救了她一品脱的血——说这句话时，她冲我甜甜地微笑，这让我觉得自己做得非常值。

当比吉欧夫人在傍晚徒步抵达营地发现我们时，我们全都三五成群地缩成一团，绝望地拍打着无数只蚊子，火上什么吃的也没有。西曼夫人待在帐篷里，拉上了拉链。

比吉欧夫人打开背包，拿出一瓶杀虫剂，喷向我们周围，接着往火上添了点柴火，并叫一半同学再去拾些回来。“剩下的同学，去河里抬三块大的扁平石头上来。要刷洗干净！另外再打两壶水。这活儿一直是谁干的？”

我们抬着石头、拎着两壶水回来时，她已经掏出了大蒜、胡萝卜、土豆、白萝卜、牛颈肉和西红柿。

麦琪惊讶地盯着这些东西。“越南菜？”她问。

“等做好了就是，”比吉欧夫人说，“咖喱和姜根在前袋里。我找不到柠檬香草，只好凑合一下了。”

麦琪帮她一起做。片刻后，水开了，她们切好土豆块和白萝卜，放进一个汤锅里，把牛颈肉放进另一口锅，然后把这两样东西倒在一起，再把比吉欧夫人带来的所有其他东西都加了进去。就算没有柠檬香草，闻起来也像露天火炉上所能烧出的最美味的东西一样香喷喷——实在是太香了，我跟你说。

第一颗星星升起的时候，比吉欧夫人和麦琪一起把炖汤盛到碗里——碗是比吉欧夫人带的，然后把调羹递给我们——调羹是比吉欧夫人沿路捡到收起来的。“对待你们的装备要越细心越好。”她对西曼夫人说，而西曼夫人正在喝热汤，高兴得顾不上再责怪我了。即便如此，把锅碗拿到瀑布边洗刷干净仍然是我的活儿。

梅丽尔·李依旧和我一起。

我们俩都不介意。

比吉欧夫人和麦琪一起来洗菜刀时，我们还在瀑布边——比吉欧夫人不让任何人碰她那把菜刀，除了麦琪——她对麦琪说，她本应该早点来营地的，但今天早上去跟天主教救援组织的人谈判了，就是帮麦琪从越南来的那个组织。她想要麦琪知道，虽然现在和那些小姐妹住在一起很开心，但如果麦琪愿意的话，比吉欧夫人有一幢自己独居的小房子，如果麦琪曾经可能想过——这时麦琪张开双臂抱住了比吉欧夫人，比吉欧夫人也抱住了麦琪，此时无声胜有声。

天哪，真是太亲密了！

那天夜里，我一直睡不着。泥泞的土地好像陷了下去，石头露出地表，硌得我浑身酸痛。我看着天空中无数颗星星眨着眼睛，看啊看，直到连它们都睡着了。我的思绪一半漂浮在海上，一半搁浅在岸边。我想到麦琪和比吉欧夫人。想到贝克上尉回到了贝克夫人身边。想到丹尼·哈普佛为成年礼做好了准备。还有罗伯特·肯尼迪。马丁·路德·金。还有，再过五年我就要去越南服兵役了。

露水慢慢在我睡袋上凝结起来。

当黎明到来时，我仍然醒着。空气里的一切都灰蒙蒙的，雾气从地面一阵阵涌上来，好像一夜之间整个营地忽然升到了云端。我从沾满露水的睡袋里钻了出来，穿过灰白色的迷雾，来到水边。潺潺的流水声轻盈欢快，好像一直在等我。我蹲下身，把手伸进水里。凉，冰凉。我卷起裤腿，走入水中。脚下的鹅卵石十分圆润光滑，甚至还有点柔软，河水流淌着，一去不复返。

我抬头向上望去。

圆盘般的太阳喷薄而出，迷雾避之不及，散开了。突然之间，小河像一条银色绸带般闪闪发亮，从高山里带着崭新的光芒一路奔流而下。这光芒实在是太耀眼了，直到水流到你面前你才能看清水下的东西，接着视线又突然清晰，使你在急流中振奋起来。来自高山的这耀眼急流，这光斑，以及太阳投下的光芒，永远不会停息。世界上还有多少这般美好的事物啊！

关于那天早上那条河的事，我没有告诉任何人。包括梅丽尔·李。我觉得如果告诉麦克莱伦牧师，他肯定会说那是幻觉。如果告诉贝克夫人，她肯定会说那是奇迹，每一次黎明都是一个奇迹——最近，“奇迹”对她来说意味着很多，你明白吧。如果我告诉莎士比亚，他肯定会说：“所有这些奇迹我都写得出。”但他错了，因为我看见的东西比他书写的还要美丽。

可我没有告诉任何人。

包括丹尼，他正期盼着奇迹到来，就在他的成年礼那天到来。

一周后，你可以看见他站在犹太教会堂里，等待最坏的事情发生——会堂里坐满了人，大部分都是哈普佛家的亲戚。贝克夫人、比吉欧夫人和西曼夫人坐在前排。麦琪、梅丽尔·李、希瑟和我一起坐在一群上了年纪的哈普佛的后面——我一直努力地想把借来的圆顶小帽扣在后脑勺上，因为它总是向下掉。我们的父母也都来了——包括我老爸，我猜，他也许觉得哈普佛先生某天也会用到一个建筑设计师，所以最好还是捧个场。有点像一笔投资。他坐在离卡瓦尔斯基先生尽量远的地方。

我们一起注视着丹尼把他爷爷给他的祷告巾披上肩膀。披巾上的流苏垂到了他的腰部。然后他把经文匣戴到手臂和额头上。你可以看出他仍是一边等待着最坏的事情发生，一边期盼着奇迹降临。然后是念祷告词。他还在等。他和犹太牧师还有颂歌领唱者一起走回到圣坛前，拿出了《摩西五经》。我们都起立——我伸出手把帽子按紧。他拿着经文回到祷告桌前。犹太牧师把经文抽出来，解开卷轴，打开。

丹尼的呼吸很沉重。他还在等。

接下来——你相信吗？奇迹真的降临了。

他拉起一边流苏，用它碰了碰卷轴，亲了一下，然后捧起经文，用希伯来语开始吟唱：

> 祝福有福的主。

我们跟着唱道：

> 祝福永远有福的主。

丹尼继续吟唱，深情而平静，直到唱到这一句："你是有福的，给我们《摩西五经》的主啊"，大家也跟着唱起来，和他一样深情而平静："阿门。"

然后丹尼深深地吸了一口气，开始读经书上的文字。

好吧，也许有时候现实世界也是充满笑容和奇迹的。此刻我们眼前的丹尼·哈普佛不再是那个往桌子底下粘口香糖的丹尼，不再是那个在足球比赛中扯破喉咙大喊大叫的丹尼，也不再是那个在越野跑比赛中膝盖流着血还挥舞被汗浸透的T恤的丹尼了。

他已经超越了这一切。他每唱一句词，大家就跟着唱一句，就像他在细高跟鞋维奥莱特小姐的合唱课上领唱一样，只不过伴奏的是上帝。你可以看见丹尼开始肩负起责任了。

颂歌领唱者和丹尼的老爸走了过去，为他祝福。更多的责任。

丹尼又唱了起来，这次是《先知书》。更多的责任。

接着他伸手从屁股口袋里掏出演讲稿，他的经书。"今天，"他说，"我长大成人了。"

是的。

后来，他吟诵着关于白面包和美酒的祝词，大家喊道："祝身体健康！""敬人生！"

丹尼长大成人了。你可以看到他已经找到了自己的位置。他微笑着，哭泣着。

仪式结束后，希瑟和我父母决定不参加已经在接待大厅里开始的派对。他们问要不要载我一程。我说我可以走回家，不过还是跟他们一起走到了停车场。

老爸打开车锁，说："我敢打赌，你肯定庆幸极了不用搞这样的事情。"

"大概吧。"我说。

"你什么意思，'大概吧'？你想站在那儿全身缠满各种东西，然后对每一个人吟唱吗？"

"这件事的意义，远远超过了对着每一个人吟唱。"我说。

"上车吧。"老妈说。

"不，"老爸把双臂放在旅行车顶上，"我想知道霍林说的'远远超过'是什么意思。"

我胃部抽搐了一下。"他长大成人了。"我说。

"你觉得这样就算成人吗，光唱几首颂歌就行？"

"那你觉得做建筑设计师的工作就让你成人了吗？"

我老爸板起面孔。"没错，就是这样，你有一份很好的工作，你得为你的家庭做贡献。你得持之以恒，你得做正经事。这才是成人。"

"我们真的该上车了。"老妈说。

"我不这样认为，"我告诉老爸，"这不只是关系到工作。还有更多。还关系到对自己人生道路的抉择。"

"你不用去加利福尼亚就能做出选择，"老爸说，"那你是谁，霍林？"

我感觉希瑟在看着我。不知怎么的——我不知道怎么会——我想到了罗伯特·肯尼迪，本来他可以改变这一切的。

"我现在还不知道，"最终我说，"但总有一天我会让你知道的。"

"胡言乱语！"老爸说完钻进车里，摔上了门。老妈向我抛了一个飞吻——真的——然后她也上了车。

我姐姐是最后一个上车的。

她在笑。

我快不能呼吸了。

他们离开后，我又返回伯特利教堂，奇迹的声音仍在那里响彻。丹尼还在微笑——并不是因为戈德曼先生带来了一大盘金黄色、焕发着光芒、完美的奶油泡芙。他简直忍不住笑。过了一会儿，我也忍不住笑了——尤其是开始跳舞后，梅丽尔·李牵起了我的手。她说："你看起来不太一样了。"我说："可能是因为这顶小圆帽吧。"她说："不是，是别的什么。"

梅丽尔·李。用全世界所有的财富，可以换得这样的珍宝吗？

我去给她拿可乐时，看见了贝克夫人，她独自站在一堆甜如蜜的草莓旁边，手里拈着一个草莓，也微笑着。

虽然我知道在校外活动里不应该和老师讲话，这基本上是一个没人打破过的规矩。可我决定打破。

"你觉得贝克上尉真的会在草莓成熟的季节回家吗？"

贝克夫人，笑意盎然的贝克夫人，视线始终没有离开过草莓。"我深信不疑。"她说。

我笑了。"老师们都会预见未来吗？"

"是的，需要我帮你看看吗？"

在成年礼派对的音乐中，我体会着一派欢乐祥和，再次看见那个闪闪发光的瀑布，它的光芒向我照耀过来。"不用了，"我说，"不过你是怎么知道的呢？"

她的视线终于离开草莓，落在了我身上。"你还记得唐·彼德罗吗，就是结尾时独自站在一边的人？"

我点点头。“克劳狄奥有了希罗，他们会很幸福。培尼狄克有了贝特丽丝，他们也会很幸福。每个人都有了自己的另一半,他们都会很幸福。最后剩下的那个人就是唐·彼德罗。他们全都去跳舞了，扔下他一个人，谁都不记得他就是明天将要对付叛徒的那个人，而且他谁都没有得到。”

“没错,”贝克夫人说,“也许他的整个国家都将分崩离析。对未来将要发生在自己身上的事，他一点都不知道。”

“多棒的喜剧啊。”我说。

“喜剧并不滑稽。”贝克夫人说。

“这个我们以前讨论过了。”

“喜剧就是，戏里的角色都敢于相信他们会有幸福的结局。这就是为什么我知道他会回来。”

“这么说你不能预见？”

“只是敢不敢而已。”贝克夫人说。

“那么你认为唐·彼德罗的结局还不错？”

“我认为他成为了为他的世界带来智慧与和平的人，因为他了解了战争与愚蠢。我认为他的爱很伟大，因为他看到了什么是错失的爱。他也会知道，其实他也被深深地爱着。”她注视着手上的草莓,“但我不认为你想让我说出你的未来。”

音乐再次响起。是快节拍圆圈舞。丹尼·哈普佛和比吉欧夫人跳了一次，又和麦琪跳了两次，他们都开怀大笑。西曼夫人站进道格·斯维塔克的圆圈里——他看起来不太高兴，卡瓦尔斯基和哈普佛一家也跳了进来，哈普佛夫人和卡瓦尔斯基夫人穿着长袜笑个不停，因为不能穿着高跟鞋跳舞啊。梅丽尔·李……

所有人都一边大笑一边挤进他们的地盘。我得去找到我的搭档。

“祝身体健康！”我对贝克夫人说。

她笑了——不是那种老师的笑。“菊花。”她说。

十一天后，又是一个星期三，提伯尔特·贝克上尉回到了家。

也是在这一天，林登·贝恩斯·约翰逊总统宣布海军陆战队放弃溪山。

我去了机场。我、丹尼、麦琪、梅丽尔·李、道格，还有全班同学。军方的飞机降落时，我们正站在停机坪上。

我们每人手上都拿着一盒甜如蜜的草莓。

你想知道贝克上尉下飞机时贝克夫人做了什么吗？你想知道贝克上尉在停机坪看见贝克夫人时，他做了什么吧？

但是，癞蛤蟆、甲虫、蝙蝠。如果你连这都猜不出来，就但愿一阵西南的恶风把你吹得浑身都起水疱吧。

因为，我跟你说，这是一个大团圆结局。

THE WEDNESDAY WARS by Gary D. Schmidt
Copyright © 2007 by Gary D. Schmidt
Published by arrangement with Clarion Books,
an imprint of HarperCollins Publishers LLC
Simplified Chinese translation copyright © 2022 by ThinKingdom Media Group Ltd.
ALL RIGHTS RESERVED

著作版权合同登记号：01-2022-1308

图书在版编目（CIP）数据

星期三的战争 /（美）加里·施密特著 ；高雪莲译
. -- 北京 ：新星出版社，2022.6（2026.3 重印）
ISBN 978-7-5133-4850-8
Ⅰ. ①星… Ⅱ. ①加… ②高… Ⅲ. ①儿童小说－长篇小说－美国－现代 Ⅳ. ① I712.84
中国版本图书馆 CIP 数据核字（2022）第 054595 号

星期三的战争
[美] 加里·施密特 著
高雪莲 译

责任编辑 汪　欣
特约编辑 秦　方　李　爽
封面设计 李照祥
内文制作 王春雪
责任印制 李珊珊　史广宜

出　　版 新星出版社　www.newstarpress.com
出 版 人 孙志鹏
社　　址 北京市西城区车公庄大街丙 3 号楼　邮编 100044
电话（010）88310888　传真（010）65270449
发　　行 新经典发行有限公司
电话（010）68423599　邮箱 editor@readinglife.com
法律顾问 北京市岳成律师事务所

印　　刷 河北鹏润印刷有限公司
开　　本 850mm × 1168mm　1/32
印　　张 8.5
字　　数 180千字
版　　次 2022年6月第一版　2026年3月第九次印刷
书　　号 ISBN 978-7-5133-4850-8
定　　价 35.00元

版权专有，侵权必究；如有质量问题，请与发行公司联系调换。